SETOR UM

COLSON WHITEHEAD

SETOR UM

Tradução
Érico Assis

Rio de Janeiro, 2023

Título original: *Zone One*

Publisher: *Samuel Coto*
Editora executiva: *Alice Mello*
Editora: *Lara Berruezo*
Editoras assistentes: *Anna Clara Gonçalves e Camila Carneiro*
Assistência editorial: *Yasmin Montebello*
Copidesque: *Bonnie Santos*
Revisão: *Thaís Lima e João Rodrigues*
Design de capa: *Tulio Cerquize*
Diagramação: *Abreu's System*

Dados Internacionais de Catalogação na Publicação (CIP)
(Câmara Brasileira do Livro, SP, Brasil)

Whitehead, Colson
Setor um / Colson Whitehead ; tradução Érico Assis. – 1. ed. – Rio de Janeiro : HarperCollins Brasil, 2023.

Título original: Zone One.
ISBN 978-65-6005-068-6

1. Romance norte-americano I. Título.

23-166936 CDD-813.5

Índices para catálogo sistemático:
1. Romances : Literatura norte-americana 813.5

Eliane de Freitas Leite – Bibliotecária – CRB-8/8415

Rua da Quitanda, 86, sala 601-A – Centro
Rio de Janeiro, RJ – CEP 20091-005
Tel.: (21) 3175-1030
www.harpercollins.com.br

Para Bill Thomas

SEXTA-FEIRA

"A camada de pó cinza que cobre as coisas é o que elas têm de melhor."

— *Walter Benjamin*

Ele sempre quis morar em Nova York. Seu tio Lloyd morava no centro, na Lafayette. Nos longos intervalos entre visitas, ele fantasiava como seria morar no apartamento do tio. Quando mãe e pai o arrastavam à metrópole para a exposição já-estamos-combinados ou para a sensação da Broadway vai-ser-bom-pra-você daquela temporada, geralmente passavam no tio Lloyd só para dar um oi. Essas tardes eram imortalizadas em uma sequência de fotos tiradas por estranhos. Seus pais eram redutos da resistência na era da multiplicidade digital, aravam a terra em domínios solitários: a cafeteira que não dizia as horas, os dicionários de papel, a câmera que só tirava fotos. A câmera da família não transmitia coordenadas a nenhum satélite de posicionamento global. Não era por meio dela que eles reservariam passagens aéreas para resorts praianos com acesso a florestas tropicais, com translado incluído. Não havia hipótese de gravar vídeos de alta definição ou da definição que fosse. A câmera era tão retrógrada que cada espécime que o pai convocava entre os passantes conseguia manipulá-la sem problema, independentemente da profundeza do olhar bovino na cara de turista ou da desgraça local que invertesse sua coluna dorsal. A família posava nos degraus do museu ou sob a marquise iluminada com o cartaz berrante à esquerda, sempre a mesma composição. O menino ficava no meio, as mãos dos pais fixas em seus ombros, ano sim, ano também. Ele não sorria em todas, só na porcentagem separada para o álbum. Aí era pegar um táxi até o tio e subir de elevador depois de uma conferida com o porteiro. Tio Lloyd estava pendurado na soleira da porta para recebê-los com o vulgar "Bem-vindos ao meu pequeno bangalô".

Enquanto os pais eram apresentados à mais recente namorada do tio Lloyd, o menino já estava na outra ponta do corredor, eufórico, fazendo o couro ranger no sofá em L de cor de cappuccino, maravilhado com as últimas novidades do entretenimento caseiro. A primeira coisa que ele procurava era a última aquisição. No caso desta visita, eram os alto-falantes sem fio que rondavam os cantos como espectros esguios. Em seguida, ele se colocava de joelhos diante de uma caixinha atarracada e piscante que cumpria a função de tronco encefálico multimídia. Ele passava o dedo pelas superfícies escuras, depois bafejava e limpava as marcas de dedo com a camisa polo. Os televisores eram sempre de última geração, os maiores, os que levitavam no ar e que pulsavam com um bando de pródigas funções diagramadas no intocado manual do usuário. O tio assinava todos os canais e guardava um mausoléu de controles remotos no oco do pufe. O menino assistia à TV e ficava passeando pelas paredes de vidro, observando a cidade a dezenove andares de altura do vidro fumê anti-UV.

Os reencontros eram tão espetaculares quanto maquinais, uma tutela precoce na natureza recursiva da experiência humana.

— O que está olhando? — perguntavam as namoradas, quando vinham, aos passinhos, portando água com gás e batatinhas caras.

— Os prédios — respondia ele, sentindo-se esquisito com a atração que a paisagem exercia sobre si.

Sentia-se um cisco rodando as engrenagens de um imenso relógio. Milhões de pessoas cuidavam desse dispositivo magnífico, moravam e suavam e labutavam ali, servindo ao mecanismo da metrópole, engrandecendo-o, aprimorando-o, uma história gloriosa atrás da outra, uma ideia improvável atrás da outra. Como ele era pequeno, tropeçando entre os dentes das rodas. Mas as namoradas falavam dos filmes de monstro na TV, das mulheres dos filmes de monstro, que saíam correndo pelo mato ou que se encolhiam no armário sem dar um pio, das que faziam sinal para a picape que poderia resgatá-las do matador das grotas, em vão. As que continuavam de pé quando rolavam os créditos só haviam chegado lá graças a um elemento obscuro no caráter.

— Não suporto esses que dão medo — diziam as namoradas antes de voltarem a se juntar aos adultos, em uma tentativa de aproximação tiazesca como se fossem a primeira do tipo a ser promovida ao cargo.

O irmão mais novo do pai era melindroso em termos de datas de validade.

Ele gostava de ver filmes de monstro e a cidade se remexendo lá embaixo. Fixava-se nos detalhes curiosos. As torres d'água antigas que pairavam sobre obstinadas casas pré-guerra e, ainda mais altas, as imensas aparelhagens de ar central que se acocoravam e embobinavam nas empenhadas torres, reluzindo como tripas extrudadas. As folhas de alcatrão nos cortiços. Vez por outra ele via uma cadeira de praia canivetada na brita, aparentemente içada da rua pelo vento. De quem seria? Alguém que demarcava pontos da cidade e criava seu domínio. Ele semicerrava os olhos para ler os slogans galopando por entradas de escadas, as ameaças fluorescentes e os manifestos em *pidgin*, ou seja, de revolucionários sem potência. Venezianas e cortinas ficavam abertas, semiabertas, fechadas, vácuos em um cartão perfurado decifráveis apenas por computadores centrais extintos alojados na crosta de aterros sem identificação. As janelas ostentavam pedaços de cidadãos dispostos por um curador com propensão ao *non sequitur*: as pernas listradas e oblíquas de um golfista urbano passando por um coador; metade do torso de uma moça envolto por um blazer turquesa, vislumbrado através de um trapezoide; um punho trêmulo sobre uma mesa de titânio. A sombra que subia e descia atrás do vidro do banheiro, o vapor a escorrer pela fenda.

Ele se lembrava de como as coisas eram, dos hábitos do panorama urbano. Os prédios colidiam de cima a baixo da ilha, humilhavam os nanicos com sua verticalidade e ambição, amuavam-se uns nas sombras dos outros. A inevitabilidade era prefeita, repetindo mandatos. Os antigos mestres do passado, de nomes imponentes e trazidos à luz por arquitetos de glórias antigas, eram vilipendiados pela fuligem de motores de combustão e pelos avanços tecnológicos da construção civil. O tempo cinzelava as pedras trabalhadas com elegância e redemoinhava ou desabava-as na calçada em poeira, lascas e nacos. Por trás das fachadas, as entranhas eram trucidadas, reconfiguradas, restauradas conforme a teoria utilitária de cada era. O apartamento clássico de seis aposentos virava o favo de mel conjugado, a *sweatshop* virava o engenho com cubículos. Em cada bairro, o que havia de imperfeito no estilo aguardava a bola de demolição e seus ossos eram derretidos para auxiliar os substitutos a superá-los, aço que virava aço. Os novos prédios, surgidos em ondas sucessivas, irrompiam do meio dos destroços, sacudindo a poeira do passado tal como os imigrantes. Os endereços ainda eram os mesmos, assim como as filosofias fracassadas. Não era nenhum outro lugar. Era Nova York.

O menino ficava fascinado. A família vinha ao tio Lloyd a cada dois, três meses. Ele bebia água com gás, assistia aos filmes de monstro, era a sentinela na janela. O prédio era um totem em uma bainha de metal azulado, um filhote de outra espécie no ninho de prédios antigos e sem elevador. A secretaria de urbanismo embolsara a propina no casacão e agora lá estava ele, boiando sobre a ilha afunilada. Havia uma mensagem ali, bastava aprender o idioma. Nas visitas em dias de chuva, as fachadas dos prédios ficavam brancas e imaculadas. Tal como estavam hoje, anos depois. Sem ver as calçadas, o menino imaginava uma cidade vazia, onde ninguém morava por trás dos quilômetros e quilômetros de vidro, onde ninguém era visto com seus entes queridos em salas de estar tomadas de mobília de catálogo requintadas e asseverantes, e onde todos os elevadores pairavam como marionetes partidas na ponta de imensos cabos. A cidade como navio fantasma no último oceano na beira do mundo. Manhattan, um belíssimo e complexo delírio. A cidade que, por ângulos enviesados nos dias nublados, você via se desintegrar, a cidade sobre a qual você se via obrigado a refletir, criatura tênue em sua face fiel.

Se em uma dessas tardes da infância você questionasse o que ele queria ser quando crescesse — um tapinha no ombro quando o carro dos pais se encaixava na fila para o Midtown Tunnel ou quando eles cantarolavam na entrada da Long Island Expressway —, ele não teria nada a propor em termos de ofício ou vocação. O pai queria ser astronauta quando criança; o menino nunca fora nada mais do que pé no chão, chutando pedrinhas. Ele só tinha certeza de que queria morar em uma engenhoca metropolitana, de estoque cheio e paredes brancas, guarnecida de mulheres peitudas em alta rotatividade. O apartamento do tio parecia pertencer ao futuro, uma imagem da masculinidade que o aguardava do outro lado do rio. Quando sua tropa finalmente começou a varredura atrás do muro — seja lá quando tenha sido —, ele sabia que tinha que visitar o apartamento do tio Lloyd, sentar-se pela última vez no sofá em L e observar a última tela vazia. O prédio do tio ficava a poucas quadras da barreira, e ele se viu franzindo a testa conforme a edificação entrava em vista. Procurou o apartamento, contando os degraus de azul metálico em busca de movimentação. O vidro fumê nada revelava. Ele não vira o nome do tio nas listas de sobreviventes e torcia para que não houvesse um reencontro conforme os passos desciam lentamente pelo corredor.

Se você o questionasse sobre planos à época da desgraça, a resposta viria fácil: advocacia. Ele estava privado de propostas atraentes, essencialmente desacostumado com o entusiasmo e genericamente maleável quando se tratava das vontades de seus pais, à deriva na correnteza suave da classe média alta que deixava aqueles que carregava boiando tranquilos, distantes dos bancos de areia da responsabilidade. Era hora de sair da deriva. Por isso, o direito. Na semana em que sua tropa varreu um prédio e achou um covil de advogados, a ironia já lhe escapara havia muito tempo. Eles vinham se arrastando, quadra ante quadra, dia após dia, e eram tantas firmas em tantos prédios que era difícil achar algo com ar de novidade. Mas naquele dia ele fez uma pausa. Pendurou o fuzil no ombro e abriu as venezianas no fim do corredor. Só queria ver um pedacinho do norte da ilha. Tentou se orientar: aquela janela dava para o sul ou para o norte? Era como passar um garfo no mingau. Se o dia estivesse bom, as cinzas ainda maculavam a paleta da cidade com um silêncio cinzento, mas era só trazer nuvens e um pouco de precipitação que a cidade virava um altar para a escuridão. Ele era um inseto explorando uma lápide: os termos e nomes eram fendas nas quais se perder, ameaçadoras e insignificantes.

Era o quarto dia de chuva, uma sexta-feira à tarde. Parte precondicionada de si entregava-se à lassidão do fim da semana, independentemente de as sextas-feiras terem perdido o sentido que antes tinham. Era difícil crer que a reconstrução havia progredido tanto que o relógio, o código dos preguiçosos e o conceito do fim de semana haviam voltado a fazer diferença. Os últimos dias tinham sido enfadonhos, o que reafirmava sua crença na reencarnação: tudo era tão chato que não podia ser a primeira vez que ele passava por aquilo. Ideia animadora, a seu modo, dada a catástrofe. Retornaremos. Ele largou a mochila, desligou a luz do capacete e encostou a testa no vidro como se estivesse no apartamento do tio, reorganizando a arquitetura em forma de mensagem. As torres emergiam do carvão manchado, uma coleção de fragmentos e noções de coisas. Estava a quinze andares de altura, no centro do Setor Um, e as formas arrastavam-se como escravizados, avançando para a região central da ilha.

Eles o chamavam de Mark Spitz hoje em dia. Ele não ligava.

Mark Spitz e o resto da tropa Ômega já tinham dado conta de metade da Duane Street número 135, emborcando telhado abaixo a ritmo produtivo. Até ali tudo limpo, fora poucos sinais de desordem pelo prédio. Uma gaveta de trocados saqueada no 18, marmitas semiconsumidas e podres sobre as mesas: moeda prescrita e a última refeição. Tal como na maioria dos escritórios que eles varriam, as portas haviam sido fechadas antes de tudo degringolar. As cadeiras estavam encaixadas sob as mesas, onde a equipe de limpeza as havia deixado na última noite de atividade, na última noite de sanidade no mundo. Algumas estavam tortas, de frente para as portas, assim deixadas na desordem da saída atropelada.

Naquele silêncio, Mark Spitz aprovou um descanso para si. Quem diria? Se as coisas tivessem acontecido de outra maneira, ele poderia ter um cargo naquele mesmo escritório assim que finalizasse os obstáculos da formação em Direito. Estava no cursinho quando a cortina caiu, e depois não teve que se preocupar em passar para a faculdade nem em se formar, nem mesmo em conseguir o emprego que fosse. Nunca tivera problema com a checklist norte-americana, tendo executado com louvor todos os percalços das fases da vida, da pré-escola ao Ensino Médio à faculdade, com competência inabalável e nem um titubeio em direção ao excepcional ou ao fracasso. Tinha estranha disposição para o necessário. Em dois dias de jardim da infância, por exemplo, alcançara o nível de socialização que se considerava apropriado para aqueles de sua idade e ambiente socioeconômico (sabia dividir, não mordia, contemplava as instruções dos superiores com uma atenção comovente) com o mínimo alarde. Conquistava um marco atrás do outro em seu desenvolvimento, como se cada percalço fosse treinado. Caso soubessem de sua existência, psicólogos infantis teriam-no adorado e observado por binóculos, rabiscando em suas cadernetas tal qual ele confirmava os dados e teorias naquele percalço anônimo. Ele era o *típico*, o *exemplar*, o *mediano*, o que receberia dedões em riste dos camaradas no furgão preto estacionado do outro lado da rua, a uma distância discreta. Neste mundo, todavia, sua recompensa era o vácuo presente na maior parte do empreendimento humano, com o qual todos temos familiaridade. Suas realizações somavam-se à pilha das anônimas.

Mark Spitz mantinha os olhos abertos e observava o entorno atrás de pistas, perito em sobrevivência desde pequeno. Havia um código em cada interação, ao qual ele estava sintonizado. Ajustara-se facilmente à introdução das notas escolares com letras, primeira medida de disposição da pessoa quanto a competições arbitrárias. Ele rondava o B, ou o B o escolhera: era sua terra, seu espaço, de cujas fronteiras não escapou durante todo o Ensino Médio e a faculdade. De qualquer modo, seu lugar era irrevogável. Não foi promovido a capitão, tampouco era o último escolhido para o time. Fugia da detenção e de listas de homenagem com a mesma serenidade. O colégio de Mark Spitz havia abolido a prática dos anuários de nomear o Aluno Com Grandes Chances Disso ou Daquilo, tendo optado pelo espírito da autoestima universal após uma série de reuniões tensas entre pais e mestres. Sua designação mais apropriada, contudo, seria Com Grandes Chances de Não Ser Nomeado Como Alguém Com Grandes Chances de Qualquer Coisa, categoria que não existia. Sua aptidão estava no bem-feito sem brilho, sem reprovações, juntando forças para alcançar o necessário para progredir além do próximo obstáculo aleatório da vida. Era sua única expertise.

E que o levou até ali.

Ele arrotou parte da pasta de café da manhã, a qual, segundo as minúsculas promessas na lateral do tubinho, fora concebida conforme o conceito que existia na cabeça de algum nutricionista sobre o gosto de panquecas da mamãe cobertas com mirtilos fresquinhos. A mão saltou à boca antes de ele lembrar que estava só. Os advogados haviam alugado quatro andares, um labirinto elegante. E não iam mal, a se constatar pela extensão da reforma. Os andares acima eram picotados em suítes banais e modestas, de aquarelas deprimentes penduradas no gesso esponjoso das salas de espera e com os mesmos ladrilhos rosa-vômito no piso. Aluguéis amenos rendiam um contingente de inquilinos variado, tão heterogêneo quanto a mistura que se encontrava no vagão do meio do metrô na hora do rush. Sua tropa varreu firmas de consultoria cujos nomes sugeriam velocidade e eficiência, remexeu almoxarifados de comerciantes de próteses e de empresas que vendiam sementes por correspondência. Varreram as agências de viagens quase extintas pela era da internet, com cartazes cujas súplicas e convites atingiam tons agudos, quase desesperados. No 19º, mantiveram a formação enquanto caminhavam pelas salas com isolamento acústico de uma produtora especializada em filmes de artes marciais que saíam direto em vídeo e, no escuro, confundiram um herói de papelão com um inimigo. Dia após dia passavam por lugares parecidos. As chaves dos banheiros unissex ficavam penduradas em ganchinhos Ele e Ela na recepção, afixados a presilhas de plástico. O papel reciclado continuava esticado sobre as mesas de exame dos médicos, no aguardo, tal como uma mancha de mingau, e as revistas das salas de espera descreviam uma era exuberante, hoje remota e difícil de compatibilizar. Era impossível encontrar revistas de fofoca ou de notícias publicadas após certa data. Não havia mais fofoca, não havia mais notícia.

Quando eles entraram na suíte dos advogados, depararam--se com uma gruta sofisticada, como se os andares houvessem sido encaixados no prédio vindos de um pavimento mais chique. Na sala de espera, as luzes dos capacetes rondaram as formas geométricas no carpete que eles sujavam com os coturnos, os amplos lambris de aroeira-vermelha revestindo as paredes com garantia de elegância, e a mobília baixa, sofisticada, que prometia contusões, mas que, quando testada, comprimia o corpo conforme os princípios inovadores da harmonia somática. Três luzes convergiram sobre o retrato de um homem com olhos pétreos e a boca estreita de uma raposa irritadiça — um dos pais fundadores dos Estados Unidos que, do outro mundo, mantinha vigília. Após uma pausa, as luzes divergiram de novo, tateando cantos e pontos escuros em busca de movimentação.

Mark Spitz sentiu no instante em que abriram as portas de vidro e viram o nome da firma pairando em letras de metal implacável sobre a mesa de recepção: esses caras vieram pra te esmagar. Tradição e acordos complicados, as letrinhas miúdas e invioláveis que durariam mais do que quem as elaborou. Ele não conhecia a natureza da firma. Podia ser que representassem apenas instituições de caridade e sem fins lucrativos, mas naquele caso ele tinha certeza de que os clientes eram os extrabenemerentes, os extrasolidários, os extracaridosos em comparação às instituições de caridade concorrentes, se é que se pode dizer que há concorrência na caridade. *Mas é claro que há*, pensou. *Até os anjos são animais.*

Uma vez lá dentro, a tropa se dividiu e ele passou sozinho pelas mesas de trabalho. A mobília do escritório era hipermoderna e de aparência lúdica, apropriada para uma garagem de start-up ou escritório de design gráfico ávido para desenhar o futuro. As superfícies das mesas eram densas e transparentes, esculpidas em acrílico, elevando os monitores e teclados curvilíneos para virarem dioramas da produtividade. As cadeiras ergonômicas vazias posavam como aranhas afáveis, sussurrando a multiplicidade do conforto e da massagem lombar. Ele se viu pairando na membrana dos assentos, usando os suspensórios e abotoaduras de seu grupo, soltando lufadas untuosas de colônia a cada vez que movimentava o corpo. Traga-me a pasta, por favor. Ele usou o fuzil para pressionar um bonequinho de duende e o fez sacudir a mola que sustentava a cabeça. Conforme o hábito, evitou olhar as fotos de família.

Sua interpretação foi a seguinte: somos versados nos costumes pretéritos e acólitos do que está por vir. Grande lar para um advogado jovem e promissor. Apesar de tudo que transcorrera fora daquele prédio no grande deslinde, a diligência daquele espaço persistia. Insistia em si. Ele sentia na pele, mesmo que as pessoas não estivessem mais lá e tudo que fosse mole estivesse morto. Montanhas de mofo soltavam tentáculos nas geladeiras da área comum, e os arredores dos bebedouros viam-se desprovidos de ociosos falando merda, mas as samambaias e iúcas continuavam verdes, porque eram de plástico, os prêmios e as medalhas permaneciam fixos nas paredes, e os retratos dos mandachuvas preservavam as poses milimetricamente ajustadas em uma tarde. Essas coisas permaneciam.

Ele ouviu três tiros da outra ponta do andar, o *staccato* que já conhecia: Gary, abrindo uma porta a bala. O forte Wonton havia alertado-os várias vezes em relação a maus-tratos, a vandalismo ou mesmo a, sempre que possível, ampliar a sensação mórbida das propriedades, por motivos óbvios. Para fins de conveniência, Buffalo imprimiu os Baralhos Isso Não — quadradinhos plastificados com instruções que os varredores tinham que levar sempre consigo. A janela quebrada sob um círculo vermelho com uma linha diagonal no meio ficava no topo do deque. Só que Gary não conseguia se conter, azar dos futuros inquilinos e do desígnio maior. Por que usar a maçaneta quando se pode explodi-la?

— Eles consertam na mudança — disse Gary, conforme a fumaça saiu do C-4 que ele havia usado para vaporizar a porta da câmara frigorífica de um restaurante italiano.

Aquele sorriso de doido. Como se, depois de tiros de uma semiautomática, o conserto fosse tal qual retocar furinhos no gesso onde os inquilinos anteriores haviam pendurado paisagens em preto e branco. Gary desmaterializou as cortinas semicerradas dos provadores de uma loja, converteu biombos japoneses caros em confete e deu adeus às baias de banheiro com dobradiças pegajosas.

— Vai que era um ali querendo lembrar como é que se mija — explicou Gary.

— Nunca ouvi falar disso — disse Kaitlyn.

— Aqui é Nova York, cara.

Kaitlyn racionou a carnificina de Gary a uma por andar, e ele fez as devidas adequações, chegando a aplicar princípios desgastados de suspense quando atacava seus alvos. Os outros dois nunca sabiam quando seria o seguinte. Ele tinha acabado de fazer sua escolha para o 15º andar.

Mark Spitz se equipou. Gary estava por perto, e queria parecer ocupado para dispersar quaisquer gracejos quanto a sua ética. Deu as costas à janela e teve um vislumbre do sonho da noite anterior — estava no interior, na lavoura ondulada, talvez em Happy Acres — antes de o sonho sair se contorcendo. Ele se livrou do pensamento. Chutou a porta do departamento de Recursos Humanos, pensou, *Quem sabe eu volto e peço um emprego quando esse troço passar*, então percebeu o erro.

O problema não era a porta. Depois de tanto tempo no Setor, ele sabia o ponto exato onde chutar portas com acesso por teclado digital para abrirem de imediato. O erro foi sucumbir ao delírio. Ceder à pandemia de otimismo fêni da qual andava impossível escapar e que dificultava a respiração, uma infecção por si só. Em um segundo, estavam em cima dele.

Estavam lá desde o começo, as quatro. Quem sabe uma tivesse sido atacada na calçada por "um doido", o pitoresco eufemismo metropolitano, e mandada para casa depois de levar uns pontos no pronto-socorro depauperado — a senhora está com a carteirinha do plano à mão? —, antes de compreenderem a natureza do desastre. Então ela virou bicho e uma colega de sorte conseguiu sair a tempo, trancou a porta e deixou as colegas de cubículo por conta própria. Foi mais ou menos assim. Ninguém voltou para ajudar porque estavam todos assoberbados pelos próprios problemas.

Ele era o primeiro ser humano vivo que as mortas viam desde o começo. As ex-mocinhas do RH estavam com fome. Depois de tanto tempo, tinham só uma fina membrana de carne esticada sobre o osso. As saias estavam amarfanhadas no chão, tendo escorrido das coxas emagrecidas havia muito tempo; os terninhos pretos dos conjuntos ajuizados estavam ainda mais escuros, e rígidos devido aos respingos arteriais e caroços de sanguinolência. Duas delas haviam perdido os saltos durante os longos anos se batendo pela sala em busca da saída. Uma usava a marca de calcinha preferida das duas últimas namoradas dele, aquelas com babado vermelho. Estavam encardidas, rasgadas. Ele não deixou de notar que era fio-dental, independentemente da demanda de atenção presente. Fizera uma série de recalibragens, mas vez por outra seu antigo eu se manifestava. Então o novo eu assumiu o controle. Tinha que acabar com elas.

A mais jovem usava o cabelo no estilo popularizado pela sitcom estrelada por três colegas de apartamento com temperamentos aparentemente incompatíveis e o empenho de cada uma para alcançar o sucesso na cidade massacrante. Complementavam o elenco um síndico rabugento e um vizinho pitoresco. Ainda era TV com hora marcada, parte do *top 10*, na época do desastre. O estilo de penteado era chamado de Marge, por causa de Margaret Halstead, a atriz adorável e pateta que o registrara nos velhos tempos de tapetes vermelhos e tête-à-tête insinuantes em programas de entrevistas no fim da noite. Em Mark Spitz, ela não despertara nada — muito magrela —, mas as legiões de moças que fugiram das cidadezinhas e bairros atrofiados para se reinventarem na Cidade Grande identificavam alguma coisa nas agruras da personagem e tinham fetiche por aquela parcela de sua aparência. Haviam sido laçadas pela velha mentira de fazer o nome na metrópole; agora tinham que descobrir como sobreviver. Caçar e coletar o dinheiro do aluguel, colher lámen.

Invariavelmente viam-se manadas de Marges oprimidas nas boates e nos restaurantes só de entradas que figuravam nas resenhas, bebericando coquetéis com canela na borda e rindo com avidez excessiva.

Marge foi a primeira a atacar Mark Spitz, abocanhando seu bíceps esquerdo e agarrando-o com os dentes. Nunca olhou para o rosto dele, feroz contra a malha metálica da farda e tão somente ciente da carne que havia por baixo. Ele havia se esquecido da dor de quando um esquele tentava dar uma mordida das boas: já fazia algum tempo que um deles não chegava perto. Marge não conseguiu penetrar o complexo misto de fibras plásticas — só um idiota caluniaria o novo tecido-milagre, nascido por necessidade na pandemia —, mas cada fisgada raivosa o fazia uivar. O restante da Ômega chegaria ali em breve, pisoteando os corredores. Ele ouviu o som de dentes se partindo. O Tenente tinha sido firme ao dizer que os varredores deveriam andar semprc juntos, justamente para impedir uma situação como aquela. Mas as últimas grades tinham sido tão tranquilas que eles não se ativeram às ordens.

Marge estava ocupada no momento — levou algum tempo para sua percepção prejudicada notar a futilidade do empenho —, então ele dirigiu a atenção à esquele que atacava pelas duas horas.

As sobrancelhas frondosas, o rastro de bigode — era difícil não lembrar da professora de inglês do sexto ano, a srta. Alcott, que diagramava as frases com um sotaque carregado do Bronx e apreciava sutiãs da velha guarda estilo torpedo. Ela cheirava a jasmim quando passava pela carteira dele apanhando os ditados. Ele sempre tivera uma quedinha pela srta. Alcott.

Era provável que aquela tivesse sido a primeira infectada. Abaixo dos olhos não havia nada além de um focinho escuro e sanguinolento, a mancha relevadora de quando um rosto se enfiava fundo em carne viva. Um dia de trabalho como qualquer outro, e ela havia sido mordida por um nova-iorquino doido enquanto se servia de salada verde no buffet de saladas do minimercadinho da esquina. Tomada pela praga, ainda sem saber. Naquela noite começariam a tremedeira e os lendários pesadelos de que todos ouviam falar e que rezavam para não ter — os prenúncios, os sonhos que consistiam no subconsciente revolvendo a vida inteira em busca de uma resposta ou fuga da situação. Nas primeiras cepas, você podia durar um dia inteiro sem se transformar. Ela volta ao cubículo no dia seguinte, porque faz anos que não tira um dia de licença. Então vem a transformação.

Uma vez ou outra ele identificava alguma coisa naqueles monstros. Pareciam alguém que ele conhecia ou que tinha amado. Um colega da aula de química do oitavo ano ou a caixa magricela do mercadinho, a namorada do segundo semestre da faculdade. O tio. Ele perdia tempo quando o cérebro vibrava por conta própria. Mark Spitz aprendera a lidar com o que tinha à sua frente, mas às vezes se fixava no olhar ou na boca que pertencia a alguém perdido, em busca de equivalência. Ainda não decidira se conjurar um conhecido ou amado naquelas criaturas era uma vantagem ou não. Uma "adaptação bem-sucedida", como dizia o Tenente. Quando Mark Spitz pensava naquilo — na noite em que ficaram entrincheirados no loft de um ricaço cuzão ou até o queixo nos sacos de dormir no piso de uma sala de reuniões de Wall Street —, talvez identificá-los assim enobrecesse sua missão: o que ele fazia eram atos de misericórdia. Essas coisas podiam ter sido gente que ele conheceu, os "não exatamente" e os "quase eles"; eram familiares de alguém e mereciam a libertação do suplício. Ele era um anjo da morte que conduzia aquelas coisas na jornada empatada de saída desta esfera. Não um mero exterminador erradicando pestes. Deu um tiro na cara da srta. Alcott, transformando a semelhança em névoa rubra, e então todo o ar foi arrancado de seu peito e ele estava no carpete.

A que usava o terninho rosa-chiclete o havia atacado — Marge, com seu afinco, o fizera perder o equilíbrio, e ele não conseguira se endireitar. Foi derrubado e montado. Sentia o fuzil esmagar as costas; havia pendurado a arma no ombro durante a pausa na janela. Olhou para a teia de cabelo grisalho da esquele. As presilhas, aquele pensamento imbecil: *Quanto tempo até a peruca cair?* (O tempo ficava mais lento em situações como esta, para dar mais palco ao pavor.) A coisa em cima dele enfiou as garras em seu pescoço com os sete dedos que lhe restavam. Os outros tinham sido comidos até a articulação e provavelmente se debatiam na barriga de uma das ex-colegas. Percebeu que derrubara a pistola na hora da queda.

Esta esquele decididamente tinha a determinação de uma pessoa digna dos Recursos Humanos, abençoada pela natureza e moldada pelo ambiente a se tornar seu devido avatar. A recalibragem das faculdades mentais empreendida pela praga tão somente afinou suas qualificações subjacentes. O primeiro emprego de escritório de Mark Spitz consistia em chacoalhar um carrinho de correio pelos corredores de uma administradora de folhas de pagamento em uma galeria comercial de Hempstead, não muito longe de casa. Quando criança, ele decidira que a galeria era uma espécie de órgão centralizado da inteligência militar, confundindo suas fachadas impassíveis com poder clandestino. O véu fora derrubado no primeiro dia. Os outros caras na portaria eram todos de sua idade, e quando o chefe fechava a porta do escritório rolava um esplêndido coro de patetas. O único infortúnio era a ogra dos Recursos Humanos, que era implacável quanto à papelada, traiçoeira em relação à declaração disso, ao termo daquilo, às credenciais. Era serva dos lugares onde seres humanos eram parafraseados em números, componentes de grupos de dados a disparar por cabos de fibra ótica rumo ao significado.

— Não temos como emitir seu cheque sem que você termine os documentos. — Como é que ele ia saber onde estava a carteira de trabalho? Seu quarto era um sítio arqueológico. Ele precisava de ferramentas de escavação especiais para encontrar meias. — Você não está cadastrado no sistema. É como se você nem existisse.

E agora, depois da calamidade, onde estava O Sistema? Um punho invisível que por tanto tempo pairou sobre eles, agora de dedos abertos, dissociados, por onde tudo escorria, tudo fugia. Em agosto ele já tinha voltado ao ramo dos serviços, distribuindo martínis de romã na Quarta-Feira das Mulheres. Tentou tirar a RH de cima de si. Os olhos da esquele pousaram na carne fofa do rosto dele. Ela tentou morder.

Tal como a maioria dos cadetes nas tropas de varredura, ele se recusava a usar proteção no rosto, apesar do regulamento, do Baralho Isso Não e de todas as vezes que ele vira tal decisão dar errado. Não havia como botar dezoito quilos de apetrechos no lombo e subir um arranha-céu de Nova York bafejando em um protetor facial. O abastecimento ainda era uma bagunça, e os varredores eram a ultimíssima prioridade em tudo, fora a munição. Todo mundo tinha balas, do Corredor Nordeste a Omaha ao Setor Um, agora que Buffalo tinha botado a Barnes a todo vapor, com as ex-donas de casa e os asmáticos crônicos e os velhotes nas linhas de montagem a despachar munição dia e noite. Nos tempos de hoje, Rosie, the Riveter, era uma ex-mãe suburbana que havia acabado de abrir o serviço de buffets quando a Última Noite chegou e marido e filhos foram comidos por um funcionário de estacionamento na megaloja de eletrodomésticos do megashopping.

Prioridades: primeiro Buffalo pegava tudo de que eles precisassem, depois os militares, depois os civis, por fim os varredores. Ou seja, Mark Spitz não tinha o devido equipamento, um desses trajes da Marinha com o fio leve impenetrável, ventilação adequada e revestimento no pescoço. Ele vira um pobre coitado patrulhando com uma máscara de hóquei — pura artificialidade, pois seria fácil um esquele arrancar. Caras de outras tropas haviam começado a fazer buracos no visor de plástico, e ele anotou mentalmente que usaria essa sacada se conseguisse sair daquela porqueira. Com ou sem proteção no rosto, contudo, nunca é bom ser imobilizado.

A primeira vez que ele viu alguém ser imobilizado por um bando foi nos primeiros dias, provavelmente, porque ele ainda estava tentando sair do bairro. Uma barreira invisível cercava aquele código postal, cada oportunidade de fuga era solapada pela certeza de que as coisas estavam prestes a voltar ao normal, de que a nova e selvagem realidade não duraria. Ele estava se encaminhando ao centro comercial a um quilômetro de casa — a civilização mais próxima consistia no frentista que vendia gasolina e cigarro, o famoso sujinho com sanduíche e pizza e uma lavanderia moribunda na qual só dava para confiar caso você quisesse exacerbar as manchas.

Mark Spitz havia passado a noite nos braços de um carvalho, a primeira de muitas festas do pijama nos galhos. Ocorreu a ele que, se havia alguém preparado para a "nova situação", esse alguém era o sr. Provenzano, com o famoso arsenal que havia escondido no porão da pizzaria. As armas do porão eram tema de robusta e adorada especulação entre crianças arruaceiras e adultos insinuantes, alimentada por rumores quanto a cerimônias de admissão na máfia e um forte folclore centrado no moedor de carne.

Mark Spitz não sabia se a pizzaria era acessível, mas era uma chance maior do que as pistas silenciadas de New Grove, a subdivisão para onde seus pais haviam se mudado trinta anos antes, os presentes do casamento aguardando-os no vestíbulo assim que voltaram da lua de mel. Ele esperou o raiar do dia e bateu nas pernas e nos braços dormentes para o sangue chegar. Então abriu caminho pelos quintais aninhados, pelos atalhos descobertos na infância, e rastejou e correu em volta da minimansão semiacabada na Claremont, tentando pegar o arranjo da rua antes de dobrar na rua principal. A construtora havia perdido liquidez no ano anterior, e seus pais passaram a reclamar da aberração na paisagem como se tivessem obrigação contratual. As folhas de plástico balançando onde devia haver paredes, os montes de poeira laranja que escorriam derrotados depois de cada chuva. Era uma incubadora de mosquitos, inquietavam-se seus pais. Que espalhavam doenças.

O velho vinha correndo pelo asfalto. Usava um casaquinho cinza jogado sobre o peito à mostra, e a calça xadrez verde ficava a uma distância cômica dos chinelinhos, presos aos pés por fita isolante preta. Seis dos diabos se reuniam no gramado de uma falsa Tudor descendo a rua. Viraram-se ao ouvi-lo. O velho correu mais rápido, desviando para fazer um balão neles, mas não deu certo. Os óculos de modelo aviador cobriam seus olhos e ele tinha um apetrecho sem fio preso no ouvido, no qual narrava seu avanço. Será que o velho estava conversando com alguém? Todas as linhas de telefone tinham morrido, e todas as redes robustas e confiáveis haviam deixado de ser robustas e confiáveis, mas talvez as autoridades estivessem consertando tudo por aí, Mark Spitz se lembrou de ter pensado, talvez o governo estivesse retomando o controle. As mãos da autoridade. Dois deles derrubaram o idoso e de repente estavam todos em cima dele como formigas que receberam o telegrama químico sobre um pirulito na calçada. Não havia como o idoso se levantar. Foi rápido. Cada um agarrou um membro ou devido ponto de apoio enquanto ele gritava. Começaram a comê-lo, e seus gritos fizeram com que mais deles se arrastassem da rua acima. Era o que acontecia mundo afora: um grupo deles ouvia falar de comida ao mesmo tempo que girava os corpos em uníssono, na coreografia desengonçada. Um fio de sangue irrompeu do amontoado e pairou no ar — era assim que ele lembrava, foi o que ele viu assistindo escondido atrás dos blocos de concreto. Um barbante vermelho imobilizado no ar, breve, até que o vento o levou embora. Eles não brigaram pelo velho. Cada um ficou com um pedaço. Claro que não poderia haver outra pessoa na outra ponta da ligação, pois os telefones nunca voltaram. O velho estava berrando para o vácuo.

Se você deixa que eles te derrubem, você já era. Se deixa que te imobilizem, não há como impedir que arranquem a patética proteção em que você se enrolou, na qual depositou todas as esperanças. Eles pegam você. Ele havia flanado pelas tardes úmidas de verão em Long Beach, em meio ao cheiro borrachudo de mariscos fritos. A lagosta desenhada no babador de plástico, a melodia soporífera do caminhão de sorvete. (Sim, o tempo desacelerava para dar espaço às facções concorrentes dentro de si para ribombar, a luz e as trevas.) Elas o arrancariam da farda tal como ele arrancava carne de garras, rabos, conchas. Eram uma legião de dentes e dedos. Mark Spitz agarrou o cabelo ralo da moça do RH e removeu a cabeça da trajetória precisa rumo a seu nariz. Não tinha mão livre para pegar a faca, mas mirou o ponto onde a teria cravado no crânio da coisa. Procurou a pistola. Estava perto da cintura. Marge estava de joelhos, deslizando pelo braço até o espaço entre a manga de malha metálica e a luva. A luz era tanta que ele viu o próprio rosto refletido nos olhos leitosos da RH, fixos no vácuo demente. Então sentiu a quarta esquele agarrar sua perna e perdeu o controle.

Ele teve o pensamento proibido.

Acordou. Deu um empurrão na RH para ela sair de cima de seu peito, fazendo-a cair sobre Marge. Mark Spitz pegou a pistola e lhe deu um tiro na testa.

A quarta RH tentou fechar os dentes em sua perna e foi detida pela farda. Boa parte da carne do rosto dela já fora devorada. (Na primeira semana, ele tinha visto um samaritano fazer compressões torácicas em um cidadão derrubado, inclinar-se para fazer boca a boca e ter o nariz arrancado.) Aros finos, grandes e dourados pendiam de seus lóbulos, fazendo som de sininhos entre si conforme precipitavam-se sobre o corpo dele. Mark Spitz mirou um ponto no alto do crânio e a derrubou.

— Deixa com a gente — disse Gary.

Ele chutou Marge de cima de Mark e prendeu o ombro dela com a bota.

Mark Spitz virou o rosto para evitar as gotículas, apertando os lábios. Ouviu dois tiros. As quatro estavam derrubadas.

— Mark Spitz, Mark Spitz — falou Gary. — A gente não sabia que você era chegado em velhinhas.

Começaram a chamá-lo de Mark Spitz quando enfim conseguiram voltar ao acampamento depois do incidente na I-95. O nome acabou pegando. Sem problemas. Afrontas eram um luxo, assim como xampu e afeto.

Ele rolou para longe dos corpos até chegar perto da picotadora e tentou recuperar o fôlego. Arfou, o suor cravado na testa. O pé da esquele sem rosto arrastava-se para lá e para cá como o rabo de um animal dormindo sobre o concreto no zoológico. Então parou na ponta de um circuito e não se mexeu mais.

— Obrigado — disse Mark Spitz.

— *Mazel tov* — respondeu Gary.

Nas últimas semanas, Gary começara a empregar o vocabulário poliglota da metrópole tal como fora transmitido pela cultura popular: as sitcoms homônimas de comediantes judeus; o seriado dos gângsteres dominicanos no canal pago; os versos tac-tac-tac de faixas icônicas do hip-hop. Ele nem sempre captava o significado, mas captava a pronúncia, a entonação correta, reforçada por exposições incontáveis.

Na sequência do encontro, o corpo de Gary voltou à pose comum de espantalho. Com seu domínio técnico, o homem era um exemplar dos novos recrutas civis, que memorizava e depois implementava a técnica correta de fuzil e faca e mesclava suas habilidades caseiras de sobrevivência com a doutrina militar de curso intensivo. Mark Spitz tinha sorte de servir em sua tropa. O visual de Gary, porém, era horrível. A cada manhã, quando acordavam, Mark Spitz maravilhava-se mais uma vez em ver como seu camarada estava pouco melhor do que as criaturas que eles haviam sido enviados para erradicar. (Descontando, é claro, partes faltantes no corpo.) Gary tinha uma compleição de granito, pele cinza e esburacada. Mark Spitz não podia deixar de pensar que algo muito ruim havia se atracado fundo nos ossos dele, algo sem classificação e sem diagnóstico. Suas fendas oculares tinham fuligem permanente, as bochechas eram cavadas. Sua pose favorita era uma corcunda controlada, com a qual ele se arrastava pelas esquinas e por aposentos, o último drogado do mundo. Ele pulara várias refeições nos últimos anos, assim como todo mundo, só que em Gary a perda de peso não ficava marcada como resultado da escassez, e sim como o lento arrastar de um tormento subcutâneo. Mark Spitz foi dissuadido dessa teoria quando Gary lhe mostrou uma foto de seu aniversário de seis anos, com a mesma postura doentia já evidente.

Fosse qual fosse a doença, se biológica ou metafísica, sua secreção escorria das mãos, mais especificamente das unhas, que pareciam feitas de fuligem. Como se ele houvesse cavado o caminho para fora do próprio caixão. Na primeira semana deles no forte Wonton, havia um certo sargento Weller que alugava Gary quanto ao estado deplorável das unhas dele, retomando as regras pré-praga de conduta militar e ameaçando "soltar os diabos" se ele não tomasse jeito. Mas a garganta de Weller foi arrancada durante a expedição de reconhecimento de uma estação ferroviária de Newark, e aquilo parou por ali. As prioridades dos outros oficiais não incluíam incomodar voluntários quanto a critérios enterrados. De sua parte, Gary nem entendia o porquê do alvoroço. Antes de o mundo ruir, ele havia largado o colégio para apertar parafusos em tempo integral na oficina do pai, ele e os irmãos, e assim sustentava a explicação para sua aparência, mesmo que fizesse anos que não trabalhasse nem em carros nem em caminhões. Restando a Mark Spitz opinar que o que eles viam era o encardido *original*, o encardido da própria juventude de Gary preservado como símbolo de seu lar. Era o que ele tinha arrancado do passado e carregado consigo.

Gary espetou Marge com o fuzil.

— Não avisaram a gente que era Sexta-Feira Casual — disse ele.

Concordasse você ou não que a aparência de Gary era pior do que a de um esquele definhando, era indiscutível que seus modos eram.

Kaitlyn se materializou, vindo correndo do outro cômodo e, então, parando e sacudindo a cabeça conforme absorvia a bagunça. Ela perguntou se Mark Spitz estava bem e fez uma varredura no escritório.

— Eram quatro, e tem cinco mesas — disse.

Engatinhou até o armário de material. Qualquer criatura ali dentro estaria fazendo uma algazarra diante da situação, mas Kaitlyn era atenta a detalhes. Tinha sido uma CDF antes do desastre, conforme ela mesma relatava, e Mark Spitz a vira manter o *continuum* de CDF nos espasmos da reconstrução, roçando os dedões nos Baralhos Isso Não e passando o marca-texto amarelo nos manuais coalhados de erros ortográficos que vinham de Buffalo. Caso sobrevivesse, era certo que ela seguiria sendo uma CDF no mundo renascido ao qual eles se arrastavam, pagando as contas no devido prazo, assim que mercadorias e serviços vitais e o débito em conta ressurgissem, a primeira na fila para as urnas, se não cuidasse ela mesma das cabines de votação, assim que tivessem como pagar pelo luxo que era a democracia. O Tenente a deixara encarregada da tropa Ômega por sua constância, embora, dadas as outras duas opções, essa não tivesse sido uma de suas decisões mais visionárias.

Ela resmungou, ao abrir a porta:

— Situação, situação.

Dentro do armário de material, caixas e pilhas de notas adesivas, formulários de impostos e pacotes de plano de saúde incompreensíveis aguardavam o Dia de Trabalho Normal. Não havia oponente aguardando entre os pratos de papel e os copos de isopor guardados para as míseras festas de aniversário ou despedida. Kaitlyn se sentou na beirada de uma mesa. Fez uma careta ao ver os corpos, angustiada com o número e o sinal de que deixara sua tropa fugir do regulamento.

— Achei mesmo que andava quieto demais — disse.

A dona da mesa estivera tomando um refrigerante diet e lendo um romance/suspense da lista dos mais vendidos, pois Mark Spitz se lembrava dele nos anúncios em laterais de ônibus. Qual delas seria a leitora, especulou Mark Spitz: a sem rosto? Ele se corrigiu. Havia cinco mesas e quatro corpos. Uma delas conseguira sair. Nem todas morreram. Talvez a dona da mesa estivesse cumprindo tarefas naquele exato instante em um dos assentamentos, em Happy Acres ou Sunny Days, trocando o papel higiênico dos banheiros químicos, eliminando as latas amassadas de beterraba das despensas e provando o refrigerante dietético regional que as equipes de batedores tivessem surrupiado. O slogan insípido brotou na cabeça dele, insistente como um vírus de computador — "Nós Fazemos O Amanhã!" —, e ele se encolheu ao imaginar a assistente administrativa do campo distribuindo bottons, obedientemente grudados nas roupas recuperadas, que eram um tamanho maior ou menor do que o da pessoa. Resista. Mark Spitz tinha que tirar aquelas merdas da cabeça ou a coisa ficaria ruim para ele. Para reforçar seu argumento, fez uma avaliação taciturna dos corpos no chão.

— A gente chegou em cima da hora. — Gary acendeu um cigarro.

Ele havia resgatado uma caixa de cigarros patrocinados em uma mercearia um dia antes e aquilo o redimira até o momento. Era de uma marca barata que não fazia propaganda havia trinta anos; já bastava pais e avós terem soprado fumaça nos berços, apresentando desde cedo o cheiro acre do tabaco e o pacote vermelho-cereja, despertando em seus aficionados, anos depois, memórias de uma época mais feliz e mais simples.

— Tinha botado Mark no chão, tava quase fazendo plástica no nariz dele — complementou Gary, usando o tom que reservava para contar os épicos pavorosos de expiração dos outros dos quais fora testemunha (era um almanaque vivo da área) ou para menosprezar as ditas táticas de sobrevivência de Mark Spitz.

Apesar da amizade entre os dois, o mecânico não titubeava em compartilhar seu espanto ao saber que Mark Spitz não havia sido abatido na primeira semana, quando as grandes hordas de inadaptáveis haviam sido exterminadas ou infectadas, sem preparo para lidar com o realinhamento do universo.

Gary não tinha grande simpatia pelos mortos, também chamados de "quadradões", "trouxas" e "chorões". Quando se usava a palavra “mortos”, a maioria dos sobreviventes fazia sinal para o ouvinte, fosse via entonação ou contexto, para esclarecer se estava falando sobre os que haviam sido mortos no desastre ou os que haviam sido transformados em vetores da praga. Gary não fazia tal distinção; com raras exceções, eram igualmente detestáveis. Os mortos haviam pagado a prestação da casa em dia e já tinham a mesa posta com os cereais de café da manhã, os cereais que mais apareciam na TV, quando a prole saltava da cama em pijamas que não pegam fogo. Os mortos haviam se formado com louvor, pré-agendado contribuições mensais a causas nobres, rateado com prudência sua aposentadoria privada entre setores diversos conforme os saberes dos consultores financeiros com a devida licença, também mortos, e sobreposto as fronteiras dos bons distritos escolares em mapas mentais do bairro, bairro este que figurava nos rankings de revistas no quesito Melhor Qualidade de Vida. Em suma, tinham sido afiados e adestrados com tal intensidade pelo mundo extinto que estavam condenados no novo. Gary não se comovia. Pela descrição que o homem fazia de sua vida pregressa, o retrato que Mark Spitz montara era o de um desajustado perplexo e banido pelos sinais e sistemas da vida correta. Então veio a Última Noite, que transformou a todos. No caso de Gary, os talentos latentes se anunciaram. Ele se orgulhava da falta de esforço para assumir e dominar as novas regras, como se tivesse passado a vida aguardando aquela introdução ao inferno. O gosto de Mark Spitz pelas escapadas de última hora e pelas fugas improváveis era um insulto.

— Me distraí — falou Mark Spitz.

Não sentiu necessidade de se defender além disso. Atribuiu-se o B de sempre. Teria vencido suas opositoras caso Gary não chegasse a tempo? É claro. Ele sempre vencia.

Mark Spitz acreditava que havia tido sucesso em banir os pensamentos sobre o futuro. Ele não era igual aos demais, aos outros varredores, aos soldados no norte da ilha ou àqueles clãs desfigurados nos campos e cavernas, todos os resquícios longínquos atrás das barricadas, onde quer que as pessoas lutassem e aguardassem a vitória ou o esquecimento. O resíduo de humanidade grudava-se nas laterais do mundo. Nunca se ouvia Mark Spitz dizer "Quando isso acabar", ou "Assim que as coisas voltarem ao normal" ou outras emoções como essas, pois ele as negava. Quando tudo estivesse acabado, acabado mesmo, aí, sim, eles poderiam conversar sobre o que fazer. Ver se a casa continuava de pé, curtir umas rodadas de Quantos Vizinhos Se Safaram. Descobrir quanto da vida de antes ainda existia e quanto você havia perdido. O que ele havia aprendido era o seguinte: se você não se concentra em sobreviver aos próximos cinco minutos, não sai vivo. Os reveses recentes na campanha não o haviam feito pender para o otimismo, tampouco as camisetas, os bottons e os últimos comprimidinhos de esperança que enviaram de Buffalo. Ele se repreendia por sucumbir a um devaneio, por mais breve que fosse. Aquele monte de bosta fêni havia anuviado sua cabeça. A tranquilidade do 135 da Duane Street e a perspectiva do que podia ser haviam levado ao seu tropeço.

— Às vezes o cara se distrai — falou Gary, arrastado.

A rotina de Kaitlyn fazia com que ela ignorasse brincadeiras e discussões. Ela veio e inspecionou Mark Spitz. Ficou de joelhos e gentilmente empurrou a parte inferior do queixo dele, que ainda tremia. Ele se sacudiu para afastá-la. Ela falou para ele parar quieto. Ele tremia; parou assim que ela o tocou. Os dedos dela o levavam de volta a incidentes no parquinho — cair do balanço, ser jogado de uma gangorra —, quando a professora vinha correndo para conferir o estrago e garantir que a escola não levasse um processo. Professoras... por que ele tinha se lembrado de professoras? A esquele no chão que o lembrava da srta. Alcott. Ele respirou fundo e fixou a atenção em uma laje preta saindo da janela: um prédio que fora todo varrido ou que ainda tinha que ser, cheio de formas se mexendo nas trevas ou não. O binário constante. Kaitlyn procurava pele rompida. Ele aguardou.

Por fim, ela assentiu e pegou um curativo no bolso do peito. Não era por um arranhão que a praga entraria, mas a situação no Setor permitia que Kaitlyn se preocupasse com bichos e infecções vulgares. O rosto familiar de um tatu de desenho animado dava um sorriso insano na tira adesiva.

— Pronto.

Gary abriu um pouco mais as venezianas e partículas cinzas rodopiaram no ar. A fumaça dos tiros era o perfume que escondia o fedor dos mortos, tranquilizando Mark Spitz conforme ele vagava por sua camada de sonho. Esses aspectos mundanos, a física simplista do mundo, sempre queriam dizer que o último embate havia acabado. Seguro até a próxima irrupção.

— Nenhum sinal de que estiveram aqui? — perguntou Kaitlyn.

Ele parou por um instante, duvidando de si, depois respondeu que não. Ele fora tolo e se deixara sonhar, mas não fora tão displicente. Era raro ser surpreendido por um grupo encurralado. A dica era um amontoado de arquivos contra a porta da sala de reuniões ou uma mesa detonada pregada na porta da cozinha. Coisinhas assim. Uma barricada, hoje em dia, era um capacho dizendo boas-vindas: dava para saber qual seria a recepção. Mas ali não houvera barreira.

Ele passou por cima de Marge e inspecionou a fechadura. Não havia notado que estava quebrada quando chutou. Alguém com um raciocínio rápido havia detonado a tranca antes de prender as quatro lá dentro. Os mortos sabiam girar maçanetas, ligar interruptores — a praga não apagava a memória muscular. A cognição, porém, debandava assim que se sobrepunha aos dados do eu. Essas criaturas haviam passado anos travadas pela fechadura quebrada. Uma batendo na outra e ricocheteando entre mesa, cadeiras e arquivos, perdendo perucas, anéis e relógios conforme ficavam mais e mais emaciadas. Tropeçando em seus acessórios e erguendo-se mais uma vez como as entidades mecânicas que haviam se tornado.

Kaitlyn sacou o caderno.

— Não quero pegar no seu pé.

— Para o Boletim de Ocorrência — disse Mark Spitz.

— A papelada tem que sair direitinho — acrescentou Gary.

— Ela tem o quê, cinquenta? — perguntou ela, esquadrinhando a RH enquanto anotava. — Cinquenta e cinco? Vê se tem identidade, Gary?

As diretivas de busca de informação haviam chegado de Buffalo uma semana depois de eles terem sido escolhidos para servir na ilha. As dez tropas de varredores estavam apinhadas em uma guiozaria na Baxter Street, o restaurante que o Tenente havia demarcado para seus informes. Todos os comandantes haviam anexado o território de Chinatown para informes e sessões estratégicas, que se difundia do Wonton Central, na Broadway com Canal, conforme os apetites. A general Summers, por exemplo, reivindicou um elegante e cavernoso palacete de *dim sum* na Bowery, tendo o resgatado dos centros de distrações dos alistados. O estabelecimento passou meses servindo como pista de corrida, os carrinhos de *dim sum* se lançando pelo linóleo. As noites de sexta-feira ficaram desoladas quando Summers pôs fim às competições, até que os fuzileiros realocaram sua arena para a pista de patinação. (Mark Spitz deparou-se com o gigantesco globo espelhado da pista em cruzamentos diversos conforme ela empreendia sua jornada pela metrópole, a salsola bode expiatório que era chutada e jogada e rolada pelas ruas por soldados inebriados, soltando quadradinhos de espelho como se fossem lágrimas.) De sua parte, o cabo Brent, do Exército, conduzia suas sessões diárias de planejamento em uma casa de lámen, dirigindo-se a homens e mulheres de trás do balcão como se servisse fios de udon em vez de estratégias barrocas de planejamento urbano (reconfiguração urbana, para ser mais exato). Os oficiais se espalhavam, abancando-se. Manhattan estava vazia, exceto por soldados e legiões de condenados, observou Mark Spitz, e já haviam retomado a gentrificação.

As placas eram em mandarim, à exceção dos regulamentos intimidantes da Secretaria de Saúde abaixo dos caracteres. A lógica de sua mãe sustentava que a congruência entre freguês e cozinha sinalizava um "lugar autêntico" e que a culinária chinesa ou grega ou lituana etc. que serviam deveria ser de primeira linha. Mas isso nunca fizera sentido para Mark Spitz: havia vários restaurantes norte-americanos com clientela majoritariamente norte-americana que serviam um cardápio norte-americano porcaria. Talvez a ênfase fosse na autenticidade da mediocridade.

Em uma mísera tentativa de parecerem fregueses, Mark Spitz e Kaitlyn voltaram à mesa que haviam ocupado no informe anterior. Gary viria a se sentar com eles, mas naquela época eles só tinham estado juntos para uma grade, uma faixa residencial sem graça na Water Street. A Ômega ainda não tinha sintonizado, carregando seu próprio abrigo para três aonde quer que fosse. Naquela tarde, Gary espremeu uns caras com quem havia servido em Stamford defendendo fábricas de gás vazias. A maior parte daquelas unidades de varredura tinha base no nordeste, onde faziam obras de infraestrutura, limpavam o Corredor assim como Mark Spitz ou faziam reconhecimento nas principais áreas metropolitanas e em aglomerados industriais, para onde Gary havia sido designado antes. Mark Spitz chegou na ilha sem tropa, o único da unidade da I-95 a ser transferido para varredura.

A guiozaria estava preparada para atendimento quando eles se acomodaram para o primeiro informe, mas os soldados foram detonando o arranjo a cada semana que passava, como se tivesse sido um só turno de almoço em câmera lenta. Eram trinta: adolescentes e homens e mulheres de vinte e poucos anos, sendo as exceções figuras como Metz. Metz parecia ter cinquenta e alguma coisa, mas era óbvio que as últimas desgraças haviam acelerado o envelhecimento deles, e, por isso, Mark Spitz não tinha como ter certeza da idade. Ele tinha o que Mark Spitz viera a chamar de Olhar de Desolação. Nas Forças Especiais, as varreduras eram equipadas com óculos de visão noturna com olhos protuberantes, tipo iguana, que eles usavam para enxergar em vários espectros;

Metz e confraria eram equipados com lentes extras, e por elas viam os tocos, os restos de estruturas, a planície arrasada, como se estivessem usando um visor da devastação. O que quer que Mark Spitz visse — um típico pé-sujo do centro, papel pega-mosca girando nos cantos —, Metz fitava uma paisagem totalmente distinta e cruel. Dada a vasta galáxia de disfunções dos sobreviventes — o TEPA em suas manias, fugas e febres existenciais —, o canto patológico particular dos Desolações, decidira Mark Spitz, era indigno de nota. Todo mundo estava ferrado, cada um a seu modo; tal como antes, era uma marca de individualidade.

As incursões frequentes haviam esgotado o depósito de energéticos do patrocinador, mas havia um boca a boca positivo a respeito das propriedades medicinais de uma enigmática bebida estrangeira cujas latas esmeralda formavam pilhas formidáveis na cozinha. Os varredores assentavam-se às mesas e amontoavam-se nas banquetas, deslizando pelo vinil vermelho-sangue. O zoológico do zodíaco chinês caçava a si mesmo nos jogos sob os tampos de vidro das mesas. Mark Spitz viu que era o Ano do Macaco. Atributos: Adorável Espirituoso Divertido. Na entrada, peixes mortos boiavam no denso negrume do tanque.

O Tenente se empoleirou no posto da recepção e informou que de agora em diante eles teriam que preencher Boletins de Ocorrência a cada contato. A decoração reluzia nos óculos modelo aviador em escarlate e dourado. Considerando os voos noturnos do Tenente no conhaque, os óculos eram uma proteção preciosa para suas retinas sensíveis, mesmo à meia-luz do restaurante.

Buffalo, explicou ele, queria informações sobre as linhas gerais de cada contato, mas estavam particularmente ansiosos pelos registros das varreduras no que tangia a dados demográficos: idade dos alvos, densidade no local, tipo de estrutura, número de andares. Fabio, o imediato do Tenente, havia vasculhado a Canal Street em busca de equipamentos especiais para esse propósito. Fabio entregou ao chefe a caixa de cadernos infantis, e o Tenente a sacudiu sobre a cabeça, ressaltando que eram equipados com alças para prender microlápis. Os cadernos revestidos com plástico eram de tons pastel e do tamanho da palma da mão, transbordando de personagens e mistérios de um próspero e longevo conluio do entretenimento infantil. O mito da criação da linha de produtos dizia respeito às aventuras de um tatu esperto e afeminado e seu grupo de prestativos bichinhos do deserto. Embora a matriz fosse uma das primeiras patrocinadoras oficiais da reconstrução, até então Buffalo havia encontrado pouco uso para os produtos licenciados, fora os curativos.

— Sem dúvida vocês vão gostar desse exemplo da excelência japonesa em engenharia — disse o Tenente, fazendo o lápis ir para lá e para cá.

Os varredores soltaram gemidos e deslocaram arrotos fragrantes da misteriosa bebida do Extremo Oriente, maculando o ar com gengibre. O Tenente ofereceu suas lástimas quanto ao alvoroço, como lhe era de costume. Ele preferia algo mais leve, abdicando do protocolo quando servia a seus propósitos. Autodefinir-se o professor jovem e moderninho do colégio fazia parte da estratégia para mantê-los vivos, teorizou Mark Spitz. Os varredores do Tenente eram uma brigada que, para dizer o mínimo, fugia ao tradicional, voluntários da população civil e sem formação na malevolência rotineira do código militar. Seus cursos de preparação e seus exercícios de quartel haviam sido as decisões de última hora e o acaso, puro e indiferente, que possibilitara a sobrevivência deles até ali. (Embora deva-se acrescentar que a maioria deles havia tido um curso intensivo sobre armamento básico após o advento da praga.) Soldados da nova circunstância. De que adiantaria fazê-los seguir os rigorosos critérios militares quando eram uma trupe tão improvável? Homens imaturos a quem ninguém dava emprego, ex-animadoras de torcida, vendedores de barcos de luxo, professores de academia, blogueiras de culinária, tabeliões, moças da cantina do colégio, despachantes de serviços de entregas internacionais. Gente como Mark Spitz, baratas humanas aparentemente inextinguíveis, protegidas pela carapaça da boa sorte. A primeira prioridade do Tenente era manter membros e outras peças ligados a seus corpos, desprovidos de dentes; depois vinham os objetivos abaixo na lista; e, por fim, a servidão a diretivas obsoletas de um mundo obsoleto.

A atitude casual do Tenente era facilitada pelo fato de que os alvos primários dos varredores eram os esgarrados. Comparados aos fuzileiros e aos que haviam encontrado em Manhattan durante a gigantesca varredura inicial, os que estavam reunidos na guiozaria estavam tranquilos. Mark Spitz não teria se alistado para a ilha de outro modo, com ou sem saudade de Nova York.

— Buffalo, como sempre, tem grandes planos para vocês — disse o Tenente.

Ele jogou a caixa de cadernos ao brutamontes zarolho que se aprumava na mesa mais próxima, um homem que atendia pela alcunha de Professor, nome que contradizia sua expressão de pasmo. Em tempos mais veranis, ele fora contramestre em uma nau de pesca esportiva que conduzia excursionistas mamados no rum a cardumes de cioba via sonar. O Tenente fez sinal para ele passar a caixa entre todos.

— Já sei o que vão dizer: precisamos de botas e eles vêm nos falar de números.

Na verdade, eles tinham botas, e a maioria dos varredores havia invadido lojas de tênis depois de uma rodada de marchas da morte subindo arranha-céus pelas escadas; para sorte deles, o patrocinador fabricante de tênis havia produzido várias linhas pensando em idades, apetite estético e inclinações atléticas diversas. Nos confins do prédio escuro, era reconfortante ver o calcanhar do seu parceiro piscar os LEDzinhos vermelhos em um tênis de corrida inovador, embora Mark Spitz não compartilhasse da emoção por conta da exposição do calcanhar. *Botas* era o termo guarda-chuva do Tenente para apetrechos a que se devia agarrar de fato. O ardiloso, o vital. Mark Spitz ouviu os outros se remexendo de tédio à referência. Para aquele homem, botas simbolizavam o quê? Ordem. Regras. Rigidez. O baú de águas passadas. Cada sobrevivente tinha as suas, os nomes afetuosos e as metonímias que usava para se referir ao passado. O pãozinho, o java, o boné, o objeto que era todos os objetos, a mobília dos bons e velhos tempos. Por que o Tenente não podia ter o próprio altar? Todo mundo tinha.

Mark Spitz folheou sua caderneta. Cactos rosas e roxos brotavam nas margens. Ele reconheceu o sentido do plano de Buffalo. Com os dados reunidos, seu suprimento de cabeções podia começar a projetar quantos dos mortos se encontrariam na típica nau capitânia corporativa de 22 andares, no cortiço de cinco pisos, no complexo residencial de quinze, o que fosse. Cada estrutura abrigava suas trajetórias e conjunturas prováveis; eles já tinham sacado isso de início.

Pense, por exemplo, nos prédios residenciais. Se você for a um dos cortiços do centro de Manhattan, pode apostar que vai ter pelo menos um cidadão que armou uma barricada, virou bicho e não conseguiu mais sair. Na primeira onda, as pessoas se contaminavam e mal conseguiam chegar em casa antes do colapso. Aí a praga limpava e reformatava o cérebro e eles ficavam presos neles próprios, os reclusos urbanos mais patéticos, as mãos eventualmente tentando se agarrar a cadeados de segurança caros, mas incapazes de alcançá-los devido à montanha de mobília contemporânea e esplêndida que empilharam por cima. Mark Spitz amaldiçoou a própria sorte quando percebeu que eles teriam que retirar a porta e todas as merdas do caminho antes de poderem derrubar o esquele: os aparelhos de multimídia conectados a TVs de plasma pagos no crediário, as réplicas de guarda-roupas estilo dinamarquês edição limitada, as amadas poltronas emporcalhadas nos braços devido aos verões de suadouro. Aqueles espécimes eram os esqueles médios, não os esgarrados inofensivos, uma porcentagem pequena, mas confiável, do que se encontraria no Setor Um, então você tinha que ficar de boa.

Àquela altura, Mark Spitz conseguia ver um prédio e saber que tipo de clima se armava lá dentro. As torres de escritórios eram as menos habitadas. Os carteira assinadas haviam deixado de aparecer no emprego quando o caos se instaurou, e a maioria dos esqueles em fúria fora atraída para fora pelos fuzileiros, deixando só os esgarrados. (Talvez, pensou ele, venham a fazer um estudo da distância que um esgarrado havia percorrido até o lugar que assombrava — cruzando córregos! areia movediça! cânions periculosos! —, mas isso ficaria para o futuro distante.) Um prédio como o número 135 da Duane, com sua coleção de empresas, tinha suas idiossincrasias, mas mesmo assim conformava-se à narrativa dominante. Lojas de departamentos, redes de café multinacionais, condomínios semiacabados. Igrejas e casas de *banh mi*. Embora cada endereço, cada naco da grade a eles designado, contribuísse com seus ornatos, a história era sempre a mesma.

Havia 2,4 esgarrados por andar nesse tipo de estrutura e 0,05 naquele. Os números possibilitariam que Buffalo extrapolasse toda a cidade a partir do Setor Um, que especulasse quanto tempo uma quantidade X de tropas de varredura com três homens levaria para liberar a ilha de setor a setor, de norte a sul e de rio a rio. E então passar a outras cidades. Não havia outras entidades como Nova York fora os centros comerciais em silêncio país afora, no aguardo, com micropopulações e acólitos dos princípios da grade. As verdades da lógica retilínea da grade, suas consequências, de como as pessoas se movimentavam e moravam dentro das fronteiras, já foram aplicadas a cidades em todo o país ao longo das décadas, onde quer que a atividade e o desejo humanos precisassem ser domados. Gangues de prédios em municípios do sudoeste, carregados de dinheiro da internet, shoppings estéreis em cidades do Meio-Oeste de certa estatura, distritos desolados à beira-mar com importância histórica maquiada que foram enfeitados para virar armadilha de turista. Claro que havia o problema da escala, mas Manhattan era a maior versão de tudo.

A metrópole se gabava do deslindar infinito, de ser uma grade sem fim; claro que era limitada e travada pelos rios, abreviada pela circunstância geográfica. Podia ser subjugada e entendida. Em breve equipes de varredura percorreriam zonas rurais em missão idêntica à dos varredores metropolitanos, bolando as equações do interior, dando números às teorias emergentes sobre padrões de dispersão dos esqueles, e com o tempo esses números dariam datas de encerramento e avanço e a volta à vida como era antes. Ao se sentar no restaurante, Mark Spitz imaginava a caixa de cadernetinhas do Tenente, transbordando de rabiscos dos varredores no limite da legibilidade, descarregada de um helicóptero militar no interior do estado e despachada por um recruta estressado à câmara subterrânea do QG Buffalo. Como se fosse o fígado de uma pessoa sendo transportado com toda a delicadeza até o receptor. Ele nunca estivera em Buffalo, e agora a cidade havia virado a fundição excelsa do futuro. O Nilo, o Berço da Reconstrução. Os melhores e os mais inteligentes (e, o mais importante, os que ainda respiravam) haviam sido despachados para Buffalo, onde tinham a melhor boia, refestelavam-se com geradores de sol a sol e podiam tomar banhos quentes sem restrição. Por conta disso, tinham a missão de rebobinar a catástrofe. Havia rumores de que os dois últimos agraciados com o Nobel trabalhavam por lá — os Nobéis úteis, não esses da Paz ou da Literatura —, deglutindo as comidas que fazem bem para o cérebro, óleo de peixe e quetais. Se eles conseguissem reiniciar Manhattan, por que não o país inteiro? Tais eram os contornos do novo otimismo.

Depois de descrever o tipo de dados que Buffalo esperava deles e afugentar perguntas de pertinência diversa ("Não, Josh, não precisamos do peso, a não ser que seja uma coisa espetacular"; "Endereço? Pra quê, pra mandar correspondência?"), o Tenente passou a seu passatempo predileto, o Noticiário Noturno. Divulgou as notícias daquela manhã. Era tudo positivo, alinhado com a tendência recente. No caso: "Fãs da alimentação orgânica ficarão felizes em saber que, segundo Happy Acres, este ano teremos a maior colheita até o momento...".

Murmúrios de gratidão tomaram a guiozaria, pois quem ali tinha como esquecer o retorno do milho no ano anterior? Nunca na história humana tantos haviam se deleitado em remover um pedacinho de milho daquele espacinho entre caninos e pré-molares. Mark Spitz esbarrou nas lavouras de Happy Acres na primeira noite no acampamento. Havia largado o refeitório para tomar um ar, tonto com as risadas do pessoal do Exército e dos outros novos recrutas. Foi naqueles dias minguantes, antes de os regimentos de pilhagem chegarem com tudo e de as trupes de catadores destroçarem um covil de bandoleiros que havia tomado conta de uma das megafarmácias. Metade dos bandoleiros morreu na troca de tiros e a outra metade fez juras de lealdade ao governo provisório depois da rendição. Voltaram com três caminhões carregados de remédio. Nem é preciso dizer que cada um pegou sua parte, enchendo os coletes e bolsas com butim, o creme dental antitártaro preferido e os comprimidos para alergia, se possível, no tamanho viagem. Eram os produtos que os haviam mantido na ativa no mundo anterior, mesmo que por efeito placebo. Os soldados se refestelaram.

Depois de terminarem a troca de histórias de triunfo quanto às aquisições pessoais, a conversa voltou-se para especulações quanto às possibilidades de localizar cigarros em Manhattan. Muita gente havia começado a fumar. As notícias de uma possível operação em NY começaram a circular e, naquela manhã, mensageiros de Buffalo disseminaram fofocas sobre a última operação no Sul, em uma usina hidrelétrica que fora religada. Então um dos franco-atiradores — chamado Gibson — contou a história de uma fogueira de esquele que deu errado, e todo mundo ficou arrasado. O esquele no alto tinha sido neutralizado, mas parece que um naco do cérebro dele continuou disparando ordens. O fogo ativou a criatura de uma forma que parecia que o esquele estava "dançando" nas chamas. Mark Spitz ria com os outros, mais por conta da cara séria de Gibson enquanto contava do que pela anedota em si, quando sua cabeça de repente foi revestida de chumbo e a visão fritou. Foi como se ele tivesse sido atingido na cabeça com um cano — aliás, ele tinha levado uma cacetada com um cano de metal durante a faculdade, quando uma gangue invadira o Concerto da Primavera à procura de encrenca. Em retrospecto, a sensação de afogamento foi o primeiro indicativo de que algo começara a dar errado com ele quando voltou da terra devastada.

Ele precisava de ar. Mark Spitz curvou-se para sair da tenda de plástico e se perdeu nas fileiras de cabanas, arrastando-se entre as barracas de nylon vermelho e amarelo que continham os recém-chegados em sua primeira noite de Happy Acres. Ele os sentiu se retesando a cada uma de suas pisadas mais lentas, que o faziam parecer um dos mortos. Botavam a cabeça para fora, tranquilizavam-se e voltavam para dentro. Vagou até a fila de lâmpadas de sódio na outra ponta do acampamento. Lá, depois da cerca, estavam eles: iluminados, arregimentados, recurvados de tanta promessa, os caules sagrados, da altura do peito, desaparecendo nas trevas. Ele vinha comendo três quadradinhos por dia, ouvindo piadas de verdade, vendo gangues de crianças maltrapilhas — quando fora a última vez que vira mais do que uma criança por vez? E agora, milho fresco. Os milagres haviam virado rotina. Brotavam como ervas daninhas.

— Nem pensa em chegar perto da porra do milho, cara.

Os dois guardas apontaram as armas para a cabeça dele em dois dos cinco pontos derruba-esquele recomendados em treinamento. As sentinelas não podiam ter mais do que dezesseis anos. Ele não invejava a função dos dois. A lavoura era importante. A lavoura era o que separava a iteração atual da humanidade da do ano passado. Ele fez sinal para baixarem os rifles e abriu a boca. Foi engraçado: de frente para o portão, tremendo à brisa, eles eram quase um exército de esqueles se aproximando dos apetitosos sinais de vida humana no acampamento. Metade da lavoura provavelmente iria para Buffalo, mas não tinha importância. Ainda assim era um milagre. Mark Spitz nem pensou em chegar perto da porra do milho.

— E, mais uma vez — disse o Tenente —, ignorem os mexericos sobre o que estão usando de adubo. O que mais, meus caros, o que mais? O novo incinerador teoricamente vai rodar com o dobro da capacidade, então vocês já sabem o que isso quer dizer...

— Quarta-Feira de Cinzas! — berrou alguém no fundo.

— Quinta e sexta também.

O Tenente consultou o informe e comunicou que um integrante sênior da diretoria de certo império coorporativo de roupas havia aparecido em Victory's Sword e magnanimamente comprometido os bens de sua empresa com a reconstrução. O Tenente deu um minuto às tropas e depois disse para se acalmarem. Seria difícil dizer que o entusiasmo deles fora indevido. A empresa promovia quatro linhas de produto: a versão de butique com indumentária sofisticada para uma passada no escritório ou uma noitada metropolitana; a coleção povão, com o básico, o razoável, do dia a dia; variações a preços modestos para o consumidor econômico;

e um fornecedor recentemente fusionado de lingerie *plus size* que havia estado na pior, mas que dera a volta por cima graças à gestão sagaz da nova empresa-mãe. Todas as roupas eram bem trabalhadas, independentemente do preço; a empresa ficava a par das últimas frentes em trabalho infantil e barato.

— Qualquer produto tá livre pra jogo — disse o Tenente —, mas o preço final tem que ser abaixo de trinta dólares. É só conferir nas etiquetas, pessoal! Caso alguém precise de camiseta, moletom ou o que for.

— Não tem moletom por menos de trinta dólares!

Alguém no fundo, em uma das mesas indesejáveis perto dos banheiros, contrapôs que já era fácil adquirir um moletom por menos que isso na loja barateira. Outro concordou.

— O Gary vai pegar um camisolão GGG — um dos colegas de Gary das antigas berrou.

— A gente até que gosta do macio por baixo da malha; você devia experimentar — disse Gary, ostentando os dentes cinzentos em fila.

Todos que trabalhavam com Gary ajustavam-se rapidamente ao hábito do homem de referir-se a si no plural. Ele era um trigêmeo, um de três irmãos. Os outros dois haviam falecido na Última Noite, mas Gary continuava falando pelo coletivo, dando continuidade ao que Mark Spitz supunha ser uma prática vitalícia de projetar união fraterna a todos que não compartilhassem daquela exata configuração genética. Era uma visão perturbadora: Gary e suas outras versões na cozinha do trailer, exigindo mais doces ou mais desenho animado, muito mais perturbadora do que ouvir um homem de farda comunicando o entusiasmo de fantasmas. O TEPA tinha tantas faces quanto havia não infectados, e, tal como era o caso com os Olhares de Desolação, você entendia os sintomas individuais como manias inofensivas. Mera cortesia, a não ser que alguém fizesse objeção à sua.

Mark Spitz decidiu comprar umas meias novas. Agora que os regulamentos antipilhagem estavam valendo, todos — tanto soldados quanto civis quanto varredores — estavam proibidos de saquear produtos e materiais que pertencessem a qualquer outro que não um patrocinador oficial, fosse uísque ou creme de depilação 100% natural. Comida estava de fora — caixinhas de suco ainda eram moeda corrente em algumas regiões do país —, mas, no geral, nada de roubar, pessoal. Antes havia leis; cumprir seu murmúrio enfraquecido, apesar do interregno, era crer que elas voltariam. Era acreditar na reconstrução.

Era difícil, contudo, fazer a proibição valer, e por motivos óbvios. Os civis nos campos tinham como ser policiados, pois a maioria nunca saía do perímetro. Mas incontáveis norte-americanos ainda trilhavam o grande mundo lá fora, longe da contenção, como escravizados que não sabiam da abolição. As equipes de resgate sancionadas quase não tinham supervisão, e os soldados tinham necessidades especiais que fugiam às classificações nos formulários de requisição. Não tinham número de identificação. Os oficiais confiscavam contrabando quando ficava na cara — óculos de sol de marca e os couros robustos preferidos dos motociclistas tanto de estirpe séria quanto amadora —, mas tinham coisas melhores a fazer do que ser babá. Kaitlyn, em deferência à sua parcela de fiscal de corredor, ficava de olho nos dois homens sob sua supervisão, sobretudo Gary, e por bom motivo. Ele fora um bandoleiro-mestre antes da ascensão dos acampamentos e, além disso, gostava muito da entonação esganiçada de Kaitlyn quando ela usava a voz da disciplina.

Buffalo criou toda uma divisão dedicada a encontrar patrocinadores oficiais sempre que aparecia um representante, em troca de abonos fiscais depois que o ceifador largasse a foice e as coisas estivessem de volta aos trilhos. (Zumbiam nas letrinhas miúdas produtos extras que o grande público nunca viria a descobrir.) Havia uma dificuldade compreensível em rastrear sobreviventes com cargo de chefia, digamos, na maior rede farmacêutica nacional ou no maior fabricante de bicicletas, mas de tempos em tempos eles chegavam em um acampamento, com as típicas cicatrizes, mas ávidos para contribuir. Eles geralmente botavam um teto no preço dos produtos e especificavam um em particular de sua marca, um não muito querido, mas mesmo assim seus sacrifícios eram bem-vistos. Promete todas as caixinhas de suco de maçã, em todos os mercadinhos e lojas de conveniência da nação? Não tinha erro: já tinham até passado da validade. Os civis por aí, sem saber dos regulamentos, seriam recebidos no sistema com o tempo e seriam obedientes.

Meias. Sim, meias. A ideia de um novo pacote com três meias esporte sempre animava Mark Spitz.

— Uma quantidade irritante de vocês — disse o Tenente — tem me incomodado em relação ao quesito novidades, mesmo que eu continue dizendo para manterem os canais de comunicação abertos, então o negócio é o seguinte: os trigêmeos Tromanhauser saíram da UTI.

Todos aplaudiram. Kaitlyn agradeceu a Deus. Na primeira noite no Setor, Mark Spitz havia esbarrado com ela no meio da prece. Ela havia parado para conversar com Deus enquanto passava fio dental, o barbante branco e mentolado enrolado no indicador. Kaitlyn ficou com vergonha, embora a maioria da população houvesse começado a rezar ou aumentado a frequência das orações por motivos óbvios. A religião havia sido tabu em tempos anteriores, mas agora as sessões de proselitismo improvisado irrompiam em depósitos sitiados de lojas de departamentos e nos sótãos de casas vitorianas do Meio-Oeste, conforme os sobreviventes entocados trocavam divindades e hipóteses quanto ao além. Era o que se tinha para o tempo passar até a manhã e a retomada do desafio. Kaitlyn pediu desculpas.

— Só quero que eles fiquem a salvo — disse ela, e ele entendeu que ela falava dos trigêmeos.

Até Gary expressou preocupação quanto à melhora, dado que eram colegas de multiplicidade em uma época em que esse tipo de coisa havia sido "banalizado por essas bostas *in vitro*", como dizia ele.

— Eles vão saber o que a gente sabe — disse Gary. — Como é com a nossa gente.

Mark Spitz bateu palmas levianamente. Doris Tromanhauser aguardou a desgraceira passar, entocada na filial de Trenton de um respeitável banco internacional, parte de um grupo bunkerizado que se fiara a uma porta de entrada fortificada e à impressionante edificação de pedra, ambas remanescentes de uma época em que os clientes preferiam impenetrabilidade à transparência das paredes de vidro nas reservas locais. (Os eventos recentes haviam encerrado a discussão.) A tropa valente reduziu-se conforme eles foram obrigados a fazer as inevitáveis incursões externas; todos os presentes na guiozaria eram versados nessa conjuntura, as implacáveis subtrações. Por fim, ficaram apenas Doris e um dos homens, que devia ser o pai dos trigêmeos, até que no devido tempo ele também foi se aventurar a buscar suprimentos. (Uma sequência de surubas impossibilitava determinar a paternidade, e a consulta ao DNA, infelizmente, era impossível na atual conjuntura.) Ele nunca voltou. Como sempre. Depois de seis meses solitária, sobrevivendo sabe-se lá do quê, quem sabe envelopes de depósito ricos em fibra ou panfletos de cartão de crédito, a mãe foi resgatada por uma unidade de reconhecimento de Bubbling Brooks. Ela não sobreviveu ao parto, e os trigêmeos estavam mal, dado que a literatura bancária não continha nutrientes essenciais ao desenvolvimento pré-natal.

Vida nova em meio à devastação. Milho e bebês. A notícia dos Tromanhauser espalhou-se pelos assentamentos do nordeste mais rápido do que qualquer notícia positiva desta ou daquela atividade da reconstrução ou de contato com algum país distante até então fora de cogitação. Os bebês chegaram a comover sobreviventes felizes com a descoberta do último campo de extermínio, o fenômeno que se encontrava com regularidade crescente, o mistério que apontava para o minguar da praga. Você já ouviu que Finn abriu os olhos, que Cheyenne ainda não responde a estímulos, que eles não sabem ao certo, mas suspeitam de que tenha algo errado, um buraco ou um caroço, no coração de Dylan? Mark Spitz estava dando todo o apoio, torcendo por eles, ou fosse lá o que se fazia quando o mundo estava acabando e uma fração estatisticamente insignificante da população sobrevivente do planeta havia se deparado com uma porção diária de infortúnio um pouquinho maior. Ele não queria se envolver tanto. Na falta de fé tradicional reconhecida, ou mesmo da não tradicional que ganhava terreno naqueles dias assassinos, ele era um crente convicto no tanque reserva. Era importante ter um tanque reserva para poder se recarregar em caso de emergência. Mark Spitz não pouparia nada para aqueles filhotes. Um ano antes, no meio do colapso, os trigêmeos seriam mais uma nota de rodapé desgraçada, muito pequenos na lista de atrocidades para render mais do que uma sacudida triste de sua cabeça espantada de tragédia. (Nota de rodapé do quê, aliás? Ninguém escreveria esse livro. Todos os escritores estavam ocupados jogando jarros de querosene nas pilhas de mortos, servindo para alguma coisa pela primeira vez na vida.) Mas agora a situação era outra. Para os fênis, esses bebês eram a esperança em espécie, e eles precisavam dos trigêmeos para seguir em frente. Buffalo poderia anunciar uma vacina no dia seguinte ou um processo para reverter as torturas da praga, e ainda assim continuariam falando dos trigêmeos Tromanhauser.

— Tenho certeza de que estamos todos felizes com essa notícia — disse o Tenente, sem mudar de tom. — Caso queiram doar parte de suas rações aos cuidados deles, deixem um X na folha de adesão antes de saírem. — Ele apertou as têmporas com os dedos e começou a massagear com círculos lentos e brandos. — Por fim, mas não menos importante nesse legítimo jorro de boas-novas, seus fardos devem se aliviar com a notícia de que o *USS Endeavor* embarcou com segurança e está a caminho da cúpula.

O *Endeavor* era um submarino nuclear. Depois do que acontecera com o *Força Aérea Um*, era a única maneira de Sua Excelência fazer viagens. E quem o culparia?

— Pega eles, Gina! — uivou Gary, o que rendeu gargalhadas.

Gina Spens era a enviada da Itália à cúpula. Antes da catástrofe, ela fora estrela de filmes pornográficos de destreza ágil e bastante documentada, um nome entre os 25 mais procurados em sites adultos de três hemisférios. Gina tinha fãs. Seu retorno, por assim dizer, dado que já havia se aposentado do mercado, foi ocasionado pelo Fim do Mundo Como o Conhecemos, aquela saga épica em que todos eram audiência e elenco de apoio. Ainda sendo gravado, reescrito com pressa por conta dos atrasos desanimadores. Gina fazia as próprias cenas de risco em uma série de sequências de ação ao longo de toda a competição da Itália contra os mortos — o Combate na Garganta do Terror e a lendária Emboscada dos Desgraçados, entre outras adversidades que testavam a credulidade. Seus feitos escassearam com o restabelecimento da comunicação com as potências europeias, e por conta de seus esforços ela se tornara uma figura fixa no governo provisório de sua terra natal. Governos provisórios estavam com tudo, uma modinha internacional seguindo o bom e velho estilo da grandiosidade.

A sociedade fabrica os heróis de que precisa. Gina era a nova estirpe de famoso que emergia da calamidade, elevada pelas novas definições de valor e perspicácia. Eles andavam entre nós, em todos os continentes, nos territórios de cada nação depauperada. Qual norte-americano não se emocionara com a história inspiradora de Dave Peters, que passara seis meses em um catamarã no lago Michigan, vivendo de uma caixa de castanhas e remando cada vez que chegava muito perto das margens fervilhando de mortos? Todos se emocionaram com a história de Wilhelmina Godiva e sua fortaleza no silo, como ela havia aberto caminho até o assentamento de Maryland armada apenas com o famoso forcado enferrujado, agora consagrado ao portão de entrada do acampamento Victory's Sword. Sim, ela havia perdido totalmente a sanidade, mas conseguira chegar, e seus seguidores tomaram conta dela e limparam sua baba enquanto ela murmurava as profecias no gravador digital. Do outro lado do oceano, Gina Spens era a cabeça de missões de busca e destruição no sul da Itália e tornou-se sensação mundial, sussurrada ao brilho dançante de velas antimosquito catadas por aí. Quanto mais improvável a história de sobrevivência em um mundo de circunstâncias extremas, maior a fama da pessoa. Gina havia conseguido abates espetaculares. Sim, Gina tinha fãs.

— Mantenho vocês informados de como vai rolar, certamente — disse o Tenente.

Era o último boletim que receberiam de fora da ilha até a semana seguinte. Ele distribuiu as novas tarefas na grade. Fechou com o contumaz "Agora podem entrar na linha como bons fênis" e sua pronúncia mordaz da gíria rendeu um riso forçado. As informalidades estratégicas do Tenente reconfortavam as tropas quando estavam em campo. Alguém que trabalhou na reconstrução, um ser humano de verdade, porra, no meio das abstrações que repartiam pronunciamentos e paradigmas em Buffalo.

Eles foram dispensados. Cada um por si.

— A gente não vai fazer dever de casa — disse Gary conforme a Ômega saía da guiozaria.

Mark Spitz percebeu que ele falara alto a ponto de os caras da antiga tropa ouvirem, para mostrar aos outros que ele continuava o mesmo homem, embora estivesse arreado a personagens de determinação questionável, o tipo de panacas de quem eles roubavam arroz nos dias lúgubres do interregno.

— Eu faço — disse Kaitlyn. — Fui eleita duas vezes Secretária do Conselho Estudantil.

Mark Spitz estremeceu como se tivesse sido mordido: admitir uma coisa dessas sem uma pitada de inibição. Admitir com orgulho. Quem neste planeta havia juntado aquelas quatro palavras em sequência desde a eclosão: Secretária do Conselho Estudantil? Era uma canção de ninar lembrada pela metade na rua, arrulhada por uma mãe jovem debruçada sobre sua criança no fulgor do verão, reavivando a inocência: Secretária do Conselho Estudantil. O efeito foi favorecido por uma rara aparição do sol que levou o marasmo do cinza. Não havia muitas cinzas no céu, mesmo que eles estivessem a poucas quadras do muro.

Ele já estivera ali. Não era a Chinatown de antigamente, mas nos cantos da percepção os pixels resolviam-se e reduziam a zero a distância entre a Chinatown Antiga e a Chinatown Nova. As ruas tortas haviam sido abertas para dar acesso aos veículos militares, e os soldados caminhavam devagar fazendo a ronda, trocando piadas, fazendo gracejos por conta do inglês macarrônico de uma placa, discutindo a atração por uma cabo que havia chegado no translado da manhã. Essa seção do Setor Um incluía as ruas mais movimentadas da cidade no momento. (Ou as ruas mais movimentadas onde as pessoas ainda eram pessoas — ele se afastava da sombra que surgiu, de esquinas ao norte onde as hordas incontáveis vagavam dementes.) Os recrutas e os oficiais encarregados, os varredores e engenheiros, estavam demasiadamente bem galhardeados em fardas frescas, imaculadas, na nova malha metálica à prova de furo, rasgo e desgaste, absolutamente um luxo; usavam trajes utilitários e levavam armas que ficavam bem-posicionadas com grande variedade de botões, fivelas e coldres, mas faziam o que as pessoas faziam na cidade: entre cada tarefa, tomavam um ar. E a vida era assim.

Quando criança, Mark Spitz havia passado por Chinatown em busca de fogos de artifício e pirataria. A congestão sempre o assoberbava, assim como fazia com muitos filhos e filhas do Condado de Nassau. Cresça em Long Island, morando em um dos braços espiralados da via expressa e nada ativa mais a vertigem do que uma visita à Chinatown das multidões discordantes e tropeçantes. Era o estereótipo da Nova York dilacerante, ávida, da fala apressada, do passo apressado, destilada em um quilômetro de potência. Você não faz parte. Vai ser devorado por esse monstro. Do lado de fora da guiozaria, nesse canto norte reassentado do Setor Um, o minúsculo caos — o choque repentino da buzina de um caminhão de entregas ou do escapamento de um jipe — era o som da promessa, de uma civilização que dava um passo para fora do ossuário. O emaranhado de Chinatown havia sido a sintetização do corre-corre da cidade inteira, e agora o eco daquele barulho nessa meia dúzia de ruas falava de uma ordem desaparecida que poderia se reafirmar. Se você acreditasse na missão, no caso. A vizinhança nunca mais seria tão turbulenta e exuberante — não durante a existência de Mark Spitz, pelo menos. Eles precisavam dos trigêmeos Tromanhauser e de sua laia, do motor repovoador dos bebês, dos ainda não nascidos. Mas, por um instante, Mark Spitz vislumbrou algo da nova cidade que eles haviam sido enviados para construir.

A Ômega percorreu a zona sul rumo à nova missão: Grade 98, Chambers com West Broadway, Misto Residencial/Comercial.

— Um brinde a todo prédio sem elevador — disse Mark Spitz.

— A gente não se importaria de varrer mais estacionamentos — acrescentou Gary.

— Nem um posto de gasolina bem grande — falou Kaitlyn.

Estacionamentos eram grátis. Ninguém nunca reclamava de um estacionamento gigantesco, acomodado no âmago da grade daquela semana.

— Dá mais ou menos um quilômetro e meio — disse Gary.

— Vinte quadras — corrigiu Mark Spitz.

— Quilômetros.

— Quadras.

— Quilômetros — insistiu Gary conforme marchavam em direção à West Broadway. E complementou: — A gente odeia aquele tatu. Dá medo na gente desde o berço.

Kaitlyn não dava bola para o caderno ridículo e, aliás, agradecia a oportunidade de fazer suas companhias trilharem as ruas da nostalgia.

— Eu tinha tudo isso aí, tudo — disse ela, passando a contar em detalhes sobre as pelúcias, os cartazes e a estatuária de plástico em exibição em seu museu da infância, as diversas mercadorias licenciadas da marca do tatu afeminado.

Gary andava com seu pedacinho de casa sob as unhas, e a líder da tropa deles carregava o dela no petisco de diálogo errante ou na inflexão facetada que possibilitava aos três fingir que haviam sido despachados da cidade morta e estavam dirigindo com o utilitário da família, pulando pelo passado esplêndido, a caminho do shopping para encontrar a turma perto do chafariz no meio da praça de alimentação ou fazer fila para o último sucesso de bilheteria 3D.

A manada nativa de Kaitlyn havia pastado nas doces frutinhas da polidez. Naquele dia Mark Spitz ainda não tinha o dossiê completo de Kaitlyn, mas estava trabalhando nisso. Ela fora produto da engenharia genética nos tonéis parturientes do principado consagrado do Meio-Oeste, o Reino dos Joelhos Desralados da classe média alta. Lá estava ela, os cachos compridos saindo do capacete, a cabeça pendendo conforme ela reconferia as ordens pelo comunicador e distraidamente limpava o sangue da faca, quando devia estar trançando o cabelo de uma das colegas de sororidade, em suas calças de moletom preferidas para circular no alojamento, avatar pop de sexualidade ambígua gritando dos alto-falantes do computador. Óbvio que ela havia sido eleita Secretária do Conselho Estudantil duas vezes: quem inventaria uma história dessas?

A tropa deles podia estar diante de uma fileira de secadores de cabelo em um cabeleireiro, tomada por aglomerados medusentos de cérebros, e Kaitlyn seguiria empertigadamente na tagarelice a respeito de como passava os verões na cabana dos avós "fazendo o de sempre, sabe, cavalgando e trabalhando como salva-vidas", ou ganhando dinheiro para cosméticos na sorveteria com as "Melhores Amigas Para Todo o Sempre Amy e Jordan". Não diga?! Mark Spitz via com clareza: a marcha implacável de Kaitlyn por uma série de festas de aniversário sem imaginação e ponderadas — os pais dela eram tão atenciosos, uma bênção que passara de uma geração a outra —, cada festa transcendia a última e aproximava-se de uma espécie de perfeição de aniversário que, assim que atingida, traria uma nova era singular de utopia burguesa. Eles se esforçavam, planejavam, conseguiam o e-mail do novo mágico da cidade, com suas novas prestidigitações. Quem sabe, pensou ele uma noite, não fosse em busca de uma utopia que eles vinham trabalhando, afinal, e fora a própria Kaitlyn quem invocara a praga: ao cortar a primeira fatia de bolo em sua última e perfeita festa de aniversário, a história havia chegado ao fim. Ela havia assoprado as velas na era antiga, apagado os céus dos dinossauros, mandado as grandes calotas polares para as cucuias, os exames de sangue disparando à loucura.

Trabalhando na ilha com Kaitlyn, Mark Spitz recebia missivas constantes do mundo extinto, gastas, mas ainda legíveis. Aquele local continuava existindo e persistia nela, no minúsculo tumulto de Chinatown, e, enquanto ela respirasse, assim como outros como ela, talvez voltasse. Quando a Ômega relaxava depois do turno, à noite, Kaitlyn disparava o transportador e materializava esses artefatos imaculados da normalidade no acampamento.

— Uma vez, no Modelo da ONU que fizemos na escola, ativamos o alarme de incêndio de madrugada porque tinha uns menininhos bonitos de Michigan e queríamos vê-los de pijama.

Gary e Mark Spitz trocaram olhares de incredulidade: depois de tudo que haviam testemunhado, reinos inteiros do peculiar haviam ficado em reserva.

Ela havia chegado até ali. Assim como Gary não conseguia imaginar como um desajeitado como Mark Spitz cambaleava pelas fileiras de ameaças e continuava incólume, era igualmente impossível imaginar a jornada de Kaitlyn. Ninguém no forte Wonton, fosse homem ou mulher, deixava de passar pela experiência de um episódio de dissonância cognitiva ao conhecer Kaitlyn e ficar sujeito à sua risadinha animada. Mas ela havia feito as mesmas coisas que todos foram forçados a fazer. Fora caçada e havia fugido. Havia matado e assistido conforme o elenco de suas anedotas era derrubado, suas ex-colegas da sororidade e seus parceiros de debate. Seus pais, que obviamente haviam ensinado a ela mais do que apenas a disposição alto astral para chegar até ali. Ela havia sobrevivido, e era por isso que estava no Setor Um. Sua vida anterior não fazia diferença.

Os cientistas queriam os dados dos varredores para sobrepor ao mapa dos pedacinhos e gerar profecias. Kaitlyn e suas histórias do passado eram outra máscara de estêncil para dispor sobre o desastre, para lembrar-lhes do antigo formato do mundo. Em seus assentamentos, essas distintas comitivas repensavam o futuro com os instrumentos que tinham: "Nós Fazemos O Amanhã!". Por que outro motivo estariam em Manhattan se não para conduzir os antigos costumes pela travessia violenta, da calamidade até a segurança na outra ponta? Se você não acredita nisso, perguntava-se Mark Spitz, por que está aqui?

A Ômega encerrou a operação no RH. A limpeza foi maior e mais suja do que o costumaz para a sala de um prédio comercial. Quatro infectadas selvagens em uma sala foram um pequeno abalo na missão que visava a esgarrados, principalmente depois do abate monstruoso conduzido pelos fuzileiros navais. Nada de que Mark Spitz não tivesse como dar conta, mas ele amaldiçoou a ideia de que meses derrubando esgarrados houvesse atenuado sua habilidade.

Havia os esqueles normais e havia os esgarrados. A maioria dos esqueles se mexia. Eles vinham para te comer — não você inteiro, mas uma mordida das boas aqui ou ali, o que bastasse para transmitir a praga. Se você cortasse os pés ou picasse as pernas deles, eles seguiam mordiscando o ar, puxando-se para se agarrar a você pelas unhas quebradas, procurando um pedacinho que fosse na canela. Os fuzileiros tinham eliminado a maioria dessa variedade antes de os varredores chegarem.

Os esgarrados, por outro lado, não se mexiam, e por isso eram o objetivo perfeito para tropas civis. Eram uma sucessão do panorama imponderável, os esgarrados cheios de defeitos e os locais que eles resolviam assolar no Setor e além. Um exército de manequins, os membros ajustados por uma mão inescrutável. A ex-psiquiatra, cegada pela praga, sentada na devida poltrona, os pés sobre o pufe, o rosto vazio e atento aguardando o paciente atrasado, sempre atrasado, sendo que descompactar os motivos para o atraso consumiria grande parte da sessão que nunca aconteceria. O paciente não conseguiu chegar, estava atrasado, estava morto, estava correndo pelo pântano com uma machadinha, sendo perseguido por monstros. O gerente-assistente pustulento da sapataria agachado diante do instrumento de medir o pé, congelado, sem clientes, os pés esquerdos do estoque farto à mostra nas paredes da loja em peitoris de plástico em miniatura. O atendente da loja de suplementos enguiçado entre os corredores, esvaziado entre a fartura, as minigarrafinhas contendo curas e placebos em cápsulas de gel. A dona da floricultura tinha os dedos enfiados na terra de um vaso separado para planta de apartamento, cordial tal como os fregueses da loja eram, afinal não era todo cidadão da grande ilha uma espécie para cultivo interno, robusta, que não prescindia de muita luz solar? Um homem enrolado em cores da bandeira jamaicana vadiava sobre os novos bongôs, o *crème de la crème* dos aparatos de *head shop*, bulbos arco-íris perfurados conforme as últimas ideias sobre circulação do ar, inspirar, soltar. Sem fumaça, sem fogo. No mostruário desolado de eletrônicos, o vendedor persuasivo parado no meio da apresentação, como se psicanalisasse um caipira cético que estava apenas, sempre e para sempre, longe dali, que não estava no mercado para compras de alto valor nem qualquer compra que fosse. Um homem curvado diante de um espelho empoleirado no balcão de vidro da loja de óculos de sol, os dedos agarrando as armações de óculos invisíveis. Uma mulher carregando um vestido de noiva no escuro do vestiário, reencenando infinitamente o momento primordial de expectativa. Um homem levantando a tampa da fotocopiadora. Eles não se mexiam quando você aparecia. Não sabiam que você estava lá. Continuavam assistindo aos filmes.

Certa manhã, Mark Spitz deparou-se com um miserável descerebrado na frente da fritadeira de uma grande rede de hambúrgueres e teve que dar um tiro nele por questão de princípios. Diante da abundância da vida, escolher ser piloto de fritadeira?

Eles estavam seguros em suas casas. Em frente ao televisor, é claro, esperando o tempo passar até a eletricidade voltar, o problema se resolver e o programa ser retomado do ponto onde tinha parado. Todo o tempo do mundo. A vida deles havia sido um *loop* interminável de gestos repetitivos; agora suas existências eram peneiradas a esse momento discreto e eterno. No banheiro, de roupa, diante dos bicos da ducha e de suas múltiplas configurações de fluxo. Inclinando o bico canelado do aspirador de pó na direção das cortinas franzidas e seus lendários locais de difícil alcance. Sob os cobertores e edredons cujo número e espessura referiam-se cada um a uma estação, um inverno anterior de significância misteriosa. Enfiando um disco na máquina de jogos. Encostando a virilha no tapete de yoga. Colheirando o cereal de uma tigela. Surfando a falecida web. Bocejando. Alongando-se. Passando fio dental. Relaxados e sozinhos em seu hábitat.

Para os fins da Ômega, o hábitat deles era o Setor Um.

No RH, Gary recolheu bolsas e leu a idade das mortas. Não deu bola para os nomes. Ninguém estava nem aí para os nomes, não eles, os que não eram do alto escalão. Já que eles não haviam feito registro dos mortos a partir da Última Noite, não havia sentido: mais fácil manter registro dos vivos. Menos números com que trabalhar, para começo de conversa, e algo irrepreensível, dada a ascensão das listas de sobreviventes ao status de registro sagrado. Eles suportaram contratempos — as linhas de abastecimento se romperam e os refugos foram infestados, agora não tanto, mas no interregno todos se viram obrigados a fugir de um esconderijo ou abrigo mal pensado muitas vezes. Independentemente dos avanços e reveses diários, contudo, os nomes dos sobreviventes mantinham sua corrente deliberada nos setores de estabilidade, saindo do comunicador, rabiscados no papel, citados de memória pelo emissário cansado de um pelotão que veio do frio: esses são os vivos.

Kaitlyn designava Gary para recolher identidades, tendo captado a repulsa de Mark Spitz grades atrás. Ele tinha aversão a mexer na carteira dos outros, a enfiar a mão em bolsas. Havia muita coisa do mundo morto boiando ali. O detrito que valia como identidade, os restos particulares da existência no século XXI, esvoaçou até se assentar nos fundos de carteiras, bolsas de mão e bolsas carteiro. Os indicadores de sua breve participação no planeta aguardavam Mark Spitz: chicletes e protetores labiais que nunca mais seriam fabricados, fotos desprezadas de carteiras de motorista que eram a única prova de que eles tiveram rostos, retratos de crianças e Collies e namorados, os absorventes para uma emergência. Todas as chaves de apartamentos vazios agora pintados de sangue, onde amantes se decompunham no carpete. A evidência fóssil de que havia outros tipos de pessoa além dos sobreviventes.

Tocar nesses artefatos agora o nauseava, nas últimas manifestações de seu TEPA. Da primeira vez que ele adoeceu, a tropa havia finalizado uma varredura da loja de decoração para festas, um nicho estreito na Reade que havia sido varrido da Broadway para um prédio com aluguel barato. Fantasias cheias de pó pendiam do teto como se estivessem em ganchos de açougue: caubóis e robôs de trilogias de ficção científica que estouraram bilheterias, mascotes de programa infantil com etnia obscura, feras da selva com caudas compridas pensadas para rostos flertantes. Reinos inteiros de princesas e seus bibelôs de plástico, carimbados na linha de montagem real, assim como a obrigatória Enfermeira Safada suspensa no ar morto, balançando em suas rondas. Não Expor A Fogo. Apenas Para Entretenimento. As máscaras haviam sido fabricadas na Coreia e devolviam ao Ocidente os rostos que este havia dado ao resto do globo: presidentes, estrelas da telona e assassinos em série. O filamento de borracha inevitavelmente se soltou do grampo após cinco minutos. O enxerto não pegava.

Gary se agachou no chão da loja de decoração para festas e usou a faca para rasgar a barriga de uma *piñata* em forma de bode.

— A gente não sabia que ainda faziam esse doce.

Mark Spitz tirou a luva e deixou algumas guloseimas rolarem na mão. Os sabores eram misturas de frutas das quais ele nunca ouvira falar, *habitués* de uma selva em outro e úmido hemisfério.

— Essa coisa está aí dentro desde antes de você nascer — disse ele.

Kaitlyn gentilmente tirou a *piñata* das mãos de Gary.

— Ser babá cansa.

Gary argumentou que o corpo humano exigia açúcar depois de períodos de esforço prolongado e foi rebatido. Kaitlyn puxou a caderneta.

— Mark Spitz?

Ele foi atrás da identidade da criatura. A teoria geral alegava que esgarrados se agarravam ao que conheciam. O onde era óbvio: você estava bem ali. Mas o porquê estava sempre em outro lugar. Esta esquele eles haviam descoberto perto da fileira de tanques de hélio, com a mão pendendo sobre uma válvula. Ela usava uma fantasia de gorila. A fantasia escorria pelos seus ombros, murchava sobre sua forma encolhida. Ela não usava a cabeça, que não se via por perto.

Ele estava exausto — haviam varrido dois arranha-céus residenciais de ponta a ponta e tiveram que puxar cadáveres de um monte de bichinhos de estimação —, mas não podia deixar de detetivar. Por que aquela nulidade demarcara para si aquela loja e aquele espaço? Na parede, perto do caixa, perto das notas de dólar coladas no balcão para dar sorte, as do primeiro dia de funcionamento, um fotógrafo capturara um homem corpulento cercado de crianças sorridentes que beliscavam o saco de doces que ele deixava a um centímetro de distância delas. O dono, digamos. Mark Spitz não percebeu parentesco antes de eliminar o rosto da esgarrada. Seria a cônjuge, uma funcionária ou ex-funcionária, e, se fosse, o que nesse lugar teria aberto caminho em sua mentalização, superado a praga e a invocado até ali? Além disso, a fantasia. Ela fora infectada enquanto usava a roupa de gorila, ou a tinha vestido conforme piorava da doença, e, se fosse esse o caso, o que a levara a escolher aquilo como mortalha? Antes da praga, avistar alguém caminhando na rua com aquela fantasia não ergueria sobrancelha alguma — Manhattan era Manhattan — e, posteriormente, tal visão acrescentava apenas um quase nada ao macabro geral. Por que se postar perto do tanque de hélio, a mão na válvula que complicava o mistério? Quando Mark Spitz lhe deu um tiro na cabeça, ela derrubou o tanque junto. O gongo da coisa atingindo o chão foi o som mais alto que eles ouviram em semanas naquela cidade silenciosa. Deram um pulo.

Mark Spitz abriu o traje para procurar uma carteira. A esquele estava nua, o corpo sarapintado pelas manchas marrons da praga. Faltava um naco de carne no antebraço, do tamanho de uma maçã. Talvez a explicação para o traje e como ela havia chegado naquele local fosse plausível no contexto de sua vida pregressa. Mas não havia ninguém para contar sua história. A bala de Mark Spitz havia transformado tudo acima do pescoço em glóbulos de fluido tóxico, cartilagem e lascas de osso.

Kaitlyn sugeriu que Mark Spitz desse uma espiada nos fundos para achar identificação. Ele foi aos recônditos da loja. Não entrava luz alguma da rua. Acendeu a lanterna. O escritório conformava-se à desordem já conhecida de pequenas empresas do sul da ilha. A gerência havia empilhado faturas, excesso de estoque e décadas de formulários de imposto em uma fortificação de entulho que talvez os protegesse da extinção. A luz do capacete viajava sobre os arquivos de metal e caixas de produtos sazonais, ovos de Páscoa de plástico e fitinhas de abóboras. Ele não encontrou as roupas dela, nem pistas, e no instante seguinte estava chorando, os dedos fechados sobre o rosto e a meleca pingando em sua boca, com gosto doce.

Da vez seguinte em que precisaram preencher um Boletim de Ocorrência, Mark Spitz pediu dispensa. Kaitlyn acabou fazendo as anotações e o dispensou da função. Ele tinha lesão no nervo: não entrava estímulo. O mundo ficava paralisado nas beiradas. Às vezes ele tinha dificuldade para falar com outras pessoas, procurando a linguagem, e lhe parecia que uma camada invisível o separava do resto do mundo, uma membrana de tensão superficial emocional. Não estava só. "Sobreviventes demonstram lentidão ou incapacidade para formar novas relações", ou assim diziam monotonamente os últimos diagnósticos, embora um cínico pudesse dizer que aquilo era uma característica da vida moderna meramente reforçada ou refinada após a introdução da praga.

As palavrinhas da moda haviam voltado, e quer prova melhor do rejuvenescimento do mundo, do retorno ao Éden, do que um novo jargão emergindo da terra para curvar suas pétalas ao *Zeitgeist*? Na calmaria recente, especialistas de gêneros variados haviam se reconectado a suas profissões, esperando fugir do dever de custódia e ganhar um ingresso para Buffalo junto ao resto da realeza. Um astuto psicoterapeuta — o dr. Neil Herkimer, que havia feito fortuna nos tempos antediluvianos com uma linha de livros de autoajuda que ministravam "A solução Herkimer para a infelicidade humana" — dera a palavrinha do momento: TEPA, ou Transtorno de Estresse Pós-Apocalíptico. O dr. Neil Herkimer pegara um helicóptero rumo a Buffalo logo após inventar o diagnóstico. Conforme o helicóptero sumia no céu, podia-se vê-lo pela minúscula janela dando um vigoroso joinha a suas parcerias do acampamento El Dorado. Mark Spitz ouvira gente tagarelando sobre isso enquanto tomava sopa de ervilha nas tendas de recreação ou quando entregava caixas de leite em pó e suplementos vitamínicos a sobreviventes ávidos nos acampamentos dispersos saídos de um caminhão de entregas blindado: todo mundo sofria de TEPA. Herkimer estimou 75 por cento da população sobrevivente, estando os outros 25 por cento sob influência de condições psicológicas pré-existentes, exacerbadas, é óbvio, pela calamidade. No novo juízo final, cem por cento do mundo estava louco. Parecia certo.

Buffalo despachou os panfletos "Vivendo com TEPA" para os assentamentos em pacotes que continham pedidos de trabalho, orientações de dieta focando nas realidades dessa era de escassez (o escorbuto era personagem recorrente) e, é claro, atualizações confidenciais quanto às iniciativas de reconstrução. Os panfletos eram deixados nos beliches e nos assentos do refeitório. Buffalo sabia o número exato para imprimir com base nas listas de sobreviventes. Mark Spitz ponderava a literatura na latrina. Segundo os especialistas, os sintomas incluíam sensação de tristeza ou infelicidade; irritabilidade ou frustração, mesmo por miudezas; a perda de interesse ou prazer em atividades normais; ímpeto sexual reduzido; insônia ou sono excessivo; mudanças de apetite que levavam à perda de peso ou à avidez aumentada por comida e ao ganho de peso; reviver eventos traumáticos através de alucinações ou flashbacks; agitação ou inquietude; ficar "paranoico" ou facilmente assustado; pensamento, fala ou movimento corporal retardado; indecisão, distração e falta de concentração; fadiga, cansaço e perda de energia, de modo que até pequenas tarefas exigiam muito esforço; sensação de inutilidade ou culpa; dificuldade para pensar, concentrar-se, tomar decisões e lembrar; mentalizações frequentes sobre morte, morrer ou suicídio; ataques de choro sem motivo aparente, ao contrário daqueles ativados por memórias do mundo caído; problemas físicos sem explicação, como dor na coluna, pressão sanguínea e ritmo cardíaco elevados, náusea, diarreia e dores de cabeça. Pesadelos, nem precisava dizer.

Inventário meticuloso com grande amplitude. Não tanto um critério para diagnóstico, mas um abstrato da própria existência, pensou Mark Spitz. Assim que as línguas norte-americanas digladiaram com a sigla, ela passou a ser amassada e cuspida de forma intrigante. Por exemplo: na tarde que ele voltou ao acampamento depois de um dia de chuva trabalhando no Corredor, na abominável Connecticut, e estava prestes a conferir a lista de sobreviventes do dia. Fazia semanas que ele não via o nome de um conhecido. Mark Spitz estava a meio caminho do centro recreativo quando descobriu um dos operadores de comunicações, Hank, agachado perto do corpo prostrado de um soldado adolescente cujo equipamento novinho claramente ainda estava sem uso. Provavelmente a primeira incursão do garoto fora do acampamento desde que viera da selva. O soldado ia e voltava de uma postura fetal, desabando e explodindo, manchando seu corpo com uma massa de vômito.

— O que houve? — perguntou Mark Spitz. — Ele foi mordido?

— Não, ele tem cepa — ouviu o operador de comunicação dizer.

O recruta gemeu mais um pouco.

— Ele tem uma cepa diferente?

— T-E-P-A, cara, TEPA. Dá uma mão aqui.

* * *

Naquela tarde no RH, Mark Spitz ficou grato pela empatia de Kaitlyn em poupá-lo da função de identificação. Também ficou evidente que Gary apreciava o serviço.

— Ronkonkoma? — perguntou ele, segurando a habilitação de uma das moças do RH. — Uma vez a gente teve um caroço disso na virilha.

Kaitlyn excluiu esta informação do boletim.

Inserir cadáveres em sacos, por outro lado, não provocava sintomas em Mark Spitz. Ele retirou quatro sacos da mochila e os desdobrou, um fantasma de cheiro de vinil novinho desenredando os membros.

— Ali vão a tia Ethel e a Gengivinha — disse Gary.

Mark Spitz começou pela esquele de rosa, para se livrar da mais pesada. Pegou pelas canelas e arrastou até o plástico, enfiando os pés pela boca do saco. A meia-calça encaracolava-se pelos dedos do pé como uma casca de banana.

Tantos anos depois, ele ainda tinha um fraco pela srta. Alcott porque fora nas aulas de inglês, com ela, que ele percebera que era absolutamente banal. Toda quinta-feira ela fazia um teste de vocabulário com Mark Spitz e os colegas — "Use esta palavra do projeto de leitura em uma frase" —, e em dezembro já não havia como não notar o padrão. Ele era um B de cabo a rabo, inveterado. Era sua trajetória. Ele estudava durante horas e aquilo ficava o aguardando, circulado com tinta vermelha, estranhamente bem-vindo, silenciosamente complacente. Ou ele se recusava a abrir os livros e se fartava com uma travessa de sitcoms do horário nobre: independentemente de como agisse, ele tiraria B. Era um joguinho que ele encenava a cada semana; e ele alcançava as notas com instinto, rondando as bordas da mediocridade. Não era pouco inteligente; aliás, seus instrutores concordavam que muitas vezes ele era bastante perceptivo e astuto nas contribuições à discussão, "um prazer de ter em sala". Os adjetivos no boletim, provenientes da coleção especial de modalizadores suaves, mas elogiadores, dos professores, descreviam um indivíduo de dons mais amplos do que sugeriam as notas de cada bimestre. Tudo que era necessário estava ali. Até parafusos a mais. Mas havia algo errado na execução.

Com o passar dos anos, Mark Spitz conciliou-se com sua condição. A pressão passou. Uma força superior o segurava contra o chão e uma contraforça inferior mantinha-o à tona. Ele pairava sobre o trivial.

Ele subiu o zíper do saco do cadáver que, debaixo do sangue e das feições retorcidas, parecia sua professora de Ensino Fundamental. Então lembrou. Olhou ao redor, engatinhou até a copiadora e recuperou a peruca. Abriu o zíper do saco preto e soltou a peruca sobre o rosto dela.

Jogou um saco para Gary, e o mecânico pegou os pés da esquele sem rosto. Mark Spitz começou a trabalhar em Marge. Olhou os dentes pretos. O braço dele ainda ardia do ataque, mesmo que a treliça de fibras na farda houvesse absorvido boa parte da pressão. Não queria ver como seu bíceps tinha ficado por baixo. Provavelmente teria que adesivar uma compressa química sobre o machucado por uma semana.

Os dentes quebrados de Marge inclinavam-se das gengivas de uma maneira horrenda. Ele pensou nas vigas desmoronando na água. No mês anterior, eles haviam feito uma varredura nos imensos conjuntos habitacionais do Battery Park, aquele tipo de construção enfiada em um aterro sanitário. A fachada oeste do prédio era tomada por fileiras de sacadas que davam para Jersey City. Na semana em que trabalharam no local, ele saiu em uma sacada para tomar um ar e olhou as atrofiações das antigas docas de Jersey. Restos de uma era falecida, marítima, de relações comerciais. *Que vista.* Ia até as beiras da ilha e dava para ver os Palisades, o Brooklyn, a Estátua da Liberdade descortinando-se à frente, imóvel. (Dai-me os seus pobres, seus esfomeados, suas massas supuradas ávidas por mastigar.) Qual porcentagem de lábios dos moradores dali havia formado, em algum momento, as sílabas do pasmo e doce "Que vista"? Como poderia ser menos do que cem por cento? Era uma banalidade da qual ninguém fugiria. Qual porcentagem de moradores era tomada de orgulho ao se lançar entre a cozinha e a sala de estar para se reabastecer de guloseimas quando os convidados sussurravam "Que vista"? Cem por cento. Os cidadãos eram programados pela cidade sem vistas para proferir tais coisas diante do gatilho certo, de tão incapacitados que eram por horizontes obstruídos.

Depois de quatro lances, Mark Spitz tinha a planta baixa do complexo no bolso, o tino de zelador quanto aos layouts idênticos dos apartamentos com linhas distintas. O escritoriozinho ou quarto das crianças sem janelas, o banheiro à direita, o segundo quarto no fim do corredor e um armário do tamanho de um caixão. Ele identificou os tapetes e as arandelas e as mesinhas de canto, pois os moradores tinham feito as compras nos mesmos empórios de mobília popular em que o resto do país comprava. Haviam se arrastado pelos mesmos *showrooms* de outlets e testado os mesmos sofás com seus traseiros, clicado nos menus dos mesmos comerciantes online e, caso a banda larga permitisse, dado zoom em "Veja em um aposento" e mentalmente disposto a mercadoria conforme a mesma planta baixa. Nos apartamentos linha D do sexto andar, ele descobriu o pufe xadrez que tinha encontrado no apartamento linha A do décimo quarto, a distância idêntica do televisor de tela plana. Eles eram uma comunidade.

A única coisa que mudava de verdade era a vista de Jersey, que entrava em perspectiva conforme sua tropa descia as escadas, passando de divindades da cobertura a vermes a sete palmos. A Ômega desfazia-se dos corpos dos grandes prédios do Battery Park do mesmo modo que se desfazia de corpos em qualquer outro lugar. As vantagens afetavam o preço por metro quadrado, não o trabalho deles. Os corpos eram igualmente deselegantes no poliuretano preto, fossem retirados de salas que davam para penhascos ou para tubulações de ar ou para apartamentos mais extravagantes do outro lado da rua. Na outra margem do rio Hudson, com as antigas estacas fincadas de modo abjeto, dentes podres em uma mandíbula monstruosa. A água cinza repugnante escorria ao redor deles como saliva. Dentes em todo lugar. Se você atravessar a água, pensou Mark Spitz, vai ser devorado.

Ele subiu o zíper de Marge, apressando-se quando chegou no esfregão molhado de sangue que era o escalpo. Seria esta esquele uma nova-iorquina nativa ou teria sido atraída pelas trapalhadas de Margaret Halstead e suas pitorescas colegas de quarto? Uma dessas que procuram algo e ficam impotentes diante da sedução do apartamento impossível que a gangue inexplicavelmente compra com seus salários de merda, incapaz de resistir aos rostos moldados por bisturi e bem esfoliados dos convidados especiais com quem as personagens trocam beijos em participações únicas ou em arcos de vários episódios. Atônitas frente às imagens deslumbrantes das avenidas metropolitanas na noite fervilhante. Será que funcionava, o penteado, os dentes alvejados, as injeções calculadas, será que transformavam a caipira do interior em cosmopolita?

Moldava os rostos à careta dominante? A metrópole exigia que as pessoas acelerassem. Quando cidadãos fogem ou morrem, outros têm que os substituir. Conforme ampliava sua magnificência, sobre aterros ou no alto de favos de mel variados e imponentes, ela exigia corpos para preencher as vagas. Quando os varredores terminassem a missão, quem seriam os novos moradores da ilha, as barrigas coladas no corrimão do barco, boquiabertos de expectativa tal como os outros imigrantes que haviam chegado ao porto, a mesma bucha de canhão? Aonde teriam ido todos os inquilinos anteriores, que número teria sido poupado se eles tivessem continuado em suas cidades natais sufocantes? Quantos teriam sido doutrinados pelo brilho enervante?

Contaminados por reprises. Ele lambeu os dentes. É igualmente fácil ser devorado em um campo de feno ou em um túnel de metrô. Para ser sincero, Mark Spitz fora hipnotizado pelo programa em si, aninhado na categoria demográfica dos 18 aos 34 anos, cujos sistemas imunológicos culturais subdesenvolvidos tornavam-nos suscetíveis às peripécias da série. Os passadores de cartão de débito e os que se convencem fácil. Os obedientes. Aguente uma epifania menor ao final do programa e esqueça na semana seguinte. Pelo menos essa parte do programa era fiel à vida real, pensou ele.

— Provavelmente mais um ou dois no andar de baixo e encerramos esta quadra — disse Kaitlyn.

— Ei, a gente precisa de uma rua nova, alguma coisa — interveio Gary. — Não aguentamos mais esta quadra.

— Precisa de mais tempo, Mark Spitz? — perguntou Kaitlyn.

Ele negou com a cabeça. Estava pronto. Precisara de um lembrete; já o tinha recebido. Não havia quando-isto-acabar, não havia depois. Só os cinco minutos pela frente. Como todo morador da cidade, tinha que acostumar os olhos ao novo horizonte.

Gary passou o zíper no último dos cadáveres e acendeu outro cigarro. Pediu a Kaitlyn ajuda para descê-los.

Ela deu de ombros.

— Ensacou, levou.

Nas primeiras semanas, eles jogavam os corpos pela janela. Era eficiente. A probabilidade de ferir alguém lá embaixo era infinitesimal. Os insuspeitos, os pegos de surpresa, os que tinham saído para fumar. Puxavam os corpos até o parapeito e empurravam. Diante da fresta indigente de uma janela de segurança, atiravam contra o vidro. Aguardavam o som dos cacos se fragmentando em um milhão de pedacinhos e o estouro e espirro dos corpos no concreto com a mesma avidez.

Poupava tempo e energia. Eles faziam parte de uma nação que amava atalhos, e o impulso não se perdera. Melhor que ficar arrastando corpos doze andares abaixo e depois correr escada acima para continuar a varredura. Quanto mais alto, naturalmente, mais bagunça. Com o tempo, o Descarte reclamou com o Tenente e com qualquer alto escalão do forte Wonton tolo o suficiente para dar ouvidos.

— Como é que é? — perguntaram os oficiais.

Era difícil ouvir a equipe por trás dos capacetes.

— Defenestração! — berrava ainda mais o pessoal do Descarte, acostumado à indignidade.

Defenestrações indevidas dificultavam o trabalho. Eram um desrespeito. Eram anti-higiênicas. Sinceramente, eram até antipatrióticas. Tudo que estava dentro do saco ficava reduzido a gosma, e os zíperes secretavam um lodo escarlate que deixava rastros na rua, nos carrinhos e nas áreas de preparo pós-coleta. Isso quando os sacos ficavam majoritariamente intactos.

Mark Spitz reconhecia que o Descarte tinha um pouco de razão. Houvera um incidente em um momento em que ele estava na calçada, amuado, e um saco estourou a poucos metros, sujando-o com linfa, sangue e vísceras. Gary pediu desculpas por não ter avisado antes, mas o incidente afetou a evolução da amizade dos dois naqueles primeiros dias.

O que acabou com a prática foram as janelas. O Descarte que reclamasse até o fim dos tempos, por assim dizer, sobre o risco de contaminação. O que Buffalo queria era que a cidade fosse habitável pelos novos inquilinos. Sobretudo dada a devastação que os fuzileiros navais tinham deixado no Setor Um, por mais necessária que tivesse sido. Não houvera tempo para sutileza, só para a demanda brutal de eliminar milhares e milhares de mortos. Agora, com a introdução das equipes de varredura, eles podiam avançar conforme o propósito devido da Fênix Americana. A nova era da reconstrução, a era do vamos-olhar-para-a-frente, da prudência, da atenção a detalhes que gerariam dividendos nos anos por vir. A ordem viera de cima: chega de quebrar as janelas da nossa linda cidade. Os varredores se adequaram ao novo regulamento. Desceram pela escada.

Mark Spitz e Gary se livravam primeiro dos mais pesados. O costume era arrastar, puxar e chutar escada abaixo, arfando pelos intestinos de concreto. Toda testemunha que já tivesse arrastado sua dose de cadáveres teria simpatia. Descendo alguns andares, o golpe abafado da cabeça de esquele batendo nos degraus dava lugar a uma pancada úmida. Os sacos eram equipados com alças nas duas pontas, mas as condições fabris na era da praga — as fábricas que foram ocupadas ajustaram-se à produção de bens fora do escopo do propósito original, geralmente de modo ordinário — resultavam em alças mal-atadas que cediam muito fácil à mínima movimentação. Quando acontecia, os varredores pegavam o lado inferior do saco e sentiam o esterco do cadáver espremido pelo plástico.

— A gente vai chamar de Laça — disse Gary.

Mark Spitz não respondeu. Ele não sabia ao que o colega tinha se referido, então esperou pelo contexto. Havia tempo. Estavam a meio caminho da rua. As luzes de emergência seguiam funcionando e eles não tinham que se preocupar com renegados nas trevas. Os dois varredores faziam tanto barulho que qualquer diabo vagueando na escadaria já teria se apresentado.

— O pega-esquele que a gente inventou. Vai se chamar Laça.

— Achei que ia ser Agarrador — disse Mark Spitz.

— A gente acha Laça mais sofisticado.

Nas horas de ócio, Gary trabalhava em um instrumento para neutralizar esqueles. Recrutou Mark Spitz e Kaitlyn para formar o único *focus group* subsistente no planeta e passaram semanas trocando ideias. A última versão envolvia uma vara comprida com uma coleira ajustável na ponta. A coleira, por sua vez, era presa a uma bolsa de malha metálica, feita do mesmo material das fardas, resistente a rasgos e a dentes. Quando você se deparasse com um esquele, era só manipular a coleira até encaixar em volta da cabeça, depois puxar para trás. A coleira apertaria forte como uma algema, se soltaria da vara "e *voilà*: esquele no saco". Os capturados não teriam como morder de dentro, nem como enxergar. Neutralizados. Para você dar conta deles como bem entendesse.

O problema era que a única coisa a se fazer com um esquele capturado era abater.

Mark Spitz e Kaitlyn ressaltaram esse porém a Gary em várias ocasiões, junto com outras críticas à invenção. O Pega-Esquele, ou o Agarre-Você-Mesmo, ou o Laça, ou fosse lá o nome que Gary houvesse decidido (houve um rápido flerte com o Gary), era inútil em um ambiente fechado. Demandava baixa densidade de oponentes — com duas ou mais criaturas na área, as múltiplas variáveis complicavam a execução. Ocupava as duas mãos, de modo que, caso houvesse necessidade, você não poderia recorrer a um tiro na cabeça no último segundo. Mas eram questões de implementação. O problema principal, é claro, era que ninguém queria um esquele cativo. Nos primeiros dias, o governo exigia um estoque de recém-contaminados e de transformados plenos para experiências, para buscar uma cura, fermentar uma vacina ou simplesmente investigar o fenômeno "em nome da ciência". Os trabalhos com a vacina prosseguiram (e eles iam fazer o quê, dar um pé na bunda do epidemiologista agora que a prioridade era infraestrutura?) e era certo que, nos laboratórios subterrâneos de Buffalo, ela ainda rodava pelas centrífugas e pelos microscópios. Mas não havia mais mercado para esquele fresquinho, fora um ou outro quartinho de tortura criado por caipiras. Não se usava mais a palavra "cura". A praga transformava tanto o corpo humano que ninguém mais acreditava na possibilidade de restauro. Claro que ainda havia os rumores da equipe de cientistas suíços entocada nos Alpes trabalhando em processos para reverter os efeitos, mas a maioria dos sobreviventes havia visto esqueles suficientes para saber que o veredicto da praga não era reversível. Não. A única coisa a se fazer com um esquele enlaçado era acabar com ele. Assim que possível.

Gary não se abalou. Ele vinha fazendo diagramas para uma patente, apesar do pequeno problema de não haver registro de patentes no país.

— Vou ficar rico — afirmava, emburrado com a falta de entusiasmo da tropa.

Ele falava como um fêni de verdade, era o que pensava Mark Spitz. Apesar de vetores contrários em sua personalidade, Gary mantinha uma reserva de otimismo fêni, uma perspectiva nebulosa de sua inserção na paisagem onírica da prosperidade norte-americana. Na sua fabulosa mansão haveria espaço para câmaras em memória aos irmãos mortos, piscina olímpica e uma churrasqueira a gás de cinco mil BTUs. Mark Spitz via os desenhos da invenção e pensava em pinturas rupestres, mas aquilo só era apropriado diante da regressão vertiginosa da cultura.

— O Laça — disse Mark Spitz. — Acho que vai longe.

Embora a placa na saída lhes informasse que um alarme soaria, não foi o caso. Eles puxaram as pilhas pelos azulejos pretos e brancos da portaria e jogaram no chorume que agora se aceitava como chuva.

Deixaram os sacos no meio da rua para o Descarte, Gary correndo de volta ao prédio para evitar o aguaceiro. Mark Spitz sentiu a chuva no rosto. Não era o tipo de coisa que se queria na pele, dado o resíduo que deixava depois que secava. Mark Spitz se lembrou da vez que fora visitar os primos na Flórida e saíra do oceano com gotas de petróleo marrom no peito e nas pernas, que ainda chegavam à orla depois daquele vazamento descomunal. Enquanto um fio gelado de água entrava pela sua gola, ele viu que aquela quadra da Duane Street parecia incólume. Era um quarteirão urbano qualquer em um dia normal do extinto calendário, cinco minutos antes da alvorada, digamos, quando a maior parte da cidade ainda dorme. A Duane não havia sido atribuída a ninguém, portanto os mecânicos do Exército ainda não a tinham liberado e o espectro de veículos populares na época da ruína enfileirava-se na calçada, aguardando o retorno daquela passadinha rápida ali, a saída do trabalho, a volta para casa. Nada havia sido fechado com tábuas e pregos, não havia rastro de incêndio nem outro sinal de caos, e um vento chato havia levado todo o lixo para a esquina. De tempos em tempos, Mark Spitz chegava a esses pontos do Setor Um, onde caminhava por um set de cinema e iniciava a carreira como figurante em um filme de época sobre o mundo dos mortos.

A velocidade da evacuação e o fato de que a ilha não havia sofrido um contato maior — nem fora bombardeada como Oakland, nem detonada como St. Augustine, nem fosse lá o que tivessem feito em Birmingham — significavam que extensões inteiras da cidade continuavam intocadas. Nem todo lugar, claro. Vitrines de lojas foram fortificadas às pressas, contenções seguiam fixas ou empilhadas na calçada, desmontadas. Houve colisões: postes e caixas de correio que viraram lápides sobre o cadáver de um carro batido, os caminhões de entrega e os furgões da polícia que encalharam na calçada como monstros tristes. E eles seguiram caminhando por várias quadras aonde os fuzileiros haviam chegado com tudo em um tropel de esqueles, como depunham as janelas quebradas e os buracos de bala. Mesmo assim, era notável como a epiderme da cidade havia sobrevivido à catástrofe.

As missões de exploração enviaram relatórios, e os comitês de Buffalo concordavam: a cidade era uma excelente candidata para uma retomada, e em breve.

A Nova York na morte era muito parecida com a Nova York em vida. Ainda era difícil conseguir um táxi, por exemplo. A grande diferença era que havia menos gente. Era mais fácil caminhar na rua. Não havia as manadas sinistras de forasteiros se arrastando, não havia fascista amador rua acima maquinando como roubar o próximo táxi. Não havia fila no caixa da imensa loja de comida orgânica, depois de você ter passado por cima do arroz a granel espalhado no chão ou pelos potes de molho de tomate cor de sangue quebrados e os pacotes do que quer que fosse com consciência ambiental, jogados no chão durante a fugaz fase dos saques. Os restaurantes do momento sempre tinham uma mesa especial livre, mesmo que não tivessem atualizado o prato do dia desde que a raça humana zarpou. Você podia se sentar onde quisesse no cinema, se aguentasse ficar sentado no escuro, onde monstros ocasionalmente mexiam as coxas.

Aquela rua parecia normal. Era uma fachada. Atrás do muro havia mais ruas como aquela, no aguardo, e, fora da cidade, vastidões das terras do formaldeído, espécimes saídos diretamente dos antigos cartões-postais dos Estados Unidos preservados em turbilhões arrumadinhos. Houve competência para criar a ilusão de vida no cadáver. Uma gentileza. Era só você dar um pio, pensava Mark Spitz, que via o movimento das criaturas.

Um fio de água cinza deslizou pelas costas dele. A última vez que vira sua casa de infância tinha sido na Última Noite. Ela também parecera normal por fora, naquele novo sentido de normal que significava semelhança com o período antediluviano. Normal significava "passado". Normal era o idílio rompido da vida anterior. O presente era uma série de intervalos, um diferenciado do outro apenas pelo grau de temor que continha. O futuro? O futuro era a argila que eles tinham nas mãos.

Na Última Noite, o *sprinkler* havia rodado e distribuído a água conforme o arco prescrito no gramado. O abajur próximo ao televisor da sala de estar transmitia seu cone de tranquilidade pelas cortinas azul-claro, como fazia havia décadas. Ele não era de perder chaves e tinha as da porta da frente, com vinte anos de uso, na mão. Minutos depois, quando fugiu da casa, não parou para trancar a porta.

Ele e o amigo Kyle haviam passado algumas noites em Atlantic City, em um dos cassinos chiques e novos, à deriva entre as superfícies do deslumbre. Dentro do local, imaginaram-se libertinos na sarjeta, enfiando o focinho e fuçando. Às margens de máquinas tisnadas e amassadas e arrebentadas pelo dialeto regional do dinheiro. Nas mesas, visualizavam fileiras de mãos com suas bíblias do pôquer e contavam piadas sobre os caras que eram camaradas demais com os traficantes, com os tubarões locais no repasto noturno. Davam fichinhas de gorjeta às garçonetes, deduzindo-as da conta da noite conforme o espírito da contabilidade aplicada, e passavam os dedos pelos dados com toques de superstição antes de os lançarem na arena. Por algum tempo, foram heróis de estranhos, bobinas de papel soltando novidades em surto esporádico. Nas banquetas de bar, eles fitavam as jovens solteiras no clube e discutiam se tinham chance, relembrando galanteios que quase haviam dado certo em visitas prévias ao local. Nas filas do buffet, faziam seu saque em meio a lâmpadas de calor e bandejas soltando vapor; e empalavam e depois giravam o wasabi nos pirezinhos de cerâmica, tingindo-o de shoyu. Após 36 horas, perceberam, conforme a tradição, que ainda não tinham abandonado o perímetro e entregaram-se displicentemente ao hábitat artificial que é o cassino moderno. Não queriam. Estava tudo lá dentro. Seus cérebros se anuviaram, enquanto possiblidade e fracasso os cativavam em um circuito perpétuo e tentador.

O cassino estava mais vazio do que estivera nas primeiras incursões. Os novos cassinos haviam surgido de terrenos baldios tomados de vergalhões, onde ficavam os estabelecimentos de tempos passados. Talvez isso se explicasse, pensaram eles, pela lei da concorrência e pela atração da última bugiganga. Todo mundo tinha ido para o novo, aquele do qual ainda não tinham ouvido falar. Pouca gente circulava pelas mesas, gritinhos abafados vinham da mesa dos dados, havia roletas cobertas de plástico, embora deva-se notar que as caça-níqueis mantivessem o robusto contingente de defeituosos com olhos vítreos, os proto-humanos das garrinhas incansáveis. A crupiê predileta deles no vinte e um, Jackie, moça de pele curtida de sol que dispensava sorrisos sob o penteado bolo de noiva desfiado, estava doente no dia, e a criatura em seu lugar ficava ferrando o esquema deles, mas, depois de refletir sobre o aspecto imponente e refratário do chefe durão, decidiram não reclamar. Aliás, o paná-paná de jovens solteiras estava um pouco miserável, seguindo a pantomima excessiva da empolgação cansada e ostentando os pênis de borracha na pista de dança com pura indiferença. Ocorreu mais de uma vez aos dois que aquela viagem não entraria para o folclore conjunto da dupla, e eles se lamentaram entre goles da bebida subsidiada. Podia ser que estivessem velhos demais para aquele tipo de empolgação. Podia ser que aqueles tempos houvessem morrido e só agora se dessem conta das novas circunstâncias.

Eles não assistiam ao noticiário nem recebiam notícias do mundo lá fora.

Ficavam acordados até o raiar do sol, desabavam, ganhavam indulgência em sua manifestação secular de check-out tardio. Aí encaixavam-se no fluxo domingueiro rumo ao norte e devoravam as Cocas sem gás e os *wraps* de peru comprados nas lojas de conveniência da via expressa. Os *wraps*, segundo a etiqueta, eram envolvidos por um plástico que se degradaria em vapor ecológico em trinta dias. O engarrafamento era atroz e vergonhoso, aquele panteão de trânsito que você encontra quando está atrasado para um casamento ou para outro evento monumental de importância fugaz. Claro que um acidente revelara sua inevitabilidade logo à frente e agora tudo estava imundo, desacelerado, os veículos, sílabas de um encantamento de infortúnio. Motoristas e passageiros comportavam-se mal, saindo para o acostamento para passar a toda pelos empacados sem sorte, parecendo até abandonar os veículos. Os corpos se arrastavam pelo canteiro central. Bombeiros e viaturas galopavam pela histeria padrão. Kyle e Mark Spitz trocaram listas de músicas, transmitidas de seus aparatos de música digital para os alto-falantes do carro. O trânsito não aliviou quando saíram do túnel, a via expressa de Long Island estava uma desgraça na direção que fosse.

— Com certeza deve ter um jogão ou um show hoje à noite — disse Kyle.

— Eles tinham que dar uma relaxada — falou Mark Spitz.

O enlaço da segunda-feira apertou. Aquilo ali era o desespero do fim do fim de semana, a morte da diversão e o esmiuçar do indulto. Todo mundo nas rodovias e vias expressas sentia as possibilidades evaporando. Que rebeldia impotente eles desempenhavam, tocando de leve a imitação de couro nas buzinas e cuspindo impropérios da mais alta estirpe. Em retrospecto, talvez a intensidade daquele momento, a pressão que ele sentiu, fosse da imensidade da despedida, pois aquele era o trânsito do adeus, a última demora e suas desculpas, as últimas inconveniências de um mundo no fim da validade.

Finalmente chegaram à esquina de Mark Spitz. Uma trupezinha de garotos jogava basquete na outra ponta da rua. O jogo estava acabando, já fazia algum tempo que estava escuro demais para jogar. Ele tentou identificar os jogadores, mas não pareciam fazer parte do grupo de adolescentes educados da quadra. Estavam mesmo jogando basquete? Havia uma pequena forma redonda no chão. Eles se curvavam, amontoavam-se em torno. Ele não identificou os rostos, só aquele definhar dos ombros que marcava a epidemia recorrente da noite dominical: voltar ao trabalho.

Mark Spitz despediu-se do amigo de infância pela última vez e subiu a trilha pavimentada, fruto de uma reforma finalizada havia pouco na qual se retirara a passarela de tijolo que tantas vezes ralara seus joelhos. Fora a faculdade e breves passagens malditas por aqui e por ali — a aventura na Califórnia atrás de uma garota na qual ele não havia acreditado quando ela revelou preferir garotas, a temporada em um sofá no Brooklyn —, ele havia vivido a vida inteira naquela casa. Tecnicamente morava no porão, dado que o quarto de infância havia muito tempo fora convertido em escritório para a mãe, mas a reforma subterrânea do pai — um empreendimento que o mantivera à tona quando muitos de seus pares haviam naufragado pelo desgosto da meia-idade — era o que conferia plausibilidade à explicação de Mark Spitz de que ele havia sido realocado para a "sala de recreação". Não era um mero porão, com seus controles climáticos com *touch screen* e sequências de iluminação programadas, mas uma cápsula espacial que ele pilotava rumo à próxima fase da vida.

Vista de fora, a casa parecia normal. As venezianas fechadas e as luzes apagadas, fora o brilho do abajur perto do centro multimídia na sala de estar, a luz fiável que o recebera por tantos anos. A mãe estava se sentindo "fora dos trinques", no jargão de mãe, e ele conjecturou que estavam meio dormindo na frente do DVR do andar de cima conforme os últimos quinze minutos do episódio da semana anterior se arrastavam à sua frente: o veredicto dos juízes e a expulsão do último bode expiatório; os precedentes obscuros citados pelo promotor inconformista; os reencenadores dos crimes reais em tespianismo decadente. Seus pais se retiravam para o antigo ninho de lua de mel após o jantar, cedendo ao filho a sala de estar, com seus realces de alta definição e poltronas gêmeas reclináveis de couro, com suporte para copo. A sala de recreação era uma maravilha em todos os aspectos fora a televisão, uma rara compra de impulso da parte do pai, que era dedicado na consulta às listas da internet e que contribuía com veredictos de duas ou três estrelas ao coro da multidão. O televisor fora um erro, uma cópia barata que vinha sendo afetada por uma radiância preta de pixels mortos. Suas conjurações infelizes deram à família uma desculpa para curtir juntos os grandes espetáculos televisivos no andar de cima, os que periodicamente reencontravam a nação dilacerada, embora em transmissões arrastadas pela cascata de fusos horários.

Ele fez cara feia para a correspondência no aparador da entrada, especulando mais uma vez qual inscrição ilegítima havia gerado, entre outros bastardos, sua identificação como membro do partido político oposto. (Na catástrofe, as demoníacas listas de contatos foram atingidas. Estava-se livre para escolher uma afiliação nova em meio aos destroços das plataformas.) Ele decidiu que ia cantar seus ganhos. Subiu a escada e se assustou com o som dos próprios tênis nas tábuas nuas. A reforma com cimento havia sido parte de um projeto maior que abarcava, em amplo manifesto, o reazulejar da área hexagonal da cozinha e a retirada do tapete da escada. Era uma campanha a nível do chão. Eles, seus pais, estavam sempre trabalhando na casa. Os projetos tomavam tempo. Embora fossem relativamente novos (*novos* ficava cada mais jovem conforme os guardiões da mídia contemplavam a mortalidade cada vez mais cedo), os planos de reforma revelavam o empenho em iludir a morte: quem é que já havia morrido durante a instalação de uma fonte no quintal, a que pingaria alegria da tubulação de policloreto de vinil? Na cama, folheavam notas adesivas nas margens das páginas de catálogo e trocavam-nas por cima dos lençóis como reféns. Cada aposento, cada metro quadrado repensado e reformado era uma usurpação do terreno cercado da imortalidade. As plantas baixas, as especificações, as estimativas anotadas no verso de envelopes. Aquilo os manteria ali. A seguir viria o banheiro dos hóspedes.

Exaustos com a transformação dos pisos, seus pais estavam entre reformas. Se não fosse o caso, talvez ainda estivessem vivos.

Quando ele tinha seis anos, havia entrado no quarto enquanto a mãe fazia sexo oral no pai. Um programa do canal de televisão educativo sobre a precariedade da vida no Serengeti, visto de passagem, havia lhe apresentado o pavor, que o devorava por dentro havia algumas noites. Sonhos horripilantes. As hienas e suas lamúrias. Ele precisava subir na cama *king* dos pais, como acontecia quando era muito pequeno, antes de ser banido para sua cama de menino grande, de acordo com as últimas filosofias da criação de filhos. Era proibido, mas ele havia decidido visitar os dois. Deu passos delicados pelo corredor, passou o olho verde do detector de monóxido de carbono, o protetor sempre vigilante contra o mal invisível, o banheiro e o armário de lençóis. Abriu a porta para o quarto principal e lá estava ela, engolindo o pai. O pai cessou os grunhidos perturbadores e berrou para o filho ir embora. Nunca mais se tocou no assunto do incidente, que se tornou o primeiro ocupante do cantinho no sótão de seu cérebro que ele reservou para grandes humilhações. O primeiro, mas não o último.

Naturalmente, foi para aquela noite que seus pensamentos vagaram quando, ao voltar de Atlantic City, ele abriu a porta do quarto dos genitores e testemunhou as ministrações pavorosas que a mãe fazia no pai. Ela estava curvada sobre ele, mordiscando com fervor arrebatado uma prega do intestino do marido, prega esta que, ao lampejo crepuscular da televisão, adotava aspecto fálico. Ele se lembrou imediatamente de quando tinha seis anos, não só por conta do quadro vivo à frente, mas por conta da tendência da mente humana a, em momentos de pressão, buscar refúgio em uma época pacífica como uma experiência da infância para usar de barricada contra o terror.

Aquele foi o início de sua história da Última Noite. Cada pessoa tinha a sua.

* * *

Mark Spitz e Gary voltaram ao escritório de advocacia e arrastaram os outros dois corpos para baixo, Kaitlyn assobiando atrás enquanto desciam a escada. Ela sugeriu que fossem almoçar, e eles se agacharam na portaria debaixo da vitrine que listava os ocupantes do prédio, detalhados em letras brancas de rearranjo facilitado incrustadas no feltro preto. Assim como a maioria das listas de pessoas, aquela havia virado uma chamada dos mortos, um obituário com cores invertidas.

— Eles são patrocinadores? — perguntou Gary. — A gente tá com fome.

Ele mostrou uma barra de chocolate que conseguira no vazamento de doces, balinhas para mau hálito e álcool em gel. O portão da banquinha da portaria havia sido rasgado e saqueado, provavelmente pelos fuzileiros, talvez por um sobrevivente pós-evacuação que houvesse ficado sem bolachinhas e ousado uma incursão.

— Ainda não — disse Kaitlyn.

— Mas de repente eles entram na jogada semana que vem. Pode acontecer. Neste caso, tudo bem.

Kaitlyn fez que não.

— Os fuzileiros levaram tudo que queriam quando passaram por aqui. De onde vocês acham que saiu aquele monte de camiseta da NFL?

— Isso foi antes da regulamentação. Você tem cookies de chocolate na ração operacional.

Gary jogou a barra e declinou a piada de sempre. Sempre que alguém falava em ração operacional, Gary ressaltava que cada sobrevivente era uma ração operacional para os esqueles. Ha-ha-ha, ele pontuava com a risada cadavérica. Talvez Gary estivesse exausto; era fim da semana.

— A gente vai ser devorado pelos inquilinos — disse ele. — Fênis canalhas.

— Talvez botem você aqui — disse Mark Spitz.

Ele não acreditou.

Buffalo ainda não havia divulgado quem seria reassentado em Manhattan assim que terminassem as varreduras, mas Gary tinha ceticismo de longa data quanto à sua inclusão.

— Você acha que a gente vai vir parar aqui? A gente não é especial. Só vão botar quem é rico aqui. Político e atleta. Chef de programa de culinária.

— Vai ser loteria. — Kaitlyn suspirou.

Ela abriu um tubo de carne e espremeu na boca.

— Loteria o cacete — disse Gary. — Vão botar a gente em Staten Island.

— Achei que você gostasse de ilhas — respondeu Mark Spitz.

Gary era crente veemente na Teoria das Ilhas no quesito sobrevivência às pragas.

— A gente gosta de ilhas. Tem defesas naturais. Você sabe que a gente gosta de ilha. Mas a gente não ia morar em Staten Island nem se estivessem distribuindo vacina e punheta na saída da barca.

— Eles monitoram DNA, você vai dar sorte se não te mandarem dar meia-volta no portão.

Trevor, um dos varredores na Tropa Gama, afirmava ter ouvido que Buffalo estava trabalhando em um sistema de vistoria de colonos conforme a conveniência genética. Mark Spitz não acreditava, mas racionalizou que teria chance decente de conseguir um lugarzinho bom por lá. Muitos dos altamente produtivos da sociedade tinham sido exterminados, o que fazia medíocres como ele subirem um degrau.

Kaitlyn bateu distraidamente no headset, como se estivesse tentando fazer um plano de fim de semana com uma das amigas e a ligação ficasse caindo. Foi no meu ou no seu?

— Alguma coisa? — perguntou Mark Spitz.

Ela fez que não. Eles estavam sem contato com forte Wonton havia uma semana, desde que tinham chegado àquela grade. A comunicação caía com uma frequência irritante. Era difícil conseguir sinal nos dias bons — os prédios fazem as ondas ribombarem entre si como crianças brincando de bobinho —, mas o grande culpado eram os bugs infernais no software de comunicação militar. As máquinas tinham travamento crônico, aí tinham que reiniciar e levava uma vida até a coisa pegar de novo. Era altamente improvável que o fornecedor que tinha pegado o serviço com os militares viesse a ser processado, mas isso aconteceria mesmo que a praga não houvesse esvaziado os salões da justiça do mundo todo, fora um ou outro esgarrado de manta segurando um martelinho em uma sala de audiência vazia.

Os apagões de comunicação eram incômodos, mas felizmente os varredores não precisavam de ordem alguma, além de qual grade viria a seguir, e conseguiam isso toda semana que voltavam para Wonton.

— Vamos adiante — disse Kaitlyn. — Vamos conferir quando voltarmos no domingo.

Enquanto guardavam os apetrechos, eles viram que os corpos haviam sumido. O Descarte os havia recolhido sem que os varredores notassem, com a eficiência macabra que era sua marca registrada. Fora de Wonton, tudo que se via do Descarte era o carrinho deles sumindo ao dobrar a esquina, uma ou duas quadras à frente, conforme se arrastavam em trajes de proteção brancos. A carruagem e o cavalo já tinham sido ativos na indústria turística do Central Park, sendo que a primeira havia ficado ao sabor dos elementos enquanto aguardava redesignação — o turismo, obviamente, andava prejudicado nos últimos anos —, e o segundo, supunha-se, vivera de ervas daninhas no Grande Gramado até eles formarem o forte Wonton. O cavalo havia sido trazido de helicóptero para o Setor depois de ser avistado durante uma missão de reconhecimento precoce da zona norte.

— Me parece a atitude certa — disse o general Tavin.

De fato, o planejamento e a execução da operação haviam estimulado boa parte da motivação, ainda mais do que as notícias de patrocínio do distribuidor de cerveja.

O piloto de helicóptero que trouxera Mark Spitz do Corredor Nordeste passou a viagem inteira em verbosidade de guia turístico, narrando os pontos de interesse da plataforma continental da Costa Leste em um tom estranhamente petulante. Mark Spitz suspeitou de que ele estivesse drogado. Quando chegaram a Manhattan, ele os levou para um rápido circuito do Central Park, "desenhado por Frederick Law Olmsted, um dos maiores feitos de paisagismo que Jesus já viu". Mark Spitz havia visto o parque se descortinar das janelas dos grandes arranha-céus que lotavam o perímetro, mas nunca daquele ponto de vista. Não havia gente fazendo piquenique com cobertores, ninguém ficava matando o serviço sentado nos bancos, e não havia um frisbee fazendo arcos no céu, mas o parque estava naquela lotação de primeiro dia da primavera. Os visitantes mortos não paravam para curtir a vista; eles bamboleavam na grama e nas passarelas sem propósito ou sentido, indo primeiro por aqui e depois passeando em outra direção, até que, distraídos por nada em particular, reajustavam a rota imbecil. Foi o primeiro vislumbre que

Mark Spitz teve de Manhattan desde a chegada da praga. Meu Deus, pensou consigo, os turistas tomaram conta.

Do jeito que estava o abastecimento de diesel, o cavalo fazia todo sentido. O malhado se dispunha a puxar o grande carrinho metálico preso à carruagem conforme o Descarte fazia o circuito central, limpando o que as unidades de varredura tiravam. Tragam seus mortos. Os caras e as minas do Descarte nunca tiravam os trajes de proteção, pelo menos não em público, mesmo quando estavam fora do expediente e ficavam perambulando por Wonton com todos os outros. Vai que eles sabem de algo que a gente não sabe, pensou Mark Spitz, ao vê-los recolher e correr de volta ao prédio que haviam demarcado para si. O pessoal do Descarte havia prendido uma vara de cortina de chuveiro com fita crepe ao painel da carruagem e amarrado um sino de latão, o que de algum modo acabou soando mais alegre do que macabro, à distância.

Gary agarrou a pilha de sacos plásticos de reserva deixados pelo Descarte — eles faziam uma contabilidade meticulosa, repondo quando uma tropa estava em baixa —, e os três subiram a escada para encerrar o prédio.

Sempre era inquietante ver um pavimento vazio onde você havia soltado esqueles abatidos. Era como se eles tivessem se levantado e saído andando.

Eles arrolharam os túneis e bloquearam as pontes. Tamparam os metrôs nas estações predefinidas, todas ao sul de onde ficaria o primeiro muro. Os helicópteros desceram os trechos de concreto, um a um, por toda a extensão da Canal Street, conforme os mortos se boquiabriam e se arranhavam em meio à poeira levantada pelas hélices. Não foram poucos os infelizes que viraram pó. Talvez fosse a intenção do piloto. A última seção ficava na beira do rio. Agora eles tinham um setor.

Os soldados aterrissaram na área de preparo do Battery Park, perto do memorial da Guerra da Coreia. Os fuzileiros desta geração desembarcaram dos transportes de tropas e começaram a primeira varredura. As estimativas de Buffalo quanto à densidade esquelal ao sul da Canal eram ruins em um nível estupendo. Como eles teriam calculado os números entocados lá nos seus arranha-céus? Os mortos escorreram para a rua ao som dos soldados. Fazia parte do plano. Os recrutas usaram a si mesmos como isca, suas invectivas, gritos de guerra e canções atraindo cardumes de mortos ao fogo da metralhadora.

Eles faziam rapel de helicóptero em cruzamentos-chave, eliminando uma centena de esqueles tremeliquentos antes de se prenderem de novo ao cabo e irem flutuando até a zona de ataque, as fadas madrinhas camufladas da aniquilação. Bombardearam, fuzilaram e ficaram mestres em tiro na cabeça, seccionador de espinha e detonador cranial, que desviavam os mortos para a calçada contra caixas de jornais, hidrantes, canteiros antiterrorismo e arte pública inescrutável com patrocínio corporativo. Os soldados eliminaram alvos em escadas de incêndio, onde eles se debruçavam como mariposas pegas em teias de aranha de ferro fundido. Os métodos de matança faziam uma rotativa de modinhas, o que estava na moda em uma semana saía de moda na outra, conforme os soldados refinavam e trocavam dicas e descobertas acidentais. Todo mundo tinha seu jeito de lidar com as coisas. As lágrimas vermelhas de localizadores berraram pelas vias públicas, e balas perdidas deixaram crateras nas fachadas de bancos, igrejas, condomínios e franquias, em todos os templos de veneração que a cidade tinha. Vidraças desabaram com sua música, fabricando formas geométricas que nunca antes existiram na história do mundo, as quais por sua vez se estilhaçaram em novas e em poeira com brilho. Cápsulas de balas dançaram e pularam no asfalto como bitucas de cigarro. A fumaça da arma foi sugada em tranças e cortinas pelos padrões atmosféricos criados por arranha-céus e esquinas de avenidas, as encostas de montanhas e os vales, e, quando se abriu, as criaturas jorraram, reforçadas.

Os soldados discutiam o trabalho durante o jantar. Enquanto chupavam a pasta de carne do céu da boca, matutavam que cada tipo de loja e prédio cultivava seus próprios ritmos e costumes, mantinha suspeitos prováveis vadiando perto dos balcões de check-out, das mesas de informação, dos mapas Você Está Aqui nos saguões subterrâneos da região central. As academias nos porões de prédios de aluguel, feitas para jovens solteiros, traziam seus cliente habituais, e as salas dos docentes das escolas públicas mantinham sua variedade ricocheteando do balcão da máquina de café, como antes da praga. As grandes redes de fast-food, com o tempo, tornaram-se confiáveis para um certo tipo de experiência, e a rede de bife e frutos do mar a preços acessíveis oferecia o próprio menu reforçado conforme a cidade morta prosseguia seus negócios na paródia melancólica.

Um dia eles notaram o refluxo. Era impossível não notar. Os desfiles do grotesco diminuíram. A carnificina diminuiu. Os mortos rangiam em grupos de dúzias, depois cinco de cada vez, em pares, e por fim solo, tomando seu devido lugar sobre as pilhas de cadáveres conforme eram derrubados. Aí, os soldados firmavam-se em cima dos cadáveres e botavam a mira. Faziam montanhas. Montes putrefatos sobre os paralelepípedos das ruas tortas do distrito financeiro. Livraram o South Street Seaport tanto de nativos quanto de turistas, e a brisa da água carregou baldes do fedor. Franco-atiradores firmaram a mira em silhuetas se sacudindo a seis, sete quadras, cruzando a cidade, aquela grade sensível, ancestral, que dava passagem ao trânsito à velocidade do som. Conforme o número de criaturas minguava, os soldados pararam de se oferecer como isca. Eles caçavam, trotavam, displicentes, *flâneurs* tranquilos vagando por onde as ruas os levassem. Os soldados eram a ponta de lança de uma campanha global e entendiam o que eram a cada vez que superavam a resistência no gatilho. Sentiam-se bem na função. Tiravam pausas mais prolongadas, inventavam novos ramos de humor ácido, piadas que fincavam raízes. Eles sabiam que estavam passando por uma modificação fundamental, algo que chegava às células, induzindo a outra classe de trauma, diferente da do resto dos sobreviventes. *Semper fi.* Aí entravam.

Eles dispensaram as superestruturas uma a uma, o QG global tinindo de VPs juniores e gerentes de contas, os grandes escoadouros de dinheiro e seguros, os projetos de moradia pública com seus labirintos de concreto e minotauros de calça jeans, os megaplexos de renda média e os condomínios pré-guerra. Invadiram os prédios municipais cujas funções estavam cinzeladas em grandes blocos de pedra na entrada para facilitar a identificação. Surpreenderam-se de início com a quantidade de esqueles que encontraram ribombando dentro do prédio do governo, mas fez sentido depois que pararam para pensar. Eles aterrissavam nos telhados e golpeavam as portas da escadaria, gratos pela luz do dia onde quer que ela se infiltrasse. Os lugares mais inesperados pululavam com as coisas, por motivos que eles não tinham como compreender. Por que aquela casa de sucos e não outra, por que o pé-sujo desta vizinhança, por que esta sinagoga, esta livraria, esta loja de 1,99? Baixos-relevos de grifos, serpentes do mar e quimeras espreitavam na extensão de prédios antigos e monumentais, indicadores dos conceitos de outra era sobre qualidade artesanal e a aparência de monstros. Os rostos pulverizados dos mortos aumentaram a porcentagem de rostos que eram menos bonitos do que aqueles das gárgulas de cornija no setor. Tinha sido um número pequeno antes da praga, apesar das rodinhas de banqueiros de investimento.

Os fuzileiros eliminavam os esgarrados externos, os que ficavam nas margens conforme os mortos davam suas arrancadas. O vendedor de rua em seu carrinho, ostentando uma pequena haste coberta de mostarda seca. O skatista posando na tampa de bueiro filigranada no fundo de seu declive predileto. O vitrineiro enfeitiçado diante de uma loja de departamentos com tapumes, absorvendo um display havia muito tempo removido que mesmo assim desenredava-se em quinquilharias de requinte atrás do compensado. Quem sabia o que se passava naqueles restos de mentes, que miragens eles faziam do mundo. Os fuzileiros lhes davam tiros na cabeça, inofensivos ou não.

Alguns dos fuzileiros morreram. Alguns não ouviram os alertas até haver fogo demais e ser tarde demais. Alguns perderam os parafusos no espetáculo hediondo, entregues a devaneios com capítulos hiperidealizados da vida pregressa. Alguns levaram mordidas e perderam nacos de carne na perna e no braço. Alguns sumiram debaixo de hordas, quem sabe uma luva saindo de baixo, abanando, e não ficava claro se a mão estava sob o comando do soldado ou se abanava em função do empurra-empurra do banquete. Os ritos funerários eram curtos. Incineravam os corpos dos camaradas junto aos mortos.

Eles embicaram diesel nas retroescavadeiras e nos caminhões basculantes. O ar se encheu de moscas zumbindo, tal como antes era tomado pelo ganido hidráulico dos ônibus, pela lamúria das ambulâncias, pelos cânticos do celular, pelos saltos altos na calçada, a vasta orquestra fantasma da cidade viva. Eles que carregavam os mortos. Passado um tempo, as chuvas limparam o sangue. A rede de esgotos de Nova York já havia sofrido mais em seus séculos mórbidos.

Os fuzileiros foram realocados. Alguns para o interior do estado, para apressar a finalização das iniciativas ao norte, outros para compromissos secretíssimos no oeste. Sem grandes detalhes. O Exército chegou, depois as tropas de engenheiros com planos para a próxima fase. Eles colocavam embaixo das axilas os tubos de plantas baixas e diagramas dos sistemas metropolitanos, a eles concedidos por Buffalo depois da escavação de um depósito do governo com ar-condicionado.

Qualquer estrutura com menos de vinte andares ficava com os varredores. Ou seja, Mark Spitz. Quando sua tropa finalizou o número 135, encerraram a região Duane com Broadway, Misto Residencial/Comercial. Então passaram à seguinte.

— Não deve ter tanto hostil — disse Kaitlyn.

Eles começaram a voltar pela escada do 135 da Duane. Os varredores engoliram e assimilaram o linguajar militar com prazer. Misturado às gírias novinhas em folha, o novo vocabulário do desastre era sua derradeira blindagem. Eles os aninharam sob as fardas, sobre os corações, os versos sagrados que podiam deter uma bala.

Havia outras expressões em voga que não traziam tanto estímulo: extinção, apocalipse, fim do mundo. Faltava um *tchã*. Elas não instigavam as massas a levantar do colchão poli-isso poliaquilo para jurar a vida à reconstrução. No início da retomada, Buffalo concordou com a sabedoria de fazer um *rebranding* da sobrevivência. Eles mantinham um zoológico de especialistas, cérebros superiores escolhidos a dedo nos acampamentos, e o que esse pessoal passava o dia fazendo era imaginar outro jeito de refinar o futuro, botando ideogramas nos quadros brancos e conferenciando nas mesas autossegregadas na cafeteria do subsolo, baixando a voz quando forasteiros entravam sacudindo uma bandeja. Alguns davam duro para criar o novo idioma e saíam com mais do que algumas boas ideias; o inimigo não iria sucumbir à guerra psicológica, não podiam deixar os princípios sem uso.

Era um novo dia. Agora o povo não era mais formado por meros sobreviventes, refugiados semi-insanos, a horda patética, traumatizada, salpicada de cocô, mas sim pela "Fênix Americana". O diminutivo mais popular, *fêni*, havia pegado nos assentamentos, que também tiveram sua ronda cosmética: o Acampamento 14 foi rebatizado de New Vista, o Roanoke virou Bubbling Brooks. O primeiro acampamento civil de Mark Spitz foi o Happy Acres, e o humor de todos melhorou de fato ao ver o nome no portão ao lado do arame farpado e da cerca elétrica. Mark Spitz pensou que a mercadoria também ajudava muito: os capuzes, os para-sóis e tal. Os tons frígidos e as linhas frágeis do logotipo conformavam-se a uma tendência de design muito popular nos meses que precederam a Última Noite, e foi quase como se a cultura estivesse retomando do ponto em que tinha parado.

A Ômega encontrou o esgarrado solitário do número 135 da Duane no quarto andar. Depois da sala de reuniões, foram mares tranquilos, nenhum esquele à vista. Como não era um prédio residencial, não houve bichinhos de estimação, nenhum bichon frisé ou gatinho hipoalergênico se decompondo no azulejo azul-marinho do corredor. O quarto andar tinha sido recortado em um pasto de escritórios com um e dois aposentos, a maioria sem janelas. Empresas de última cartada, correndo contra o tempo, agências de cobrança e juízes de falência, largadas em escritórios mais tristes e inferiores em seus murchos prospectos. Já semiextintas antes da chegada da praga, foi aquele último e tenebroso inverno que as varreu da Terra.

O esgarrado estava na sala dos fundos de um escritório vazio. Não havia como dizer que tipo de empresa tinha sido aquela. Caixas de papelão semiesmagadas caídas no tapete bege perto de folhas amassadas cobertas com linhas pretas e fileiras do programa de planilhas mais vendido. Um telefone detonado seguia seu cordão umbilical, pego semirrastejando do recinto. A fotocopiadora dominava a sala dos fundos, os botões sujos de digitais, a bandeja de papel esticada como uma língua verde e gorda. A mão direita do esgarrado ergueu a capa e se curvou. Como todo esgarrado, não se encolheu quando eles se aproximaram. Espiava as tripas envidraçadas da máquina, imóvel como o pó, clipes de papel tortos, pacotes do malote noturno e resíduos diversos na sala.

— Ned, o Carinha da Xerox, curtia o emprego. Curtia até demais — disse Mark Spitz.

— Qual é, você inventa uma melhor — retrucou Kaitlyn.

Era um jovem, sumindo nas roupas como todo esquele, mas a gravata-borboleta vermelha ainda apertava a gola do pescoço. Parecia ter sido mordido na axila; um cone de sangue seco terminava ali, espalhando-se na forma rugosa de um exaustor de ônibus espacial.

Gary pensou e contribuiu:

— Mais toner, pra já!

Kaitlyn soltou na hora:

— Meu Deus, são verdadeiras estrelas. — E: — Se conseguirmos identificar de quem é este *gluteus maximus*, temos um culpado. — Por fim: — Consigo ver minha casa daqui.

O joguinho de Esgarrado Desvendado deu um descanso para o dia com sua parca distração e desenterrou uma veia de humor em Kaitlyn, um vislumbre do tipo de perspicácia que ela dividia com amigos, familiares e integrantes das redes sociais prediletas. O jogo servia a outro propósito, ao fato de dar aos varredores o domínio sobre um recôndito minúsculo do desastre, o enigma cruel que havia dizimado suas vidas. Como o carinha da xerox, ou técnico da xerox, ou fetichista do toner, como ele tinha ido parar ali? Teria viajado quilômetros, estaria ali desde a Última Noite? Teria trabalhado no escritório seis encarnações atrás, quando era a sala de um contador ou nutricionista? A sugestão mais horripilante era de que ele não tinha ligação alguma com aquele local, que o escritório do quarto andar era apenas onde ele havia caído. Se sua presença era aleatória, então por que não um mundo inteiro governado pela aleatoriedade, com tudo que a ideia implica? Com o Esgarrado Desvendado, dava-se uma mordiscada no puro caos em que o mundo havia se tornado.

Era menos desolador do que O Que Você Vê No Sangue, outro passatempo. O que você enxerga nessa mancha na parede? Era a deturpação da brincadeira que as crianças faziam com as nuvens. Podia ser o monte Rushmore, o mapa do

Texas, uma nave espacial, uma casa dos sonhos, o túmulo da mãe. Como todos os varredores, eles caçoavam das criaturas estranhas diante de si, tentando chegar à hipótese mais espertinha a respeito de como a escoteira fora parar no ringue de boxe ou por que o cara com roupa de motorista de ônibus estava curvado no freezer da sorveteria pegando colheradas de lama ressecada. As respostas do Esgarrado Desvendado eram lógicas, fantasiosas ou absurdas ("Bananas!", gritara Kaitlyn uma vez), conforme a disposição diária.

Mutilação de esqueles era outro passatempo popular, embora não sob a vigilância de Kaitlyn, e não que Mark Spitz tivesse essa inclinação. Ele supunha que Gary houvesse curtido esse tipo de coisa na abominável Connecticut, pois lá isso era comum. "Só por diversão" era a desculpa, na rara ocasião em que se perguntava. O esquele neutralizado era o palco perfeito para o sadismo das pessoas, fosse você um amador, apenas se demorando para dar conta da coisa diante de si, podando um dedo aqui ou uma orelha ali, ou estivesse no nível de praticamente mestre, passando a noite acordado tentando imaginar variações e inovações.

Os esgarrados posavam para um retrato e nunca mais se mexiam, presos no instantâneo da própria vida. Na paralisia, faziam convites a uma variedade mais perplexa do abuso. Podia-se desenhar um bigodinho de Hitler, socar um cigarro patrocinado entre os lábios, fazer um cuecão. Eles nem se mexiam. Aceitavam. E depois eram desativados — por decapitação ou estouro dos miolos. Embora o assunto não viesse à tona nos seminários de TEPA que Herkimer fazia com os psiquiatras do acampamento, geralmente se presumia que esse comportamento fosse um escape saudável. Terapia ocupacional.

Mark Spitz havia notado em diversas ocasiões que, embora os esqueles comuns fossem tratados como *aquilo* ou *coisa*, os esgarrados ganhavam pronome masculino e feminino. Queria saber o que aquilo significava.

— Qual é o nome dele? — disse.

— Como assim, qual é o nome dele? — perguntou Gary.

— Tem que ter um nome.

— Buffalo não quer nomes.

— Mesmo assim.

— Ele se chama Ned da Xerox.

— E se a gente deixar ele aí? — Mark Spitz não entendeu por que fez a pergunta. — Ele não está fazendo mal a ninguém. Olha essa sala. É a sala mais deprê da cidade.

Os camaradas se entreolharam, mas não comentaram.

— Vamos enrolar o bichinho, vamos — disse Kaitlyn, e lhe deu um peteleco na cabeça.

Se eles tivessem brincado de O Que Você Vê No Sangue, Mark Spitz teria dito: América do Norte. Ia ter um monte de janelas para trocar nos próximos tempos, pensou. E ia faltar alvejante. Dois mercados que estavam com tudo, cheios de oportunidade. Talvez Gary devesse desistir do Laça e entrar no mercado de tira-manchas. Entrar agora, bem no começo. Apagar as manchas.

O garoto da xerox era o último esgarrado do prédio. Kaitlyn registrou os detalhes no caderno. Eles arrastaram o corpo ao crepúsculo e bateram o ponto do dia quando o sino do Descarte soou ao longe. Mark Spitz ficou escutando até o sino passar. Era o som do deus da morte de uma das religiões esquecidas, o que entendia, o que ofuscava os deuses de mentira com bilhões de fiéis vivendo na ilusão. Todo deus já fabricado pela luz da fogueira na caverna, para explicar o trovão, ou o que convocava as súplicas em voga em templos distantes, era o deus errado. Ele havia vindo depois desse tempo todo, envaidecido ao fazer o tour da necrópole, seu reino enfim erguido.

A tropa tinha dormido as últimas quatro noites em um antigo depósito de tecido que fora convertido em apartamentos espetaculares, alcovas do glamour entalhado na face do penhasco da cidade. O apartamento que escolheram pertencera ao baterista de uma pequena banda de rock cuja única passagem pelas paradas fora um hino potente que tentava identificar, verso a verso, o significado do vigor. Era aquela música obrigatória em shows de arena, de tirar do chão, com royalties que evidentemente haviam provido grana de sobra para dar entrada no apartamento. Nas capas de revista nas paredes, ampliadas em quadros, o proprietário estava perpetuamente à beira de ser acotovelado da moldura pelo restante da banda, cuja capacidade de atração era mais rarefeita. Era o que sobrava para o baterista. Uma banheira de orgia enfiada no centro no banheiro principal, espaçosa e com suportes.

A Ômega dormia na sala de estar, revezando-se no sofá branco. O apê era agradável; uma noite, fizeram até uma fogueira. Kaitlyn descobriu o condicionador predileto no armário de remédios, e Gary a viu dar um tapinha. Ele fez “tsc, tsc” e puxou seu Baralho Isso Não, ostentando a carta que retratava risco vermelho sobre uma porta de geladeira aberta. As janelas imensas, avantajadas, não tinham venezianas nem persianas, mas não havia vizinhos coletando fofoca no além, não havia luz ambiente da rua para mantê-los acordados, não havia luz alguma.

No entanto, eles passaram a última noite naquela grade no décimo oitavo andar do número 135, a pedido de Mark Spitz. No geral eles se entrincheiravam nos andares inferiores, por motivos óbvios. Em circunstâncias normais, Kaitlyn e Gary teriam vetado esta opção de acampamento, mas se compadeceram sem reclamar. Mark Spitz andava incomumente quieto desde o ataque, fora sua estranha intercessão em prol do garoto da xerox. Se ele procurava alguma coisa naquele lugar, algo de que precisasse, eles se dispunham a subir todos os andares e ajudá-lo. Desta vez. Ele tinha gastado todos os seus vales.

Desenrolaram os sacos de dormir na sala de reuniões de uma consultoria, enfiando a mesa colossal contra a parede e jogando as mochilas por cima. Consumiram ração operacional e entraram no ritual noturno depois de ativar um detector de movimento no corredor: Gary fumou e passou capítulos de seu audiolivro de idioma estrangeiro, Kaitlyn fez leitura dinâmica de uma de suas biografias de celebridade morta, e Mark Spitz ficou caminhando. Depois de tanto tempo na selva, Mark Spitz ainda precisava de muito tempo para desabilitar seus mil subsistemas. Tem comprimidinho, lhe disse Gary, só que ele não queria ficar atordoado. Passava a noite ligado, pinoteando em uma variante de TEPA, mas era o que o mantinha vivo.

O saco de dormir era confortável o bastante nos quadrados azul-claros do carpete, mas ele sentia falta de dormir em árvores, entrelaçado nos galhos como uma pipa. Na mata que fazia fronteira com a subdivisão morta, em um parque aberto que voltava ao estado natural conforme a inclinação primeva, levitando sobre koi no jardim dos fundos do acupunturista. Naqueles primeiros dias, tinha vagado de casa em casa vazia como os outros isolados, improvisando conforme andava. Vigiava a morada antes da chegada da noite, escolhia o ponto de acesso e então ia vasculhar, fosse a casa de campo, a de dois pisos ou outra construção popular no local, aposento por aposento. Ele conferia porões, armários, secadoras (nunca se sabe), fazia barulhos de teste para atrair esqueles, mas não alto o suficiente para alertar uma matilha de passagem do lado de fora. Descobriu infelizes acometidos pela praga, que tinham ficado trancados no sótão como um álbum de fotos de um casamento que deu errado, e se deparou com criminosos presos a armações da cama com algemas de pelúcia. Ele derrubava quaisquer esqueles que emergissem do covil ou do quartinho e batia em retirada se a coisa esquentasse, descendo a escada de dois em dois degraus ou saltando da janela, a inevitável janela, aterrissando nos móveis do pátio e fazendo bagunça. Ele sabia quando era hora de vazar. Dava um clique em seu cérebro, do mesmo modo como ele sabia qual mesa escolher na nova sala no primeiro dia de aula, o que o colocaria em um setor que reduzisse as chances de ser convocado em meio à alta concentração de crianças espertas e levantadores de mão inveterados, em um ângulo distinto e excêntrico à visão da professora que permitiria a Mark Spitz aparecer ou fugir da atenção dela. Do mesmo modo que ele sabia exatamente com quantos minutos de atraso poderia entrar no serviço sem que aquilo virasse "um problema", com que frequência poderia se safar e o quanto tinha que parecer ocupado em diferentes momentos do dia conforme as redes de arrastão de seu chefe pegavam transgressores pelos cubículos. Ele sempre soubera quando dizer "Eu te amo" para manter as namoradas frescas e manhosas, quando esticar um prazo sem ter repercussão, como sorrir para os representantes da indústria de serviços para conseguir uma mesa boa ou molho extra. Na mente dele, o negócio de existir tinha a ver com minimizar consequências. A praga havia aumentado o risco, mas ele passara a vida treinando.

— De ra-me in pas. De ra-me in pas — disse Gary.

Ele entrava no ciclo das árvores por meses a fio, quando a meteorologia deixava, pois odiava dormir em uma casa vazia sabendo que seus moradores provavelmente eram algum tipo de morto. Talvez fosse o início de sua aversão à função de identificação, todas as vezes que ele colocou uma escrivaninha contra a porta do quarto e observou as porcarias no alto tombarem no chão, caixas de joias berrantes, perfumes em vidro turquesa, fotos da família em molduras de plástico. Era pior do que quando ele se deparava com um esgarrado, embora na época não conhecesse a palavra. Uma mulher de roupão media o café para botar na máquina sueca, ali, congelada. Um adolescente empunhava um taco de lacrosse no quarto. Na casa seguinte, a princesinha de rabo de cavalo dispunha unicórnios mordiscados no tabuleiro de papelão de um antigo jogo que nunca entrara na rotação regular da família, um jogo da moda com instruções de mais ou de menos. Claro que Mark Spitz esmagou a cabeça de todos eles com um taco de beisebol; rapidamente se fraternizava com a inocuidade deles, mas na época não sabia se iam despertar de uma hora para outra com um cuco interior e começar a persegui-lo. A praga não o ajudava nessas regras; não vinham impressas na caixa. Você tinha que aprender uma por uma. A maioria dos esqueles era feroz, e depois havia esse subgrupo. Estava tão no início da desgraceira que eles ainda não haviam começado a se decompor, a merecer o nome de esqueletos. O que só piorava a situação. À meia-luz, antes que pudesse ver as feridas, ele era um gatuno inofensivo que acidentalmente invadia a casa errada, a vizinha a seu alvo. Os moradores estavam lá dentro. Ele queria pedir desculpas e, em algumas ocasiões, até pediu. Eles não reagiam. Pareciam gente comum, até que ele via os pedaços faltando ou as ataduras de improviso, supurando. A estatuária de cemitério, os anjos chorando e os querubins com fuligem, parados sobre os próprios túmulos. Fique nas árvores, ele disse para si mesmo.

— Ku-an to kuesta? Ku-an to kuesta? Ku-an-to, ku-an-to — disse Gary.

Ele aprendeu a ficar quieto, a entrar em um sono leve o suficiente para ainda poder perceber e reagir ao perigo, praticando um rápido combo cipó/corrida/aterrissar caso um ou mais deles erguessem o olhar e o vissem, o que nunca faziam. Eles nunca vinham quando você estava vigilante; vinham quando você estava com um pé no passado, relembrando uma noção de segurança que já não existia mais. Do ponto de vista dele, se fosse para te cercarem, você acabaria cercado — se sua sorte fosse nesse sentido, não interessava se você estivesse no alto de um carvalho ou em uma casa neocolonial.

Da primeira vez que ele compartilhou sua afinidade por árvores com outra sobrevivente, ela disse:

— E daí? De tempos em tempos todo mundo dorme em árvore.

Todos haviam feito a mesma coisa durante a desgraceira. Manhattan era molde para outras cidades bravias, e Mark Spitz sacou que ele também era uma espécie de molde. As histórias eram as mesmas, tivesse a pessoa sido tragada pela Última Noite em Long Island, em Lancaster ou em Louisville. Escapar por um triz, buscar comida no escuro, o somatório de perdas. Semifamintos no telhado de uma imobiliária local, agachando-se para não serem vistos da rua e terem o coágulo de mortos famintos na única saída. Contorcidos dentro de uma cabine de restaurante em aço inox e esperando o momento para correr, quando era hora de buscar o novo refúgio evanescente. Atentos, sempre atentos a passos. A conjuntura brutal do insone havia se tornado a realidade abarcante em todo o planeta. Havia horas em que toda última pessoa na Terra pensava ser a última pessoa na Terra, e era exatamente essa ideia de isolamento final e irrevogável que os unia. Mesmo que não soubessem.

— Dá pra não fazer isso aqui dentro? — ralhou Kaitlyn. — Alô-ô? Tabagismo passivo também mata.

Mark Spitz ficou pensando em como Gary alteraria aquelas frases comuns do espanhol para seu "a gente".

— Gary, quer pegar uma carona naquele submarino pra chegar à sua ilha?

Gary tirou os fones.

— Se a gente precisar. A gente pode ser designado sem problema, depois de tudo que a gente fez pra eles.

— Provavelmente tem que ser da Marinha — disse Kaitlyn.

— Metade da Marinha foi comida. A gente não fica preocupado. A gente lava o deque, o que for. — Ele colocou os fones de volta e complementou com voz mais alta: — Assim que a gente chegar na ilha, não tem mais que subir escada.

Gary não entregava qual ilha tinha em mente.

— Se você conta pra todo mundo, aí estraga.

Mark Spitz o pegara garfando guias da Espanha em duas ocasiões, prestes a arrancá-los furtivamente de estantes em apartamentos vazios antes de abortar a missão, por isso havia desconsiderado as massas terrestres e os arquipélagos do hemisfério inferior. Mediterrâneo, então. Difícil discutir com a lógica dos obstinados por ilhas e seus sonhos bronzeados de vida tranquila assim que cada metro dentro da ilha tivesse sido varrido. O oceano era um muro belíssimo, a barricada mais majestosa. A vida seria fácil. Eles fariam mobília com cocos, esqueceriam a tecnologia, teriam ninhadas de filhos indomáveis que diriam frases fofas, tipo: "Papai, o que é sob demanda?".

Na prática, sempre dava algo errado. Nas Carolinas, por exemplo. Alguém dava uma passadinha no continente para buscar penicilina ou uísque, ou um barco de aspirantes remava até a praia com um integrante ferido que tinham se recusado a deixar para trás, os tristes coletes laranjas circundando os peitos arfantes. Toda microssociedade inevitavelmente implodira: a do refúgio ilhéu, a da prisão reaproveitada, a estação de esqui no alto da montanha a que só se chegava pelo funicular sabotado, o refúgio subterrâneo dos sobrevivencialistas que finalmente ganhara uso. As regras iam para as cucuias. Os líderes expunham déficits mentais através de uma séries de decretos e caprichos equivocados. "Para ser perfeitamente justo com ambas as partes, devíamos cortar este bebê ao meio", declarava o chefe, envolto em insígnias insípidas feitas à mão, e aí acontecia de fato, o capanga cortava o bebê ao meio. Sexo: os novos códigos para trepar deixavam todo mundo confuso. Canalhas furtavam um ou dois feijões a mais que sua ração de cinco feijões quando ninguém estava olhando, e a sentença do julgamento deixava todo mundo um tiquinho desiludido com o judiciário. A má sorte batia à porta usando os trajes de um rio de mortos ou saqueadores ribombando pela única via de acesso apesar do arbusto de camuflagem estrategicamente disposto.

Ele havia visto em primeira mão durante aqueles longos meses. Gente é gente.

Grandes grupos haviam voltado à moda: a elite inquieta para soltar os peões, e os peões ávidos para ter um propósito depois de tanto tempo sem instruções a seguir. Um dia Mark Spitz olhou ao redor e descobriu que não conhecia mais todo mundo no acampamento, não sabia como cada um havia chegado, quem haviam perdido — de repente o assentamento se tornara uma comunidade. Buffalo implementara redes de distribuição de alimentos, equipes de coleta especializada, unidades de trabalho afinadas à qualificação antediluviana, e os sobreviventes tinham coisas para segurar nas mãos além das armas de improviso às quais haviam dado apelidos e com as quais conversavam, patéticos, no calar da noite. Os líderes debatiam sobre detalhes de empreendimentos que colocavam paradigmas por terra, como o Setor Um. E, assim, a burocracia hesitante erguia-se das sopas de aminoácido da loucura, conforme era o costume.

Mark Spitz teve que admitir que preferia as coisas agora que Buffalo estava no comando, replicando as antigas estruturas de governo. Para começar, gostava das refeições com hora certa: as tirinhas de carne-seca e os refrigerantes com alto teor de frutose à temperatura ambiente haviam devastado suas entranhas. Outros resistiram à transição. Às vezes os soldados tinham que convencer um culto apocalíptico armado de que já era seguro sair da escotilha ou dar um trato nos hippies para eles saírem da fazenda, com ou sem avanços em hidroponia. Mas parecia que o retorno das leis estava dando certo. Na reconstrução, você sabia qual era seu lugar.

* * *

A chegada de Mark Spitz ao forte Wonton foi uma imersão profunda na revitalização do sistema. Depois de terminar um passeio pelo Central Park, o piloto pendera para o sul sobre a crista dos edifícios da zona central. Do alto, Mark Spitz registrava as falhas no horizonte urbano, as lacunas, a arquitetura ilegítima de certos espécimes, o desânimo das superfícies de vidro. Do alto elas não pareciam magníficas; eram patéticas, não uma brigada atacando o céu com ambição irreprimida, mas uma gangue nanica atrofiada. A ascensão malsucedida. O outro passageiro estava igualmente impassível, por motivos outros. Passou a viagem inteira sem falar ou reconhecer que Mark Spitz estava ali. Vestia um terno preto fino, óculos de espião e, sobre o colo, trazia um cilindro preto algemado ao pulso no qual de tempos em tempos fazia carinho por um longo momento. Mal olhava pela janela, fora uma periódica olhadela robótica, seguida de um assentir, como se comparasse a pista mental de sua jornada com as evidências de referência abaixo.

Quando o helicóptero pousou no banco, o homem com o cilindro foi recepcionado por dois outros de traje similar, igualmente mudos. Mark Spitz era invisível a eles, e vice-versa: nunca mais viu os agentes da divisão supersigilo durante seu tempo de serviço no Setor Um. Supôs que eles atuassem em algum prédio anônimo que haviam requisitado ou em um complexo do governo no aguardo de desastres, avivado pelo zunir de seus geradores subnível.

Quanto a Mark Spitz, o piloto lhe fez um joinha, decolou e o deixou encalhado no meio do X de pouso em tinta reflexiva. Mark Spitz ficou sentindo como se sua carona houvesse se esquecido de buscá-lo no aeroporto ou na estação de trem e concluiu que, para essa comparação lhe ocorrer, era um caso mais perdido do que pensara. Uma caminhada até a beira do telhado e a vista do belíssimo muro o curou da decepção. Fora agraciado com um vislumbre da aproximação, zumbindo sobre os esqueles ressequidos contorcendo-se na calçada na pantomima demente, depois por aquele outro território além do muro, o lado humano, mas que de perto era diferente. Os metralheiros disparavam e perfuravam um e outro esquele de seus nichos na passarela, os guindasteiros parrudos pegavam uma pá de cadáver empapado e jogavam no cesto de lixo tóxico cor de cereja. Os atiradores de elite descansavam nos telhados, dando tiros a esmo Broadway acima e fazendo piada. Era movimentação humana de verdade, viva, mesmo que apenas um fino muro de concreto os separasse da praga e de seus bonecos torturados. O mundo estava dividido entre a terra devastada que ele rondara por tanto tempo e este lugar, ruidoso e grosseiro, frio e industrioso, a linha de frente da nova ordem. Ele deixou a petulância de lado diante das míseras boas-vindas. Aquilo era canja de galinha.

A porta da escada se abriu conforme a loucura controlada de uma operação militar a todo vapor. Ele havia servido antes nas novas bases e recebido ordens nos trailers móveis dos QGs de improviso, mas na ilha a coisa era diferente. Parecia uma cidade, como se a ordem não se encerrasse na cerca elétrica, mas seguisse a passos largos, estendendo-se a cada avenida e dentro de cada prédio. A cidade estava de volta ao comércio fervilhante por trás de cada janela sombria e entrada da rua. Logo ele veria aquilo como algo natural, quando voltasse a Wonton para dar uma conferida, dobrasse uma esquina e de repente se visse em ruas com vida. No corredor, ele se acotovelou com soldados, auxiliares e oficiais. Ainda tinha que parar para entender a hierarquia. Rádios guinchavam e zumbiam atrás de portas fechadas. Pictogramas e placas na parede intimidavam-no quanto ao procedimento sanitário e decretos a respeito de vandalismo na tipografia preferida de Buffalo. Ele estava no meio da corrente, a mochila pendendo da mão, enquanto ouvia as conversas irem e virem. Barulho, pródigo barulho.

Três recrutas fizeram troça quando Mark Spitz piscou em meio à torrente, um caipira embasbacado pelas luzes da cidade grande. Ele vestia um antigo uniforme da SWAT roubado do armário de uma delegacia de Bridgeport, lá na amaldiçoada Connecticut. Quando não estavam em serviço, os civis que trabalhavam no Corredor Nordeste usavam apetrechos policiais das antigas para se distinguirem do Exército comum, como se sua conduta e seu procedimento usual não bastassem. Ele havia costurado partes do uniforme ao longo dos meses, mas porcamente.

— Ei, faltou limpar esse cantinho aqui — zombou um dos soldados, soltando a piada padrão nas varreduras. No sentido de faxina. Ele já tinha ouvido essa.

O centro nervoso do forte Wonton era um antigo banco. Os proprietários haviam mudado ao longo dos anos devido às inevitáveis consolidações, liquidações e aquisições, mas o prédio seguia ali, uma minúscula cabana de granito no centro entre as furiosas edificações de altíssimos andares, ao longo dos últimos cem anos. Os escritórios davam para o cruzamento principal do muro, Broadway com Canal.

Um soldado que carregava uma pilha de informativos assobiou.

— Você que é o Spitz?

Fabio levou Mark Spitz ao escritório. Quando viu seu novo subordinado se encolher diante de uma saraivada repentina das metralhadoras, Fabio disse:

— Agora eles têm vindo em três ondas. É tipo hora marcada, então chamamos de Café da Manhã, Almoço e Janta. — A artilharia se intensificou em um estouro curto. Ele continuou: — Esse aí foi o Almoço.

O escritório do Tenente pegava sol do leste e norte, e em algum momento talvez já houvesse se beneficiado de uma camada saudável de luz matinal, mas os arranha-céus e a relutância do sol em abençoar o Setor haviam extinguido o fenômeno. Mapas de diferentes segmentos do Setor estavam pendurados nas paredes, cobertos de marcações incompreensíveis, tingidos de vários tons, e as mesas velhas e envernizadas faziam Mark Spitz pensar que havia adentrado em uma campanha da Segunda Guerra Mundial em outra ilha do Pacífico. O pé-direito era de três metros e meio, e as grandes janelas em meia-lua davam para o muro. Uma soldado de rabo de cavalo perambulava distraidamente pelo andaime, olhando alguma coisa ou alguém no pé da barricada, do outro lado. Ela deu um tiro rápido, sacudiu o corpo como um cão molhado e se alongou.

Cada pessoa lidava com o TEPA de forma diferente. Conforme dizia Herkimer, cada um ficava marcado de um jeito. Todos que ele viu mancavam psicologicamente, tinham um ombro caído aqui ou um olho semicerrado e desobediente ali, assim como o destaque da vez, o desabado, como se a alma estivesse implodindo ou a mente chupasse as extremidades para dentro. Mark Spitz ostentava a última manifestação de tempos em tempos, em humores sentimentais, só se desgarrando quando a adrenalina o deixava bem. Qualquer pessoa com postura perfeita estaria fingindo, compensando com exagero o trauma arraigado. No caso do Tenente, os movimentos do homem eram marcados por uma relutância distinta, em que o mínimo gesto exigia hesitação antes de se completar — tinha que ser aprovado e verificado três vezes antes da morosa execução. O estímulo indigno de confiança, como se a lógica do mundo perdido estivesse lutando para se reafirmar: óbvio que aquilo não era verdade.

O Tenente avistou Mark Spitz e sua mão subiu para um leve aceno pedindo para ele se aproximar.

— Sente-se, sente-se, sente-se — disse ele.

Seu dedão apertava a têmpora e o indicador estava incrustado no meio da testa enquanto ele apertava os olhos fixos na mesa.

— Estou aqui com sua pasta — continuou. — Em papel do patrocinador; botaram o magnata da reciclagem na parede até ele topar. Escrever em papel, que nem na Idade da Pedra. Antigamente era tudo na nuvem, aquele monte de dados de algodão que flutuavam pra lá e pra cá. Agora voltamos ao papel. Ouço gente falando que sente saudade da TV a cabo, do basquete, de verdura orgânica produzida localmente lavada três vezes a frio. Eu sinto saudade da nuvem. Tinha tudo lá em cima. Tudo que era documento, e-mail, foto de que eu precisasse. A evidência. — Ele tossiu contra o punho. — Agora evaporou. Pelo menos ainda temos nuvens à moda antiga. E você?

— Eu o quê, senhor?

— Do que você sente saudade?

Mark Spitz se ajeitou na cadeira.

— Do trânsito.

— E pende para o quê, no debate *cumulus versus cirrus*?

— As mais fofinhas.

— *Cumulus!* Tem seu lado positivo, a coisa do Rorschach e tal, mas eu sou nascido e criado *cirrus*. Não se ganha de uma camada coerente de *cirrus*, auto-organizada, cobrindo o céu. Pôr do sol, uma garrafa de shiraz e ficar só no duplo sentido? Isso que era bom. Mesmo assim, meu jovem, entendo sua posição.

O Tenente ficou olhando da pasta para Mark Spitz para garantir que as palavras confirmavam o homem diante de si. Enquanto o Tenente falava, sua dicção maníaca fazia contraponto à hesitação física.

— Aqui diz que você fez um bom serviço na faxina da I-95, se ajustou à transição de vida no acampamento à atividade. Fora um incidente em uma ponte? Uma galera, certo? Mas você saiu de lá e é isso o que importa, né? "A poderosa Fênix tem que abrir suas asas." Como quer que eu te chame?

— Mark Spitz está bom — respondeu. Era verdade. — Já pegou.

— Queria me garantir. Se a pessoa gosta que chamem de um jeito, é assim que eu vou chamar. Serviu com o cabo Kinder?

— Sim, senhor.

— Puta babaca. Era dos cérebros que trabalharam aqui na fase um, esqueceu de tampar a ilha. Ficou sabendo?

Mark Spitz tinha ouvido falar das ditas dificuldades técnicas, mas queria ouvir a descrição do Tenente. Estava começando a gostar da figura. Ele fora obrigado a suportar uma variedade tão baixa de TEPA em Happy Acres — uma sequência de olhadas impróprias, gente que babava sem parar, compulsão por cheirar o dedo —, que a cepa sofisticada daquele homem era uma renovação. Urbano e metropolitano em contraste com aquela caipirada choraminguenta.

— Temos que quarentenar a ilha — disse o Tenente — para fazer a faxina. Metrôs, pontes, túneis. Saídas secretas que a maioria nem conhece. Não os civis, no caso, mas nós, sim. Temos os mapas. Tem todo tipo de buraco aqui na ilha de Manhattan. É assustador. Eles fazem a grande varredura do Setor Um, armas a todo pau, alvo fácil, levantam o muro, mas só aí que notam uma coisa. Cada dia tem mais e mais esqueles no alto do muro. Os fuzileiros derrubam todos; você viu os calibre meia-bomba quando entrou. Mesmo assim. Munição apropriada não é o problema. Todo mundo fica tipo: que porra é essa?

"Aí finalmente vão lá confabular, ali descendo o corredor, aliás, o general Carter vem de Buffalo e quer saber qual é o problema, de onde que as coisas vêm. Porque é muito só pra vir da zona norte. Então um dos espertinhos pergunta: 'Seria possível, quem sabe, que eles estejam usando a ponte George Washington?'. Tipo, vindo de Jersey. Aí que se dão conta. Não tinham fechado depois da Canal. A porra toda continua aberta. O Lincoln Tunnel, a GW, Triborough, tudo. Esqueceram total. O bando de esqueles vindo visitar a Big Apple como faziam antes dessa merda toda. Se empilhando em ônibus turístico pra matinê na Broadway."

— Uau.

— Mas nessa época o Exército tinha sido transferido praquela doideira que ainda tão armando lá em Baltimore, e a gente ficou meses sem efetivo pra bloquear a zona norte. Os fuzileiros também estavam em outra missão. Loucura. A postura de Buffalo é a seguinte: deixa os varredores fazerem o que fazem, e depois a gente conserta essa pane quando começar no Setor Dois. Nos velhos tempos, daria corte marcial. Mas o bom e velho Tattinger, o encarregado dessa caralhada toda, comeram a cara dele uma semana depois. Então tem isso. — Ele balançou a cabeça em negação. Laboriosamente, como se ativasse um músculo de cada vez. — Aliás, não precisa me chamar de "senhor". Você é civil. A gente trabalha pra você, mesmo que uns aqui tenham esquecido.

A ameaça repentina de tiros os interrompeu. Ele falou mais alto do que o barulho:

— Tem bastante experiência com esgarrados? — perguntou. — Não era sua jurisdição lá no Corredor.

— A mesma que todo mundo. Não tem o que fazer, estando lá. É atira e derruba. — Aquela gíria tranquila.

— Onde foi seu primeiro?

A pergunta o pegou de surpresa. Ninguém fazia perguntas como aquela. Mark Spitz vinha pilotando a repulsiva Connecticut. Por trás da obra semipronta de um condomínio, havia um campo que tinha sido mastigado pelas escavadoras para dar espaço a outra fileira de casas. Na outra ponta do campo havia uma rodovia no sentido norte-sul, e naquele dia a missão dele era esta: subir alguns passos no mapa. Ele viu o homem parado no meio da sujeira. De início achou que fosse um espantalho, de tão parado, mesmo que evitasse a cara estereotipada de espantalho e ali não fosse uma fazenda. O braço direito da figura esticou-se para tocar o céu. Mark Spitz o esperou se mexer. Vasculhou o território, depois tentou chamar a atenção do homem com aquele sussurro teatral que ele tanto usava nos primeiros dias. Se fosse um esquele, ele mataria; não viu outros por perto. A regra era esta: se tiver como, não os deixe andando por aí para contaminar outros.

Ele se aproximou com cautela. Mark Spitz estava na fase do taco de beisebol, então ajustou as mãos em volta do bate-bem. A figura era um velho, reduzido dentro da camiseta polo vermelha e das calças cáqui. Havia um barbante saindo de sua mão, que levava a uma pipa-caixa detonada que, pela aparência, tinha sido arrastada por uma longa e impossível distância. Será que o homem estava em choque? Mark Spitz não sabia se o cara havia encolhido de desnutrição ou da praga. Na verdade, não queria saber. Deu uma sacudida *pro forma* no ombro da coisa. Já tinha deixado uma boa dose de sobreviventes aleijados para trás. Não podia salvar todo mundo.

A mente do homem já havia sumido. Ele não respondeu quando Mark Spitz estalou os dedos em seus ouvidos, não piscou com o estímulo. O olhar do homem, se é que se podia chamar assim uma coisa tão estéril, estava aplainado em um vácuo acima do horizonte. Qualquer atividade ou processo nele estava direcionado a transmitir uma mensagem indetectada naquele ponto no céu. Mark Spitz sacudiu seu ombro, preparado para dar um pulo se fosse necessário. O que ele via ali?

Abandonou o homem no campo. Então foi como nos velhos tempos, quando ele encontrava uma nova modinha, uma jaqueta estilosa ou um corte de cabelo complicado: começou a ver aquilo em todo lugar, sentado pacientemente em um ponto de ônibus ou segurando uma folha ao sol ou parado no campo em que eles tinham brincado quando crianças, antes de crescerem, antes das escavadeiras. Quando comentou sobre as criaturas com um bando com quem andou por um tempo, eles lhe deram o termo: esgarrados.

— Estão ferrados da cabeça.

Mark Spitz relatou algo parecido ao Tenente, que coçou o queixo com ceticismo.

— Buffalo ainda está tentando explicar o que faz uma pessoa virar o esquele comum, que dá trabalho pra caralho — disse o Tenente —, e o que faz outra virar um esgarrado.

O um por cento. Buffalo não tem fama de saber explicar. Como é que eles conseguem andar por aí tanto tempo só se alimentando do próprio corpo. Por que não têm hemorragia. Buffalo diz que a praga converte o corpo humano em um veículo perfeito pra espalhar cópias de si. Obrigado pelo esclarecimento. Mas qual é a desse um por cento de aberrações?

— Eu não sei — falou Mark Spitz.

Podia ter acrescentado as próprias perguntas. Como é que, faça chuva ou faça sol, os esgarrados se mantêm no posto? Dia mais quente do ano, monção, e eles ficam lá, parados, fedidos e distraídos. Presos na teia.

— São erros — disse o Tenente. — Não fazem o que deviam. Sabe aquele bunker supersecreto na Inglaterra? Aqueles caras são a real, tem três ganhadores do Nobel a mais que Buffalo. Eles têm estudado essa coisa, apertando o olhinho no microscópio. Tudo a que os britânicos chegam é que esgarrados são erros. Ninguém sabe de nada.

Mark Spitz virou-se por causa do movimento que viu de canto de olho. Do outro lado da janela, cinzas haviam começado a cair em flocos sonolentos.

O Tenente disse:

— Se descobrir, volte e fale comigo. Da minha parte, gosto deles. Não era pra dizer em voz alta, mas acho que eles acertaram, e nós somos os 99% que deram errado. — Ele esperou Mark Spitz se virar de volta. Ele bateu na mesa, aliviou o registro da voz e o novo varredor se voltou para ele de novo. — Quem sabe? Talvez dê certo. Pelo simbolismo. Se tiver como trazer Nova York de volta, dá pra trazer o mundo todo. Limpar o Setor Um, depois o seguinte, até a 14th Street, à 34th, à Times Square e subir. As rotas de ônibus interurbanas. Eu pegava ônibus o tempo todo quando morava aqui, para assistir às Famosas Figuras de Nova York em todo o seu esplendor. Cuspindo, coçando, fazendo vozes. Eles, não eu. — Ele deu um golpe em uma mosca gorda. — Vamos tomar de volta, barricada por barricada. Me diga, Mark Spitz, você é conhecido por seu otimismo?

— Com certeza.

— Deu pra ver. — O Tenente sorriu. — Aquele muro lá tem que dar certo. A barricada é a única metáfora que sobrou nessa bagaça. A única que fica de pé. Deixar o caos pra lá e a ordem pra cá. O caos bate à porta e esmurra a madeira e enfia uma garrinha. Será que as tábuas seguram até amanhã? Se você chegou até aqui, sabe do que estou falando. Há barricadas pequenas: as do outro lado da porta do apartamento, depois uma casa inteira pregada. Depois tem as grandes barricadas. O acampamento. O assentamento. A cidade. Estamos sempre avançando a muros maiores.

Do outro lado da sala, Fabio tentou chamar sua atenção, mas o Tenente dispensou o homem com um abano. Pela expressão do assistente, ele estava acostumado com os arroubos retóricos do chefe.

— Naturalmente, pode-se pensar no cerco, mas não damos bola pra isso porque o mundo tira nossa motivação. Claro que eu posso entrar nesse jogo. Dentro, ficamos a salvo do que está lá fora. Tivemos nossas conveniências modernas, as máquinas na ponta da extensão que deixaram o primitivo de fora. Eu tive minha amada nuvem, você teve a sua.

"Notei que você não ficou olhando perdido pras suas mãos. Que bom. Às vezes mandam uns deprês pra cá, esses de quem arrancaram a alma. Esses se apagam rapidinho. Do pior jeito possível. Agora eu filtro todo mundo que entra. Vejo que tipo de movimentação eles têm por trás do olhar. Você passou no teste. Continua vivo. Parabéns. Ficou até com todos os dedos. Grande vantagem nesse ramo."

O Tenente estendeu a mão para o assistente, aquiescendo.

— Estamos quase no fim, aí você pode ir. Sei que a primeira coisa que querem fazer quando chegam no Setor Um é sair caminhando por aí. Dar um rolê. — Lá fora, a fuzilada da hora do almoço irrompeu de novo. Ele revirou os olhos. — Você se acostuma. É só passar um tempo aqui que se acostuma. Por que você se voluntariou? Não gosta de plantar? Eu venho de uma família fazendeira.

Mark Spitz não sabia a resposta naquele instante. Passaria algum tempo no Setor até descobrir o motivo.

— Só quero fazer minha parte — disse ele.

— Boa resposta! Proatividade fêni. Da minha parte, digo que é pra me acordar quando trouxerem o coentro de volta. Tem família?

Ele pensou no tio Lloyd, mas o que havia a dizer?

— Não sei.

— Era mais por brincadeira. Venho pensando que nos velhos tempos tínhamos esses caras de operações especiais que faziam uma cambada de loucuras. Caíam de paraquedas em território hostil, topavam trabalho sujo, iam na pontinha dos pés na barraca pra degolar o chefe militar... esquece que eu disse isso. E essas máquinas de matar eram sempre caras e mulheres solteiros, nada de família. Porque não têm o que perder, né? Mas agora quem é que tem família? Todo mundo morreu. Aquele monte de foto de férias boiando na nuvem. Zip. Eu ando pensando nisso. Agora todo mundo é uma máquina de matar enlouquecida, podia ser uma porra de uma vovó com agulha de costura na mão. Mas tô fugindo do assunto.

O Tenente hesitou, depois fez um lento sim com a cabeça.

— O que temos aqui no Setor Um não é uma missão suicida. Só um bando de esgarrados. Bem-vindo ao time.

O Tenente ficou encarando-o, e Mark Spitz ficou se perguntando se estava dispensado. Então o homem se religou.

— Você se acomoda pra dormir onde quiser na grade. Pode escolher. Tenta não quebrar nada. Andam falando muito de coisa quebrada. Aos domingos você volta aqui pro check-in. Fora isso, é derruba, ensaca, arrasta. Alguma pergunta?

— Me parece bem claro — respondeu Mark Spitz. — Foi muito informativo.

Fabio lhe entregou a papelada. Ele estava fechando a porta depois de passar quando ouviu:

— Acho que hoje vai chover. É isso que dizem as nuvens à moda antiga.

Choveu. Tinha chovido praticamente sem parar desde aquele dia. Da janela da sala de reuniões, Mark Spitz olhou para a enegrescência solene que era interrompida apenas por um domo branco de luz sanguessuga do Forte Wonton. A luz subia alguns andares do prédio da Canal como bolor. Ele visualizou os faróis militares alvejando o muro de concreto até virar um branco de osso esbranquiçado pelo sol enquanto os canhoneiros da noite sentavam-se em seus ninhos ou patrulhavam a passarela, ouvindo músicas mortas nos aparelhinhos digitais. Os guindastes imóveis, talvez levando um banho de mangueiras com esterilizante do pessoal do Descarte. Amanhã, no Café da Manhã, as máquinas iriam chiar e agarrar os cadáveres com sua mão de metal firme e soltar do nosso lado.

Kaitlyn e Gary dormiam. Ele resistiu à vontade de arrancar o caderninho da mão de Kaitlyn — com os reflexos dela, provavelmente iria apunhalá-lo no olho. Ainda desperta em uma camada rasa da mente. Mark Spitz fingia dormir quando seu pai vinha conferir quando ele era criança, mas sempre estava acordado mesmo antes de a porta se abrir. Seu cérebro processava a marcha acho-que-vou-espiar-minha-prole no corredor e um secretário em sua consciência o acordava a tempo do girar da maçaneta, do rangido dos dez graus, do segundo rangido aos cinquenta e cinco graus e da lasca de luz do corredor espreitando sob suas pálpebras. Caía no sono sabendo que alguém zelava por ele.

Gary e Kaitlyn dormiam até o detector de risco de cada um soar ou até a manhã aparecer. Eram dorminhocos exemplares, não aquele tipo de fêni que passava a noite acordado rebobinando o show de horrores. É muito mais eficiente ficar obcecado com essas coisas quando se está acordado, guardar para quando puder converter em combustível.

Agora quem era sua família? Um espectro de tio que pairava um quilômetro ao norte, em um prédio azul. Ele tinha dois vira-latas. Mark Spitz perdera os pais na Última Noite, e os irmãos de Gary também se foram na onda inicial, quando os trigêmeos entraram na trupe que lidava com o Incidente na Escola Local. Isso quando os aldeões ainda acreditavam que podiam montar quarentena, que aquilo daria certo. O período fada dos dentes.

A reunião de pais e mestres foi pior do que o normal, mesmo pelos padrões deploráveis do Colégio Milton. Os envolvidos, os indignados e os que apenas tentavam preencher o vazio que eram suas vidas haviam se reunido para discutir o grande escândalo da primavera, quando uma das formandas lésbicas anunciou intenções de levar a namorada ao baile de formatura. O caso havia chegado à mídia nacional como um evento, atracado nos gráficos de rodapé das emissoras a cabo, com painéis de especialistas pró e contra, gráficos embaraçosos no noticiário noturno. Processos foram movidos, os apresentadores de fim de noite fizeram graça e a comunidade de Milton queria ver como impedir coisas como aquela no futuro.

De qualquer modo, o diretor-assistente tinha sido infectado na tarde anterior, enquanto impedia a briga entre duas senhorinhas no estacionamento de uma grande loja de calçados barateira, e passara o dia rondando os laboratórios de biologia. Atraído pelo cheiro, ele interrompeu os trabalhos com brio. Quando a polícia chegou, trancaram as portas do local conforme as medidas sugeridas por vídeos na internet a respeito da epidemia emergente que o governo tinha subido, segregando os mordidos dos não mordidos, usando ginásios e associações, respectivamente, e aguardando instruções das autoridades. Que naquele momento não ouviam as mensagens de correio de voz dos municípios de menor relevância, e ainda nem sonhavam em despachar equipes. Não faria diferença. Era tarde demais. Sempre fora tarde demais.

Gary e os irmãos estavam abobados quanto a seu empossamento, mas ficaram um pouco desanimados quando lhes avisaram de que não havia distintivos o suficiente para todos. Eles haviam batido cabeça com o xerife Dooley e seus oficiais várias vezes, claro, mas naquelas novas circunstâncias era fácil ver que eram bons homens para ter ao lado, caipiras. Não levavam desaforo para casa, traço que havia dificultado sua ascensão em dias passados, mas que agora rendia oportunidades. Os irmãos receberam até armas; Gary se agarrara à dele por quase um ano na loucura que se seguiu, antes de acidentalmente deixá-la cair enquanto corria de uma mina de carvão abandonada na Carolina do Sul, sem tempo para voltar atrás.

Os guardas não haviam ouvido nada de dentro da escola havia doze horas quando o xerife decidiu entrar. Eles espiaram pelo vidro reforçado com arame nas portas grossas e pelos corredores no qual haviam feito bullying e passado a mão nos tempos de glória da adolescência. Não viram nada além de sombras. Seria o mesmo lugar de que se lembravam? Ao confundir o lugar com algo que conheciam, eles se lascaram. Porque agora estavam em outro país, totalmente distinto. Deve-se notar que, por regra geral, as primeiras trupes novatas não tiveram tanto êxito quanto os grupelhos posteriores. A curva de aprendizado era íngreme.

Quanto a Kaitlyn, nunca mais viu os pais depois de sair em viagem para encontrar sua melhor amiga Amy em Lancaster, Pensilvânia. Outra colega de quarto da faculdade havia vindo da Filadélfia e descobriu-se que elas não tinham mudado muito desde a formatura. Os mesmos garotos sem graça escapuliram, saciados ou ignorados, e o trio nem tinha que forçar as piadinhas internas. Elas haviam perdido o sono temendo que não fosse ser assim. No final do fim de semana, contudo, o Sunset Dayliner não a devolveu ao lar. O trem nem se mexeu depois que o condutor recebeu o relato de um incidente no vagão-restaurante e puxou os freios na saída de Crawfordsville para aguardar a Guarda Nacional. Ela estava presa. Muitos infortúnios depois, estava em Nova York.

Mark Spitz apagou a lâmpada. Lá fora, um dos aviões de carga pançudos cortou o céu, um rastro de luz vermelha.

Infantes e especialistas tremiam nos assentos, a caminho de onde? De Buffalo ou de uma pista de pouso improvisada perto de um dos acampamentos? Levavam sua munição discrepante.

Nos dias que se seguiram à chegada no Setor, ele havia matutado sobre a teoria do Tenente quanto às barricadas. Sim, eram o único receptáculo com força para conter nossa fé. Mas depois temos as barricadas pessoais, pensou Mark Spitz. Desde que a primeira pessoa conheceu a segunda pessoa. As que deixavam as outras pessoas do lado de fora e nossa loucura do lado de dentro, para que continuássemos vivos. O que sempre fizemos. O país se construiu com base nisso. A praga só deixou mais literal, soletrou para o caso de você não ter entendido. Como iríamos passar o dia inteiro sem nossas barricadas? Mas veja agora, pensou ele. Kaitlyn e Gary eram sua família, e ele era a deles. Mark Spitz não tinha nada além dos dois e dos traços dos mortos que ele sobrepunha nos rostos dos esqueles, aquelas máscaras de borracha desgastadas que tirava dos bolsos. Ele sabia que era patético carregá-las consigo, um sentimentalismo letal, mas afugentava o pensamento proibido. Os rostos dos mortos eram parte de sua barricada, grudados em espetos no alto da extensão do concreto.

Ele se voluntariou para o Setor Um enquanto o resto dos demolidores no Corredor permaneceu lá, porque era da região. As luzes da cidade partida agora eram poucas. Uma constelação fraca pairava em torno do muro, halos menores nas janelas dos prédios que as equipes haviam demarcado no distante Wonton e em prédios silenciosos pela zona sul onde operários como Mark Spitz fechavam as mãos em concha em torno de labaredas. Ao norte do muro havia trevas e os mortos que se arrastavam por essas trevas.

Havia como restaurar a cidade. Quando eles terminassem, poderia ser um pouco do que havia sido. Eles forçariam uma semelhança, esses novos cidadãos que vinham incendiar a metrópole. Suas novas luzes furariam a escuridão aqui e ali em etapas, até voltar a ter a antiga silhueta, engenhosa e desafiadora. As novas luzes penetrando o véu escuro como gotinhas de sangue que se acumulavam na gaze até ela empapar.

Sim, ele sempre quisera morar em Nova York.

SÁBADO

"A época exigia uma
imagem de sua careta
acelerada."

— *Ezra Pound*

No início, os sonhos, quando as noites seguras os permitiam, davam preferência ao paradigma clássico do nervosismo. Ele estava enredado nas estruturas institucionais de sua existência prévia — no colégio, em um de seus empregos —, e os outros alunos e professores, colegas e chefes estavam mortos. Mortos no estado de decadência vertiginosa, peneirados pela praga: os ossos visivelmente deslizando sob a pele retesada a cada movimento, as gengivas pretas à mostra quando contavam uma piada ou introduziam um elemento complicado ao esquema (a prova é hoje, o supervisor está em pé de guerra), suas feridas moles e pálidas. Eles secretavam, secretavam constantemente das feridas, dos olhos, das orelhas, das mordidas. Nos sonhos, ele não se incomodava com a aparência, eles tampouco. Eles lhe informavam que todos haviam estudado para a prova, fora ele, que havia um projeto grande que devia ser entregue depois do almoço e não na semana seguinte, que a avaliação de desempenho já estava rolando, incitada por câmeras ocultas. Não que ele já tivesse passado por uma avaliação de desempenho na vida — era uma bola curva neurótica que seu subconsciente inventava para deixá-lo doido, empregando o calão exótico de adultos genuínos. Não eram os mortos raivosos nem os esgarrados. Eles agiam praticamente da mesma forma que tinham agido antes, seu melhor amigo, seu professor de ciências traiçoeiro, seu chefe distraído. Fora a coisa da praga, eram os sonhos que ele vinha tendo havia anos.

Os sonhos mudaram assim que ele chegou ao primeiro grande assentamento. Ele não estava mais atrasado para a prova final de uma disciplina na qual ele nem sabia que havia se matriculado ou prestes a fazer a grande apresentação para os superiores quando de repente percebia que havia deixado a única cópia no banco de trás do táxi. Seus sonhos deslindavam-se no teatro do mundano. Não havia uma escalação de eventos desesperadora, não havia riscos a citar. Ele pegava o trem e ia para o trabalho. Aguardava a extração da fatia de pepperoni do forno frenético da pizzaria. Conversava com a namorada. E todos os coadjuvantes haviam morrido. Os mortos diziam: "Vamos ficar em casa e ver um filme", "Fritas pra acompanhar?", "Sabe que horas são?", enquanto moscas salteavam pelos rostos em busca de uma aba mole onde depositar os ovos, restos de carne humana enfiados nos dentes da frente como o famoso espinafre, e seus braços amputados no cotovelo dando lugar a um pêssego branco de osso, com músculo pendurado e tendões pingando. Ele dizia: "Claro, vamos ficar aqui e dormir de conchinha, o dia foi longo", "Vou querer a salada, obrigado", "São cinco e dez, escurece mais cedo nessa época".

Ele na postura de cachorro olhando para baixo em uma aula teste de ioga enquanto o esquele a seu lado se quebrava ao meio ao treinar a pose. Ninguém comentava a visão: nem ele, nem a professora morta, nem os mortos entusiasmados e flexíveis ao redor dele, nem a esquele bisseccionada na esteira com padrões florais, que se dobrava grotesca hora afora, comportada. Ele colocou as roupas civis no vestiário enquanto a yuppie esquele ao lado dele arrastava um relógio caro sobre o punho, ralando as últimas sarnas. Por impulso, comprou um suco combo luxo no café da saída e decidiu não dizer nada quando a esquele espinhosa deixou uma casca de banana cair no liquidificador. Ele odiava banana. Bebeu mesmo assim, soprando no canudinho listrado para deslocar uma rolha de polpa, e saiu para a calçada no fluxo da hora do rush, os mortos a caminho de casa, os assistentes jurídicos, os rabinos, os temporários resignados, os entregadores de bicicleta, as massoterapeutas de ombro caído, a panóplia de cidadãos nos estertores da lenta decadência. A praga era um artesão meticuloso, untando efeitos deliberadamente. Eles estavam se desmontando, mas levaria bastante tempo até a peça acabar. Só assim ele poderia assinar seu nome. Até então, eles caminhavam.

Ele pegou o metrô para a estação ferroviária, enrolando os dedos em torno da barra de apoio ainda quente do esquele que o havia segurado momentos antes. Nos anúncios alojados logo acima do nível dos olhos, cabeças de mortos aerografadas anunciavam cursos profissionalizantes e curas. Alguns dos mortos entravam no trem com educação e outros eram grosseiros, acotovelando-se vagão adentro enquanto ele tentava chegar à plataforma. Todos tentando se virar para chegar em casa. Na plataforma do subúrbio, ele garantiu que o bilhete mensal estava seguro no recesso de sua carteira e imaginou a noite pela frente. Fazer um pedido em seu lugar preferido de comida para viagem, abrir uma das cervejas e assistir ao reality show que gravara no DVR três dias antes. Acordou quando o trem deixou o túnel e eles saíram do subterrâneo.

A única parte inquietante do sonho era que ele nunca havia feito aula de ioga na vida.

A série escapava à categoria de pesadelo. Ele acordou revitalizado, ou pelo menos pairando no estado rotineiro de temor matinal em equilíbrio durante meses. O novo clássico de paisagem onírica deixou-o sentindo-se curiosamente indiferente. Os mortos batiam papo-furado, recitando especulação quanto à frente fria de amanhã, ricocheteavam com placidez de função em função tal como antes, mas estavam doentes. Ele se lembrou de uma teoria dos velhos tempos que declarava que os sonhos eram a realização de desejos, e de outra que dizia que você é todas as pessoas nos seus sonhos, e cada teoria parecia igualmente plausível e irrelevante, e no fim das contas ele não quis passar muito tempo analisando. Agora ele era um homem ocupado.

Rumo à próxima grade, e boa sorte. A tropa espremeu pasta de bacon com ovos da ração operacional — redemoinhos âmbar com um vermelho-amarronzado — na língua e recolheu o equipamento. Kaitlyn depositou sua biografia de celebridade no parapeito da janela, como se fosse deixar de presente para o próximo hóspede do resort tropical. Eles estavam quase na escada quando ela se lembrou do detector de movimentos. Voltou. Vinha acontecendo bastante. Era bom saber que estava lá, mesmo que a sirene não houvesse soado nem uma vez desde o começo da missão.

O novo encargo deles era na Fulton com a Gold, Misto Residencial/Comercial, algumas quadras a leste. Começou com um chuvisco de nada, mas Mark Spitz puxou seu poncho por causa das cinzas, e os outros seguiram a deixa quando a chuva se intensificou.

Eles prosseguiram sem falar, ainda acordando durante a marcha. Kaitlyn assobiou "Pare! Está ouvindo a águia rugir? (Tema da Reconstrução)", o irrepreensível hino fêni, enquanto pisavam em poças cinza.

— E se a gente chegar lá — disse Gary, enfim — e estiver tudo no chão? Se finalmente tiverem pegado o que deu nesses esqueles de campo de extermínio e de agora em diante a gente só tiver que ensacar? — Ele dizia a mesma coisa sempre que eles trocavam de grade.

— Seria legal — respondeu Mark Spitz.

A descoberta dos campos de extermínio, naquela primavera, apressou o início da reconstrução. A notícia apareceu primeiro com os sobreviventes que chegavam aos tropeços nos portões de acampamento, com histórias extravagantes de prados e estacionamentos de shopping lotados de mortos. Não era como se alguém os houvesse neutralizado e partido sem esterilizar a área — as cabeças estavam intactas, disseram. Os mortos pareciam ter simplesmente caído.

A reentrada nas antessalas da civilização era sempre difícil, e, quanto mais tempo os sobreviventes passavam lá, mais difícil era voltar. Mas, mesmo depois de um banho quente, de dormir como pedras por doze horas seguidas e de provar o milho (todos estavam com muito orgulho da colheita de milho, e com todo o direito), os refugiados seguiram com suas histórias loucas. Depois as unidades de reconhecimento voltaram com confirmação, vídeos, de cabo a rabo da costa.

Em lugares amplos e abertos, os mortos estavam caindo em massa. Um campo de futebol colegial na distante Raleigh, acidentado de corpos, um parque público em Trenton, onde moscas pretas voavam em volta do banquete. Buffalo enviou notícias de seu ninho de cérebros de especialistas: a praga havia finalmente, inevitavelmente, exaurido o que o corpo humano podia suportar. Havia um limite à depredação corporal, o que significava um limite à devastação geral.

Os informes de campos de extermínio surgiram simultaneamente em vários pontos, o que sugeria (segundo alguns) um calendário para o andamento da infecção. Era a temporada de incentivar informes. O estabelecimento da comunicação contínua com nações estrangeiras, as informações indo e vindo pelos mares. Encaixe aí a consolidação contínua dos grupos e dos clãs não infectados e o simples fato de que ataques e avistamentos de esqueles haviam diminuído em toda medida empírica e tinha-se motivo para espanar o bom e velho otimismo. Era só conferir o leve movimento nas cinzas: era a Ascensão da Fênix Americana, óbvio. Pelo menos era o que diziam as camisetas, tiradas das caixas de papelão biodegradável recém-chegadas de Buffalo. Também disponíveis em tamanho de bebê.

Mark Spitz observou em primeira mão o número reduzido de esqueles. Havia simplesmente menos deles andando por aí, as medíocres úlceras, uma bênção durante aquele período no Corredor na amaldiçoada Connecticut e além. Mas, fora os campos de extermínio — e não havia números sólidos em relação a esses caídos, dado o apetite geral por uma fogueira —, ninguém sabia dar satisfação em relação a aonde os esqueles haviam ido parar. Uma corrente sustentava que a exposição ao frio havia derrubado muitos, a selvageria do inverno.

A especulação estava acima de sua faixa salarial, independentemente do fato de ele ser pago em meias e filtro solar.

— Ainda não ouvi falar disso em área urbana — disse Kaitlyn. Ela registrou a expressão vazia de Gary e, controlando seu impulso usual, complementou: — Mas pode ser.

Mark Spitz colocou o braço na frente de Kaitlyn para detê-la, gesto que havia herdado de seus pais, que haviam herdado dos próprios pais, que se lembravam de uma época anterior aos cintos de segurança: havia movimentação na rua.

Os protocolos de terra devastada, obsoletos ou não, assumiram a partir dali. Seu cérebro comparou as conjunturas em estoque e os encontros prévios à cena na Fulton Street, pesquisando conduta, apetrechos, postura e expressão facial no banco de dados. Morto ou bandoleiro, esgarrado ou sobrevivente, geralmente era difícil dizer. Eles falavam? Esse era o primeiro teste. Se ainda tinham linguagem. Partia-se daí. Antes da ascensão dos acampamentos, lá fora, você tinha que se cuidar com os outros. Mortos eram previsíveis. Vivos, não. A maioria era como Mark Spitz, isolada e chiando no grande mundo lá fora, uma barrinha de proteína rançosa de cada vez. Assim que garantisse que vocês dois estavam conscientes, você se aproximava para fazer contato, com cautela. De onde você vem, a que miragem afixou suas esperanças, viu alguma outra pessoa conforme as definições antigas, aonde não ir? Dados essenciais.

Se vocês decidissem se amigar por um tempo, acabavam trocando histórias da Última Noite. Em sua aventura sombria, os sobreviventes tentavam rastejar aos assentamentos e fortes míticos que haviam conjurado na mente, onde a praga era parte de um trecho do noticiário que contava a tragédia de outra cidade, algo para matar tempo antes da meteorologia, onde havia eletricidade e frutas e verduras locais prontas para consumo, as crianças brincavam e os coelhinhos pulavam. O santuário, enfim. Cada recontar de história da Última Noite era um passo em direção ao refúgio fantástico, o da verdade. Mark Spitz havia refinado sua história da Última Noite em três versões. A Silhueta era para sobreviventes com os quais não viajaria por muito tempo. Ele se cansara rápido do estranho parado diante dele na porta do celeiro ou no detector de metais do departamento de automotores, longe da vista de esqueles, e havia engendrado o caldo ralo da Silhueta no desespero com a morte das conexões humanas. As histórias da Última Noite eram essencialmente iguais: eles vieram, nós morremos, comecei a correr. A Silhueta já bastava. Não havia necessidade de entregar o coração, as coisas boas. As duas comitivas partiam antes mesmo de começar a falar.

Ele oferecia a Anedota, robusta e com mais polpa nos ossos, àqueles com quem poderia se entocar por uma noite, em um restaurante familiar grego zerado havia muito, um trailer detonado com ervas daninhas crescendo no tapete ou em cima de um posto de pedágio, cozinhando no telhado, mas grato pela vista de 360 graus. Também expunha a versão Anedota para engates com tropas maiores, quando a Silhueta podia soar como grosseria, mas a Obituário era muito intimista para compartilhar com os rostos apinhados em torno das lanternas. A Anedota incluía um toque de Atlantic City, a viagem para casa (em retrospecto, os fantasmas jogando basquete eram um prenúncio espetacular) e terminava com a frase: "Encontrei meus pais, aí comecei a correr". Ele descobrira que era a minimíssima porção aceitável a estranhos para permitir que caíssem no sono sem pensar que ele os espancaria nos sacos de dormir. As versões que lhe davam em troca nunca eram suficientes para deixá-lo dormir, independentemente do excesso de detalhes e da sinceridade.

A Obituário, embora refinada ao longo dos meses e sem ar de ensaio, era honesta, dando vislumbres do seu eu real, repleta de digressões sobre a amizade de vida inteira que tinha com Kyle, nostalgia pelas antigas viagens a Atlantic City, a atmosfera inquietante e "esquisita" daquele último fim de semana nos cassinos, uma descrição minuciosa da cena na casa dos pais e o depois. Embora os adjetivos tendessem ao neutro em relatos posteriores, a Obituário era o sagrado em seu traje presente. O ouvinte respondia à altura, a não ser que revisitar aquela noite mais longa os despachasse a uma fuga, o que vez por outra acontecia. Eles haviam passado algum tempo juntos. Talvez aquele fosse o último ser humano que cada um veria antes da morte. Tanto falante quanto ouvinte, compartilhante e compartilhador, queriam ser lembrados. A Obitu dava conta de tudo, para um dia distante e tranquilo, muito após seu desaparecimento e de um estranho se dar ao trabalho de lembrar seu nome.

Albatrozes se materializaram depois da curva, e dois minutos de companhia já bastavam. Eles já estavam mais para lá do que para cá. Doentes, não da praga, mas das aflições de burro de carga que a terra devastada complicava: pneumonia, artrite reumatoide e afins. Coisas que exigiam medicamentos genéricos que demandavam decodificação na farmácia revirada. Ou isso ou estavam evidentemente loucos. Como que este meio-esquele de mente apagada havia chegado tão longe? Deus cuidava das crianças e dos bêbados, e agora não cuidava de ninguém, mas esses infelizes tinham conseguido passar mesmo assim. Não tinham mantimentos, nem uma arma, nada além de roupas e feridas. Talvez conseguissem sair dessa, aquela tosse talvez passasse com um pacote de caldo de galinha reidratado, mas ele batia em veloz retirada, mais rápido do que se perseguido por cem esqueles. Mais seguro supor que eles o matariam. Um combo pai-filho podia aparecer na crista da velha estrada de interior, abatido e cansado, e Mark Spitz se encolhia ao vê-lo, independentemente de como estivessem equipados. Ser pai deixava os adultos imprevisíveis. Eles hesitavam no momento-chave ao pararem para considerar as habilidades ou a segurança da criança, ficavam paranoicos quanto a ele querer estuprar ou devorar sua prole, atrasavam-no com passinhos de bebê ou distraíam-no enquanto ele ponderava a instabilidade da dupla. Eram piores do que os bandoleiros, que só queriam seus pertences e às vezes conseguiam roubá-los, naquele momento, ou na ponta do revólver, mais tarde, quando a oportunidade se apresentava, quando você estava dormindo ou mijando. Os pais eram perigosos porque não queriam seus mantimentos, suas preciosidades. Eles já tinham os bens de valor e aquilo empacava o raciocínio.

Ele se amigava com estranhos durante um tempo, oferecia um jarro encardido de molho de cranberry ou uma caixinha de suco conforme o novo ritual de saudação e trocava informações sobre as grandes questões do momento, como concentração de mortos, e coisinhas menores, como a situação mundial. Alguns meses colapso adentro, só tolos perguntavam sobre o governo, o Exército, as estações de resgate designadas, todas as ilhas inatingíveis, e os idiotas iam minguando a cada dia. Ele andava com eles até que se decidiam por outro rumo, até entrarem em uma discussão sobre teorias comportamentais do esquele ou como ver o botulismo à espreita em uma lata amassada. Hoje em dia as pessoas se importavam com as coisas mais estranhas. Ele ficava com elas até serem atacados e elas morrerem e ele, não. Às vezes ele os deixava para trás porque não calavam a boca.

Ele parou de se amigar com outros quando percebeu que a primeira coisa que fazia era calcular se conseguia correr mais rápido do que a pessoa.

Depois de Mimi, Mark Spitz dispensou os discursos de boa sorte e te-vejo-na-estrada. Saía à primeira luz da manhã. Ouvia as companhias temporárias acordarem com os barulhinhos que fazia ao sair, mas não arredavam de seus sacos de dormir assim que percebiam que ele não roubaria nada, nem as pilhas nem os HDs de bolso cheios de fotos de família. Eles também não davam bola para o adeus.

Naquela tarde, na Fulton, Mark Spitz desligou suas rotinas de boas-vindas depois que identificaram as três figuras do outro lado da rua. Eram pessoas. Usavam ponchos, e o que mais se não um ser amaldiçoado com o jugo do livre-arbítrio usaria um poncho? Mortos não usavam ponchos. Gary berrou saudações, seguidas de epítetos de ternura. A turma respondeu com entusiasmo, sussurrando o coro levemente piegas sobre ilhas no riacho.

Era a Tropa Bravo: Angela, No Mas e Carl. Dado o padrão enigmático de designações de grade do Tenente, era raro que tropas se esbarrassem no Setor. As dez unidades de varredura cruzavam e recruzavam o centro como moradores cumprindo uma lista de afazeres: a caminho do serviço de entregas expressas para apressar a inscrição, uma corridinha até a lavanderia, até a loja de queijos para aquele naco exótico, depois da burrice de perguntar ao anfitrião se podiam levar alguma coisa. Quando se esbarravam, era uma distração agradável.

Como sempre, Gary tinha histórico com aqueles que encontrava. Servira com os três enquanto limpava a enlouquecedora Connecticut antes de ser designado ao Setor. Connecticut, com suas hordas pustulantes sem fim e o talento notório para cunhar novas feições do azar, a degenerada Connecticut com suas noites sem estrela e famigeradas manhãs, a Connecticut Coisa Ruim dava luz a trupes maltrapilhas que permaneciam unidas. Em comparação, Mark Spitz e os poucos varredores de outros pontos eram recrutas verdes perpetuamente repetindo seu primeiro dia no serviço. Ele tinha um desgosto particular por No Mas, que alardeava por Wonton seu álbum de recortes de esgarrados que humilhara.

— Quem você viu essa semana? — poderia perguntar um varredor, durante um momento de lazer na noite de domingo, momento em que No Mas devidamente registrava as últimas estripulias.

Ele carregava uma grande caneta pilot vermelha no colete de utilidades e gostava de desenhar sorrisos de palhaço no rosto frouxo dos esgarrados, batizando cada um com um nome relacionado à profissão. Então ele apertava o cano de seu fuzil de assalto à têmpora do sr. Arrelia ou de Sua Exaltada Alteza Lady Griselda, sorria para o passarinho e fazia Angela tirar uma foto antes de respingar os crânios. Nas noites de domingo no QG, No Mas dividia o beliche com um jovem secretário que imprimia seus suvenires em papel lustroso.

— Se você encontrar o capitão Risadinha, me dá uma ligada. Odeio aquele cara — propôs uma pessoa da plateia, oferecendo em troca uma xícara de Eu Coração Nova York cheia de uísque, só por diversão.

Angela e Carl eram mais discretos quanto às transgressões, pelo menos na companhia de outros, mas Mark Spitz os havia ouvido recordando sobre o tempo que passaram juntos na trupe de bandoleiros, roubando de sobreviventes mais fracos em troca de aspirina e roupa de baixo com forração térmica e vai saber quais outros atos indignos. Ele imaginou sem esforço sua promoção feliz da Fênix Americana a postos de autoridade venal. Investigar indivíduos que haviam sido dedurados por apropriação ilícita — "Não sei como esses sapatos foram parar no meu armário, policial, mas não são divinos?" — e depois trocar os bens confiscados no mercado clandestino. Ou trabalhar como um senhorio de Nova York, digamos, designando apartamentos a recém-chegados conforme o apetite e o capricho, aceitando uma e outra gorjeta ou favor sexual em troca de um prédio melhor, uma quadra melhor, sol pelo sul. Dois quartos, vista para o parque e depósito no porão retomariam seu valor na nova ordem, e a burocracia insalubre cria seus avatares. Eles vinham de Connecticut, da repugnante Connecticut.

A chuva dobrou. As duas unidades amontoaram-se sob o toldo roxo e laranja de uma famosa loja de donuts e café e se interrogaram quanto à semana. A Bravo informou como eles haviam perdido metade do dia e enchido dois sacos de corpos limpando um covil de suicidas em decomposição dos bancos de uma igreja ucraniana. O de sempre: reúnam-se e peguem uma xícara, pessoal, vai ser rápido. A meio caminho, a Bravo tinha parado de arrancar os crucifixos das mãos e simplesmente subia o zíper com eles dentro.

As últimas grades tinham sido arrastadas para a Ômega, tirando Mark Spitz derrubado no chão, e Kaitlyn, circunspecta, não tocou no episódio. Ela acabou contando a eles sobre o misterioso clube chinês. A Ômega decidira que era um antro de gângsters, subindo dois lances bambos de escada acima de uma loja que vendia ervinhas enrugadas e que pareciam os dedos dos mortos. A sala dos fundos era tomada por máquinas de apostas eletrônicas, pistolas com empunhadura com fita e pinups chave de cadeia. Um cofre de alta tecnologia se escondia em uma cavidade da parede, cheio de você sabe o quê, ópio e incriminações variadas. Um antro da máfia digno de filme, ela contou. Esqueceu que eles haviam encontrado o lugar havia duas semanas e já haviam contado a história. Ninguém a impediu de continuar. Estava chovendo. Eles estavam na pausa para o café.

Mark Spitz esfregou os olhos. Teria contado à Bravo sobre o triste esgarrado na oficina, mas estava com dificuldade para articular por que ficara fascinado. Encontraram o faz-tudo espremido em um balcão de trabalho em uma bagunça majestosa, equilibrado nas tripas de um videocassete. Em torno das mãos contíguas, os invólucros metálicos de máquinas, uma silhueta urbana fina e metálica. O idoso estava cercado de tecnologia obsoleta, o arranjo deselegante de aparelhos que tinham sido o suprassumo de uma geração anterior para ouvir música ou fazer torradas. Que tipo de idiota amava aquelas máquinas quebradas a ponto de procurar o local na internet e perder tempo para levá-las ali para tirar a poeira das placas-mãe? O tipo de idiota que sabe que existem idiotas que compram essas coisas no crediário. Um se alimentava do delírio do outro. As pilhas de objetos lembraram Mark Spitz de quando eles fizeram a varredura de um distribuidor de próteses e foram cercados por meios-braços e meios-pés, pendurados no teto, saindo de caixas. Gente incompleta. Só pedaços mortos.

No Mas e Gary acenderam cigarros, o que levou Kaitlyn a fechar a cara e começar uma tosse teatral. Angela agradeceu a Jesus por ser sábado e eles poderem voltar ao Wonton para uma noite de folga no dia seguinte. Perguntou se eles tinham visto alguém por ali.

Kaitlyn fez que não.

— Tudo morto.

— Trombei com o Teddy e eles na West Broadway — disse Carl. Deu um sorriso de canto. — Vi a fumaça antes. Fazendo churrasco.

Gary riu. Kaitlyn pediu coordenadas.

— Não lembro — respondeu. Ele fedia a urina. — Arrastaram uma churrasqueira portátil e armaram debaixo de um megatoldo de vidro debaixo de um condomínio chique. Toalha de mesa vermelha na calçada e tudo mais.

— O que eles estavam cozinhando? — perguntou Kaitlyn, claramente imaginando contrabando de hambúrgueres moldados com carne processada.

A churrasqueira roubada, a toalha de mesa surrupiada. Duas infrações na cara.

Eles ficaram cautelosos. Estilo Connecticut.

— De repente era ração, tem que perguntar pra eles.

— Só sei que o cheiro era bom — disse No Mas.

— Eles podem tomar advertência — resmungou Kaitlyn.

Gary deu de ombros. Angela mudou de assunto, perguntando aonde eles estavam indo.

Gary deu um passo à frente, conferiu a placa da rua.

— Aqui.

— Você está errado — disse Carl. O rosto se contorceu. — Aqui é o nosso ponto.

Suas designações de grade eram idênticas. Fulton com Gold. Eles entraram na intersecção para reconferir que não estivessem discutindo por quadras adjacentes, e os seis não puderam deixar de notar que o lado leste da Gold havia recebido a bênção de moradias com três ou quatro andares, e que um imenso estacionamento ao ar livre dominava o lado norte da Fulton. Uma fartura. Trabalho para quatro dias, no máximo, que nas devidas mãos podia ser esticado por seis ou sete sem que Wonton se desse conta. Seria uma disputa.

— Chegamos primeiro — disse No Mas.

— Chegar primeiro não conta — rebateu Mark Spitz.

O estacionamento estava praticamente vazio. Nem um só cadáver jogado sobre um volante para empacotar. Eles não tinham ordens de conferir o porta-malas.

— É nosso.

— Não é do perfil do Tenente se enganar — afirmou Kaitlyn. — Chamem ele no comunicador. O nosso pifou.

— Comunicador? — disse No Mas. — Não captou merda nenhuma a semana inteira.

— Botam vovós fêni pra fabricar essa merda, queria o quê? — reclamou Carl.

Gary soltou uma série de impropérios.

— *Hijo de puta.* Fabio. Lembra daquela vez que ele deu uma grade pra Marcy e era do outro lado do muro? Subindo a Spring Street. Esse cara esqueceu de tomar o remedinho.

Gary olhou para No Mas, e Mark Spitz notou o outro homem olhar para baixo e esquadrinhar a calçada.

Fabio havia distribuído as designações de grade no domingo anterior. O Tenente fora convocado a Buffalo e agora seu imediato estava no comando. Com o figurão fora da cidade, Fabio lhes informara que não havia necessidade de subir. Dera instruções para deixarem a folga usual de lado e ficarem fora do Setor, o Descarte ia aparecer com rações nas rondas. Enviara as grades pelo comunicador e desejara sorte.

— É bom que a gente tenha a folga na volta — informou Gary à tropa —, ou alguém vai levar.

— O Tenente vai comer o cu dele quando a gente contar como o cara fez merda — disse Angela.

Eles voltaram ao toldo, esperando a chuva dar trégua, como nos velhos tempos, cidadãos comuns, fora os fuzis de assalto. E o restante do equipamento. Uma gota pesada caiu nas costas da mão de Mark Spitz; ele estava sem luva. Partículas cinza descreveram um contorno na pele. A chuva captava cinzas quando descia e, olhando para a rua, ele imaginou as gotas como longos veios cinza desabando. Gigantes torcendo panos de prato sujos na cabeça.

— Olha isso — disse a Gary, apontando para a pele.

Gary franziu a testa.

— A gente não tá vendo nada.

Quando Mark Spitz era criança, o pai compartilhara com ele seus filmes preferidos de guerra nuclear. Pai e filho unidos em tardes nubladas. Rostinhos jovens, estrelas em ascensão que nunca chegaram lá e atores de uma só expressão marchavam pelas narrativas de chuva ácida e pelas paisagens manchadas de cinzas, persistentes, dando tapas no rosto do camarada histérico — tome jeito, vamos dar conta —, deixando um por um no caminho, seguindo os rumores de um santuário. "O que quer dizer 'apocalipse', papai?", perguntara ele. O pai tinha pausado o filme para responder. "Quer dizer que, no futuro, as coisas vão ser piores do que hoje."

Na faculdade, Mark Spitz tirou de letra, como era de costume, uma matéria obrigatória de história da guerra fria. Eles atribuíam o juízo final à divisão do átomo. Eram cegos ao esquema de aniquilação da praga, mas tinham visto as cinzas. O cinza difuso, inexorável, era uma anomalia atmosférica local, e não o que Buffalo vinha pensando quando concebeu sua Fênix Americana, mas era apropriado. Erguendo-se das cinzas, renascida.

Carl fez uma pausa. Os outros se viraram. Um dos mortos vinha descendo a avenida. Era uma visão estranha depois de tanto tempo, ali, em aberto. Nas ruas. Mark Spitz só havia visto um esquele ao ar livre desde sua chegada. Este tinha dado algum jeito de fugir da varredura dos fuzileiros, finalmente se libertando de uma cela porcaria, do armário do boliche onde eles guardavam os sapatos ou do porão da lojinha de *souvlaki*. O esquele os tinha visto, despertado pela discussão, e se desviou do meio do asfalto, se meteu entre dois compactos de fabricação estrangeira e lentamente subiu na calçada. Caminhou na chuva de um jeito que ninguém caminhava na chuva, especialmente em um aguaceiro como aquele, sem se arrepiar nem franzir a testa, a água espirrando de sua cabeça e de seus ombros, formando borrifos como um enxame de mosquitos. Ele se aproximou, implacável e confiante, naquele ritmo familiar e sinistro.

O esquele usava um terno de risca de giz taciturno e muito manchado, com uma gravata escarlate monocromática, além de mocassins marrom-escuros com borlas. Uma casualidade, pensou Mark Spitz. Não era mais um esquele, mas uma versão de algo que antecedia as angústias. Agora era um daqueles homens de negócios demitidos ou arruinados que fingem ir ao trabalho para não preocupar a família, que passam o dia em um banco de praça com ripas faltando para alimentar os pombos com pedacinhos de pão, a maleta cheia de sacos vazios de salgadinho e folhetos de massagista. A cidade carregara a própria praga por muito tempo. Sua infecção havia convertido aquela criatura em um integrante de um quadro extinto de miseráveis, em mais um dos falidos e desiludidos, os incabíveis, os veteranos do azar. Eles saíam cambaleando das quitinetes ou arrancavam-se do sofá-cama do parente depauperado e caíam na luz do sol para miseráveis aventuras. Ele os havia visto abrindo caminho pelas calçadas em suas agruras, aninhando um copo de café cheio de nata no pé-sujo da esquina, que só aguardava a próxima batida da vigilância sanitária. A criatura diante deles era o homem no ônibus ao lado do qual ninguém se sentava, o místico desfigurado guinchando vereditos no vagão lotado do metrô, a coisa que os recém-chegados juravam que nunca virariam, mas era óbvio que alguns viravam. Questão de porcentagem.

Carl deu o tiro e eles retomaram as negociações.

— Essa merda não vai se desmerdear sozinha — disse Kaitlyn. — Mark Spitz, suba pra ver qual é a situação.

— Por que ele pode ir? — perguntou Carl.

Mark Spitz nunca tinha visto cara durão fazer um beicinho antes.

— Porque ele sabe andar em linha reta.

Angela, a líder da Bravo, não reclamou. Olhou com resignação para a chance de perder a grade, firmando-se para a próxima inconveniência, fosse qual fosse.

Kaitlyn desalçou o fuzil de assalto e soltou a mochila. Sentou-se de pernas cruzadas no concreto.

— Agora, quem é que vai ali fechar o zíper naquele esquele?

Ele conheceu Mimi em uma loja de brinquedos. As lojinhas de conveniência, os megaoutlets, as farmácias e outras suspeitas já tinham sido escavadas até o fundo, por isso Mark

Spitz começou a atacar as lojas de brinquedos. A praga o havia reaproximado de decepções primordiais, e em tempos mais tranquilos ele já fora atormentado pelas letrinhas minúsculas NÃO ACOMPANHA PILHAS, tantas vezes que elas lhe haviam deixado marcas. Ele considerava essa tática engenhosa — aliás, não eram poucas as lojas de brinquedos que ainda tinham pilhas atrás do balcão, até mesmo na detestável Connecticut, onde ele se deparou com Mimi antes de uma incursão do meio-dia. Um punhado de esqueles se arrastava pela rua principal, as bússolas em suas veias tremelicando para nenhum destino além da próxima quadra à frente. Ele deu a volta pelos fundos, chegou ao estacionamento dos funcionários e passou dez minutos tensos raspando a porta com um pé de cabra, até que ouviu uma voz abafada:

— Quem é?

— Estou vivo — disse ele.

Ela o deixou entrar.

Chamava-se Miriam Cohen Levy e seria a última pessoa a lhe dizer o nome completo por muito tempo. Vinha atacando as lojas de brinquedos desde o começo de tudo.

— Tenho três filhos — contara mais tarde.

Eles conversaram no corredor dos robôs. O equipamento dela ficava aos pés deles em sacolas de nylon vivazes e bem-organizadas. A arma preferida de Mimi era um machado de lâmina vermelha para incêndios, que havia surrupiado da parede de um colégio ou prédio municipal, e estava cintilante de limpo mesmo à luz fraca que se infiltrava pela janela.

— Micróbios — disse ela. — Mas sempre que possível eu prefiro correr. É bom pro cardiovascular.

Mark Spitz notou que só havia dois pontos de acesso à loja. Ele apontou para a escada em espiral.

— Tem mais brinquedos lá em cima. Pode deixar a mochila aqui — disse ela, como boa anfitriã. — Indo pra Buffalo?

— O que tem lá?

— É pra lá que o governo foi. Eles têm um complexo grande, tudo organizado.

Ele ainda não tinha ouvido falar dessa, mas casava com sua teoria de que todo suposto santuário ficava em um lugar que ele nunca tivera a mínima intenção de visitar.

— A última que ouvi era que o pessoal ia pra Cleveland.

— Essa já faz um tempo.

— Buffalo é a nova Cleveland.

Era o que vinham dizendo, ela contou. Mimi havia passado uma semana com peregrinos na rota de Buffalo, mas aí teve uma coisa na barriga e precisou passar o dia deitada de lado, a única posição que resolvia. Eles pediram desculpas, mas tiveram que a deixar para trás, nada pessoal. Ela não se ofendeu.

— São as regras — disse ela a Mark Spitz, os ombros subindo em breve elevação.

Mimi estava em movimento desde que seu último acampamento implodira. Havia passado o verão e a maior parte do outono em uma mansão em Darien: duas refeições e meia por dia, muros de pedra e um gerador. Os proprietários haviam morrido, mas o filho do jardineiro, Taylor, tinha chaves e armou acampamento no início da abominação. Ele havia jogado Guerra Espacial por ali quando criança, conhecia os túneis clandestinos que foram cavados durante a vigência da lei seca e que permaneceram durante o auge das infidelidades. Havia saídas de sobra caso a coisa fosse de mal a pior. Taylor recrutava colegas sobreviventes em busca de combustível ou os pegava tentando subir muros com as mochilas cheias de latas e acessórios. Se ele visse em você algo de que gostava, você era convidado a ficar. Ele se vestia como um porradão de gangue de motoqueiros, mas era uma alma querida; aquilo era uma fantasia que ele usava; quando ele assustava as pessoas, elas obedeciam.

— Não era um culto de doidos — contou Mimi, chupando o pozinho de um pacote de proteína e lambendo o excedente da ponta dos dedos. — Ele não tentou nada de maluco, tipo ter que matar o mais velho toda quinta-feira à meia-noite. Só queria que todo mundo se desse bem. Na maioria, maconheiros.

A mansão Willoughby tinha trinta pessoas em lotação máxima e era bem coordenada. Saídas de coleta organizadas, um quadro de atividades.

— Sem valentões, sem estupro. Ficar na moita afugenta os mortos.

Luzes apagadas eram regra ao escurecer, momento em que eles se reuniam na adega de vinhos para leves degustações noturnas. Nos túneis havia múltiplas diversões para fazer o tempo passar. Eles jogavam pôquer entre os Brunellos, mímica na frente das safras argentinas, assistiam a sitcoms na sala final, inacabada, que, veja só, ficava embaixo da piscina. Haviam pescado Mimi na via principal da Darien depois que ela calculara mal a margem de segurança enquanto tentava correr de um enxame de esqueles no qual se metera sem querer.

— Você não odeia quando isso acontece? — perguntou ela. — Você ali, cuidando da sua vida, tentando achar protetor labial, e cabum.

Os Willoughby a puxaram para o SUV e ela se alistou.

— Parece que eles tinham um esquema bem bom.

— Era ótimo. Eu achava mesmo que ia dar pra esperar lá até passar. — Ela mudou o tom. Não era a primeira a entender errado a expressão dele. — Eu ainda acredito que... que nós vamos vencer essa coisa. Leve o tempo que for. E aí todo mundo vai voltar pra casa.

Ele fechou o maxilar para manter a expressão.

O idílio deles foi encerrado por alguém de dentro, Abel, que havia desenvolvido teorias sobre a praga e seu viés. Era dos que defendiam o apocalipse como higiene moral, com as inclinações socialistas de um universitário. Os mortos vinham esfoliar a Terra do capitalismo e da vasta superestrutura burguesa, com suas toalhinhas de mesa, pais-helicóptero e *streamings*, para nos devolver à natureza e à vida em comunhão. Ninguém lhe dava muita atenção, disse Mimi; Abel trabalhava bastante e dava para encontrar gente mais doida lá nos desolados.

Mark Spitz havia conhecido muito desse pessoal da retribuição divina com o passar dos meses. Era o grande momento deles; eram vendedores de guarda-chuva na entrada do metrô, no meio do aguaceiro. A raça humana merecia a praga, nós tínhamos feito isso acontecer por envenenarmos o planeta, pela morte de Deus, pelas brutalidades calculadas do sistema econômico global, por levarmos espécies primordiais à extinção: o colapso total dos valores tal como evidenciado por tudo desde a fissão nuclear até os *reality shows*, até o estacionamento em lados alternados da rua. Mark Spitz só tolerava essas lengalengas por um ou dois minutos e depois caía fora. Era chato. A praga era a praga. Estivesse você de galochas ou não.

— Aí, uma noite — contou Mimi —, acabou.

A maioria dos acampantes estava no porão. Era noite de jogos. Então Abel desceu e disse que não podia mais ficar parado assistindo àquela mansão ignorar o veredicto da praga. Que direito nós tínhamos de rir e cantar e jogar Texas Hold'em enquanto o resto do mundo sofria o merecido castigo? "E foi por isso", disse ele, "que eu abri os portões."

Eles correram para o andar de cima. Abel não havia só aberto os portões. Os mortos tragavam o local, escorrendo na grande sala pela varanda "como convidados de casamento procurando o coquetel depois da cerimônia". Abel devia ter atraído todos morro acima com a promessa de um buffet. Estava tudo perdido.

— A algazarra de sempre — continuou Mimi.

Ela ficara separada de todos, mas conseguira correr até o equipamento de reserva que havia guardado em uma parede dos fundos, para uma ocasião exatamente como aquela.

— Você pode se acomodar o quanto quiser — disse Mimi. — Pode se alistar para as funções rotineiras e aguar os tomateiros. Mas tem que esconder uma mochila reserva, porque a coisa sempre vai desandar.

Ele gostou imensamente dela, apesar da crença que ela tinha em Buffalo. Aquilo era vapor: o grande assentamento depois do pôr do sol seguinte, a caminhada de dois dias até a base militar, a comuna utópica do outro lado do rio. O local nunca existira ou, quando você chegava lá, já tinha sido invadido havia tempos, um fedor de cadáver ou o incêndio ainda fumegando. Ou eram lunáticos e a louca nova sociedade que haviam concebido, a da constituição fascista ou das regras insanas, como a de que todo o mulherio tinha que dormir com os homens para repovoar a raça, ou outro segredo sinistro que você só descobria depois de passar uns dias por lá, e quando tinha que cair fora descobria que tinham escondido suas armas e roubado seus cubinhos de caldo de carne. Mark Spitz tinha abandonado grupos, mas, se a unidade certa aparecesse, começaria a usar a solução de Mimi. Esconder um estepe.

Mark Spitz estava preparado para levar as pilhas que Mimi não quisesse, mas ela insistiu que eles dividissem igualmente.

— Não consigo carregar tudo isso, seria ridículo. Fique à vontade.

Ele tinha enchido a mochila quando ouviu Mimi praguejar. Ela estava na janela.

— Tempo ruim — disse.

Ele achou que a neve tinha começado; sentira o cheiro de neve por vir desde a manhã. Então a substituiu no vidro e viu a rua principal. Recuou. A porta dos fundos estava trancada? Sim. Ele e Mimi engatinharam atrás dos corredores de primeira infância, com os bebês de mentira, os ursinhos gritões, o misto de formas de plástico baratas. Era a maior torrente de mortos que ele via em meses, um desfile macabro de calçada a calçada seguindo um flautista infernal e invisível. O Dia da Chegada, o Aniversário do Fundador, o Fim da Guerra. As cidadezinhas ainda faziam festa pelos soldados que tinham voltado do front? Saudavam o milagre de ter superado a provação? As festividades em honra à derrota da praga, o armistício com o caos, não se equiparavam ao espetáculo do lado de fora. Não haveria gente suficiente para segurar uma bandeira. Ele fez que não com a cabeça. Porra, Connecticut.

As multidões necrosadas marchavam pelas vitrines da loja de brinquedos. A procissão doentia. Mark Spitz e sua nova acompanhante se retiraram para o estoque. Talvez a meteorologia tivesse organizado os mortos naquele grande grupo, adaptado sinapses em seus cérebros esponjosos e crivados, compelindo-os a sair do vento, da nevasca que lavava a costa. Almas infelizes viriam a descobrir onde o exército morto esperava a tempestade passar. Quando os mortos finalmente sumiram, os grandes flocos peludos grudaram na rua e na calçada. Nos dias perdidos em que os canos jorravam e os elétrons corriam pelos cabos, o calor ambiente do solo impedia acúmulos tão rápidos. Agora a neve fazia pilhas em velocidade sobre a terra mortificada.

Eles adiaram a Última Noite. Assim que Mimi abriu a porta dos fundos e emergiu do escuro, ele já sabia que, com ela, usaria a Obituário. Rostos de caveira haviam substituído rostos humanos na população de sua mente, firmes sobre o osso, fitando-o sem piedade, os incisivos à frente. A mediocridade teimosa de seus olhos macios e redondos, os traços vigorosos, eram um souvenir. A bandana amarela firme em torno do escalpo simbolizava lides de fim de semana, recolhendo bolotas e gravetos da sarjeta borbulhante, raspando da grelha os resíduos escuros do último verão. Os ritos antigos. Ela era como ele, uma das improváveis, que seguia adiante. Normal.

Em vez de histórias da Última Noite, eles se permitiram Daonde Você É, que tendia a render acertos mais positivos do que antes da praga, ou assim parecia a Mark Spitz. Como se todos os sobreviventes compartilhassem um vínculo clandestino, determinado aqui e ali ao longo do curso de suas vidas para a chegada daquele acontecimento. Ou talvez agora ele ficasse pasmo mais facilmente com as coincidências, na desconexão daqueles tempos. "Ah, você é de Wilkes-Barre? Conhece o Gabe Edelman?" "Sério? Que engraçado, nos conhecemos em um encontro de representantes em Akron." Sua vida sobrepunha-se à da dupla de dentistas, à do motorista de caminhão vivaz, à do perito de seguros e à do resto da turma de olhos tristes, e o fato de tudo aquilo ser insignificante não fazia diferença. "Ela deve ter feito um detox depois, porque ela não era assim." Era uma sessão espírita a penetrar o véu do outro mundo. Por algum tempo, o toc-toc descarnado de espíritos iluminou seus respectivos recônditos das trevas. "Eu passei um tempo lá, comia no café que tinha a melhor torta de maçã. Você conhece? É esse." "Meu primo ia lá. Mas ele é bem mais velho, você não teria como ter cruzado com ele." As associações apressavam a manhã quando iam em direções distintas. Às vezes, só quando se chegava lá. Às vezes, os mortos os encontravam à noite.

Ele ficou com ela, meio apaixonado já antes do lusco-fusco. Eles não tinham intersecções, embora com o tempo viessem a descobrir afeição pelos mesmos seriados. Mas naquela época todo mundo amava os mesmos programas de TV, e a cultura popular não era a mesma coisa que pessoas e lugares. Ele não conseguia deixar de pensar que os marcos das sitcoms e dos dramas policiais ainda estavam em reprise em algum ponto do planeta, com as risadas enlatadas e os crescendos pré-intervalo comercial ressoando e se arrastando no escuro eterno. Os seriados eram assunto tão inescapável que já tinham superado a necessidade de luz elétrica. No mínimo na sala de jogos subterrânea do sobrevivencialista, ou em uma instalação do governo (Buffalo ainda não tinha se revelado), as temporadas um a sete do drama hospitalar revolucionário no realismo e a caixa recheada de extras da comédia sobre um ambiente de trabalho à prova de críticas desenrolavam-se nas telas conforme assistentes debatiam se podiam abrir a safra boa, os salgadinhos de queijo que vinham poupando para uma ocasião especial. Puxaram o celofane até abrir: as ocasiões especiais tinham acabado. Os comerciais eram os novos comerciais, imaginou ele com sarcasmo, divulgando latas leves de querosene (Para Quando Você Está Com Pressa Para Botar Fogo No Morto!) e anticipro (Quatro Entre Cinco Médicos Não Afetados Concordam: O Único Antibiótico Que Ainda Faz A Diferença!). Não havia por que adiantar para pular esses anúncios. Eram bens essenciais.

Ele e Mimi não tinham ninguém em comum fora a calamidade. Os dois eram as pulgas dela.

— Sou apenas uma mãe — disse ela, errando o tempo verbal.

Naquela primeira noite eles abriram uma caixa de velas de aniversário, que não forneciam calor algum, embora o conceito de fogo os houvesse aquecido. Mark Spitz trancou o vento que entrava pela porta dos fundos com uma fileira de tatus e outros animais da turma de pelúcia. Ela que começou.

Mimi vinha de Paterson, a cidade natal do marido. Eles se mudaram para lá assim que descobriram a gravidez. Os pais dela eram inúteis, encurralados no circuito narcisista, mas a mãe de Harry era de confiança e tinha tempo de sobra desde a aposentadoria. Mimi passou a amar a cidade. Conheceu outras grávidas pela internet, no portal de pais, e naqueles dias inquietantes pós-parto formaram uma trupe. Tiveram vários bebês ao longo dos dez anos seguintes, e ela encontrou uma comunidade genuína em suas listas de contatos com sincronia automática, sobretudo depois que o colégio começou e ela fez amizade com as mães (e um ou outro pai) que identificava nos dois parquinhos da cidade. "Você não ia naquele parquinho perto do Café Loulou?" "A gente se conheceu durante aquele calorão. Você fez a gentileza de dar duas bexiguinhas de água para minha menina, a Eve."

Harry trabalhava com vendas em uma empresa que compilava factoides para emissoras de velharias: essa valente canção dominou as paradas durante doze semanas no verão de 1964, algo sem precedentes. Esse cata-sucesso irrepreensível nasceu neste exato dia em 1946. Os DJs locais usavam-nos como fermento para tagarelar, e era um negócio robusto na era de nostalgia corporatizada, quando cada geração sucessiva agrupava os prediletos para salvá-los de irem para o sótão. Harry viajava muito, mas um cronograma religioso de webchat apagava os quilômetros, principalmente nos primeiros tempos em que eram só eles dois. Quando faziam careta e riam para suas minúsculas lentes, era quase como se estivessem sentados no sofá, como se Harry estivesse no laptop bem ao seu lado. Quando o obstetra lhes disse que o terceiro filho estava a caminho, mudaram-se para o quarto e último endereço em Paterson. Uma casa novinha. Harry adorava as casas antigas na rua em que crescera, mas Mimi nunca entendera aquela atração.

O filho mais novo de Gladys, Oliver, estava fazendo cinco anos. Asher, filho de Mimi, havia festejado o aniversário uma semana antes. Foi um daqueles meses encantados, hiperativos, em que os fins de semana eram saturados de festas de aniversário e as mães (mais um ou outro pai) davam duro para coordenar as agendas — você fica com o sábado que eu fico com o domingo e ano que vem trocamos —, reservavam os espaços de brincadeira pré-aprovados, descobriam espaços de brincadeira novos e inexplorados e ponderavam por tempo demais sobre o que enfiar pela garganta dos diáfanos sacos de guloseimas: o pegajoso, o de plástico, o que dava cárie. Era uma concorrência de boa índole, até onde se pode concorrer nessas coisas. Talvez exausta do jogo, Gladys optou pelos velhos tempos ao fazer a festa de Oliver em casa. Gladys baixou os últimos passatempos e dicas de um site de pais que ela achava que ninguém conhecia até então. A piscina já estaria terminada e, se o clima deixasse, seria uma inauguração esplêndida.

A piscina não estava terminada. Gladys disse a Mimi que Lamont havia perdido a paciência e queria demitir o empreiteiro, mas eles já haviam conferido que todos os outros estavam com a agenda lotada. O fundo do terreno estava um inferno de pontas serradas, e eles teriam que ficar dentro de casa para evitar riscos. Para piorar a situação, Gladys lhe disse, Lamont estava doente, no quarto de cima, gripado. Um aspecto daquela tarde, contudo, permaneceu imaculado. Era uma festa sem os pais, aquelas duas horas de oásis no calendário estressado de um pai ou de uma mãe, a saída para o mundo de manicures e pedicures, um cochilo surrupiado, uma ou duas taças de rosê dos bons. Mimi deixou os filhos lá. Eles tinham amigos da idade deles, se conheciam desde que haviam nascido. Asher, Jackson e a pequena Eve nem se deram ao trabalho de dar tchau, trotando pela sala de brinquedos onde as outras crianças se divertiam em seu agito. "Boa sorte", dissera Mimi, enquanto Gladys fechava a porta por causa do ar-condicionado.

Quando Mimi voltou, uma hora e meia depois — ela havia decidido botar o escritório em ordem, mas acabou rabiscando umas palavras cruzadas em vez disso —, viu a ambulância do lado de fora, mas imediatamente se acalmou: Gladys teria telefonado se fosse algo com um dos filhos dela. Então as viaturas a fizeram sair da frente para passar, em alta velocidade, quase subindo no gramado da amiga, nas amadas hortênsias, e Mimi pensou: de repente Gladys não teve tempo de ligar e aconteceu alguma coisa com meus bebês. Ela estava certa: Gladys não tivera tempo de ligar.

Doze horas depois, Mimi estava fugindo como todos. Banida às temíveis estepes. Mark Spitz não perguntou a respeito de Harry. Nunca se faziam perguntas sobre personagens que desapareciam de uma história da Última Noite. Você já sabia a resposta. A praga tinha uma queda pelo encaixe narrativo.

Mark Spitz se lembrou de Mimi e da loja de brinquedos enquanto caminhava em direção ao Wonton para o encontro com a Tropa Bravo. Outras pessoas com suas surpresas, os resultados sociais distantes no novo mundo. Ele raramente ia até aquele ponto da zona sul antes da praga, nunca tinha se deparado com gente que conhecia nas ruas, por isso era estranho ver Angela e os outros dois fazendo suas rondas. Mark Spitz ficou surpreso com a calma que tivera quando o esquele empresário se aproximara, como ele havia se distanciado. Era um de seis soldados com armamento pesado. Aquilo não era a Última Noite e sua crueldade. Era o novo reinado do Setor Um. Seu território, depois de tanto tempo.

A metrópole — a metrópole pré-catástrofe com suas incontáveis armadilhas e maquinações — o intimidava. Ele nunca vivera na ilha. Passara um agosto mormacento dividindo casa com uma colega de faculdade em Bushwick, ilhado na linha L, é claro, mas mesmo quando podia ter juntado grana suficiente para um mísero apartamento, ele havia resistido a se mudar para a metrópole. Fazia o trajeto da casa onde crescera até seu emprego em Chelsea para poupar dinheiro, dizia a si mesmo. Não era o único que postergava a grande mudança; muita gente com quem tinha crescido se arrastara de volta a Long Island depois da faculdade, sabendo que lá era seguro ou percebendo isso depois de levar uns tapas e ganhar uns roxos do mundo lá fora. Isto quando haviam saído de lá.

Em retrospecto, era uma besteira. Ele queria reencontrar o rumo depois da passagem pela Califórnia, ter um emprego do caramba ou alguma realização inespecífica no currículo antes de se mudar para Manhattan. E pensar que houve um tempo em que essas coisas diziam algo: os indicadores da posição que se tem no mundo. Hoje em dia, uma machete enferrujada e um saco de amêndoas faziam de você uma pessoa de substância. Ele havia aguardado um belo estágio em uma das empresas que estrangulavam o planeta do centro da cidade ou... ele não conseguia pensar no que mais o deixaria à vontade caminhando pelas ruas de Nova York naquele fervo confuso. Tinha medo da metrópole. Sabia nadar cachorrinho, e era isso. Agora ninguém monopolizava a calçada para ele não passar, ninguém chegava mais rápido no assento vago do metrô, ninguém discutia com ele. Ele só se deparava com facínoras lentos e colegas xerifes, trazendo justiça ao povoado.

Uma pena de plástico grudou na bota dele e se prostrou contra o pavimento. Ele a arrancou. Já estava acostumado ao silêncio, entendia aquilo como parte de si, os apetrechos sem peso que alojava em sua mochila ao lado da gaze e do anticipro. Ele caminhava no meio da rua, entre os tornozelos das jamantas de aço. Passando as vitrines estéreis. Sua batida era diferente da dos fuzileiros. Os mortos vazaram dos prédios quando ouviram os sinos de guerra dos soldados e os tiros, aí foram dizimados. A ronda que ele fizera nos cortiços e nos edifícios sofisticados foi mais calma: ele teve tempo de interpretar os quartos do sanatório. O vazio era um índice. Ele registrava a crônica incompreensível da metrópole, as realidades demográficas, como o dinheiro funcionava, os estilos de vida improvisados e os hábitos de pernoite. Para ele, a população continuava em densidade milagrosa, dados os aposentos vazios cheios de pistas: os esgarrados que abrigavam ou não, as barricadas derrubadas, os parentes caducados nas camas de futon, os braços cruzados sobre o peito em ritos *ad hoc*. Os quartos armazenavam pistas antropológicas relativas a rituais de afinidade e tabus. Como tratavam os mortos.

Os ricos tendiam a fugir. Prédios inteiros envelopados de branco ficaram vagos, como a Ômega descobriu depois de desgastar as juntas e destruir as portas de vidro da portaria (não havia outra opção, apesar do Baralho Isso Não). Os ricos fugiram durante as convulsões da grande evacuação, arrastando suas posses distribuídas em bagagens com rodinhas de fabricação europeia, deixando seus abajures de mil dólares juntando poeira em superfícies prateadas relatando o luxo para visitantes vindouros, curvando-se como salgueiros-chorões sobre tapetes importados. Uma porcentagem maior dos pobres tendia a ficar, empurrando gabinetes a crediário e consoles de mídia contra as portas. Havia aqueles que decidiam ficar, propositalmente sem entender ou burros ou incapacitados pelo escopo do desastre, e aqueles que não podiam sair por uma centena de outros motivos — porque estavam esperando a namorada ou a mãe ou a alma gêmea chegar em casa primeiro, porque sua mobilidade estava comprometida ou um parente estava debilitado, de muletas, jovem demais. Porque era impossível demais, a enormidade do pensamento: é o fim. Ele conhecia todos por suas ausências.

Parou nos ninhos abandonados, chutando latas vazias que guardavam os legumes básicos, o alicerce da boa dieta americana. Onde unidades familiares aterrorizadas haviam tremido enquanto esperavam os vizinhos pararem de gritar na porta: salvem-nos, deixem-nos entrar. Quando os gritos cessavam, os residentes esperavam que eles parassem de passar pelo olho mágico da porta da frente, sombras mortais naquele minúsculo buraco. Os residentes cegos à praga dos apartamentos 7J e 9F, que diligentemente ignoravam-se durante o encontro ocasional no elevador, haviam se elegido ao comitê de condomínio sem votos divergentes e agora patrulhavam os corredores em busca tanto de infrações ao regulamento quanto de carne, fazendo pausas às portas como se tivessem ouvido a respiração dos de dentro apesar de tudo que os animais ali espremidos faziam para se silenciar. Na sala de estar do quinto andar do prédio, os amantes tumbados fizeram uma cama de cobertores caros, costurados à mão, que estava cercada por poças de cera das velas que usavam em jantares e nas noites românticas caseiras, e murmuravam as carícias inventadas para a situação: "Não, você fica com o último, eu comi ontem" e "Se eu não tivesse você comigo agora, teria me matado há muito tempo". Todos aguardavam o momento da fuga, os primeiros dias. Todos esses e os solitários — os hipsters, os intercambistas com saudade de casa e os professores aposentados indo para casa, os idosos que achavam que não mais se surpreenderiam com a hostilidade do mundo, os recém-chegados com péssima sincronia e zero amigos e aos quais faltava qualquer coisa que lembrasse a montagem falsa descrita como "sistema de apoio", e os rabugentos finalmente abençoados com uma versão pervertida de seu tão esperado sonho de libertação da humanidade. Passavam semanas ou meses entocados em seus apartamentozinhos, devorando tudo na marcenaria barata, até cada bocadinho antes de chegar no estofo, e mesmo este ocasionalmente tinha marcas de dentes, antes de finalmente darem o fora no momento do dia que decidissem ser o mais seguro, na direção ditada por suas teorias requentadas, em direção às pontes, ao rio em busca de uma nau navegável, ao telhado para acenar aos anjos por uma carona. Sair, sair dali.

Eles haviam vivido na metrópole nos tempos da praga. Terminaram a comida e a esperança de resgate e arrumaram uma mochila. No devido tempo, deixaram seus apartamentos, ou melhor, se escafederam, conforme as receitas oferecidas pelo manual da cultura pop. Ele nunca encontrara alguém nos acampamentos ou lá fora que houvesse conseguido sair da cidade nos primeiros dias. Deixaram as portas destrancadas.

Ele se tornou um *connoisseur* da poesia que encontrava nas barricadas vazias. A fatia do espaço minúsculo, árida, entre a mobília empilhada e a porta do apartamento em que os ausentes haviam se espremido para passar. O arco amplo e convidativo de uma antiga igreja que fora apequenada pelas torres, a única porta aberta na quadra, os destroços nos degraus chutados na fuga e o caminho aberto que criava uma espécie de tapete para noiva e noivo no trajeto até a limusine da lua de mel. E, no lado de dentro, aquela janela quebrada entre as outras janelas com tapumes no primeiro andar da casa da fazenda, com seu capacho de boas-vindas feito com cacos de vidro. Os que estavam dentro haviam saído às pressas e a história parava por aí. Teriam conseguido? Era menos deprimente que o espetáculo da barricada derrubada, das fortificações que tinham dado errado, com seus cadáveres podres e açoitados pelo clima e as erupções expressionistas de escarlate sobre cada superfície.

Quando assistia a filmes de desastre e de terror, ele se convencia de que sobreviveria ao típico cenário letal: por acaso, estaria longe de seu código postal quando os megatons caíssem, a favor do vento da radiação, cobrindo as entradas de ar do bunker com fita isolante. Estaria de braços abertos no alto do planalto e recuperando o fôlego quando o tsunami quebrasse na costa, e, na loteria por um lugar na espaçonave, longe de uma Terra se desintegrando aos raios cósmicos, seu número era o último selecionado e, por acaso, era sua data de nascimento. Sempre os meios de fuga lógicos, ele se safaria como sempre. Era o único no elenco que ouvia as palavras do profeta desgrenhado no primeiro ato, e o camarada valente que puxava da meia a faca que era uma relíquia de família e serrava todas as amarras enquanto, na sala ao lado, a família canibal brigava quanto a quem iria prepará-lo para o jantar. Ele era o que sobrava para explicar tudo ao mundo dos céticos depois dos créditos, com seu macacão sujo de sangue, tagarelando diante das inúteis autoridades locais, dos furgões da imprensa, das agências do governo que levaram metade do filme para chegar ao local. Sei que parece doideira, mas elas vieram do formigueiro radioativo, as meninas da sororidade já estavam mortas quando eu cheguei, o culpado é a criatura marinha pré-histórica, é só drenar o lago que vocês vão ver os corpos no trato digestivo dela, é só conferir. Do ponto de vista dele, o filme de verdade começava depois do fim do primeiro, no retorno impossível às coisas tais como eram antes.

Essa foi a história que Mark Spitz contou naquele último domingo. A mordida havia finalmente parado de jorrar sangue. Eram só os dois, enquanto Kaitlyn se preocupava no comunicador na sala da frente.

— Por que te chamam de Mark Spitz? — perguntou Gary.

— Eu estava em Happy Acres fazia uns meses, me alistei para várias unidades de trabalho e queria sair mais. Sentia falta do mundo lá fora. Eu estava defeituoso, só tinha sonhos bizarros, me sentia inútil desde que o Exército me acolheu.

Quando o comboio partiu do acampamento Screaming Eagle, Happy Acres ainda se chamava PA-12; quando ele chegou, dois dias depois, as placas que proclamavam o novo nome estavam fresquinhas, brancas e fragrantes, as máscaras de estêncil empilhadas na lixeira. Buffalo reposicionou os assentamentos no mercado — CT-6 virou Gideon's Triumph, VA-2 virou Bubbling Brooks — e talvez Mark Spitz também estivesse sendo reposicionado, de andarilho maculado e com olhos fundos a agente colaborador da Fênix Americana. Ele trabalhava no inventário, anotando quantos litros de óleo de amendoim e latas de aspargo entravam e saíam, cuidando de pequenas falhas na cadeia de suprimentos entre os acampamentos próximos. Happy Acres estava ou não recebendo sua dose devida de antisséptico, a devida alocação do estoque de fio dental recém-encontrado e, o mais importante, estaria Morning Glory acumulando papel higiênico com intenções malignas ou o acampamento inteiro estava passando por uma desventura gastrointestinal? Ele registrava tudo no papel reciclado patrocinado, à mão, como na era das trevas pré-computador. Ajudava a passar o tempo.

Quando veio a notícia da operação no Corredor Nordeste, Mark Spitz estava faminto por mudança. Enfiou sua cédula na caixinha e, quando grampearam a lista de nomes na parede do centro de lazer, bem ao lado da lista de sobreviventes do dia, ele comemorou pela primeira vez desde aquela última excursão a Atlantic City, quando Kyle entrou em uma maré de sorte e a mesa de dados passou um tempo endoidecida.

Em termos de novo emprego, limpar o corredor não parecia tão horrível, era espaçoso o bastante tanto para as virtudes ordeiras da vida no assentamento e as emoções pirateadas da enrolação na terra desolada.

No cinema do fim dos tempos, as estradas que deságuam na cidade evacuada costumam estar abertas, e as rotas para sair da cidade, coaguladas de veículos em paralisia. Se os supercomputadores do governo calcularam sem risco de dúvida que o meteoro vai dizimar a zona sul ou as baratas assassinas resultantes da engenharia genética vão tomar a cidade, as pistas de chegada estão desimpedidas. Rende uma imagem visual cabal, o herói doido que volta à metrópole condenada para salvar seu garoto ou sua menina, ou para localizar o arquivo criptografado que, quem sabe — quem sabe! —, vá reverter o desastre, dirigindo a cento e cinquenta quilômetros por hora aos CEPs amaldiçoados quando todos os outros cidadãos estão em debandada, os olhos arregalados de terror, as bocas ornadas com partículas de espuma branca.

No apocalipse particular de Mark Spitz, os seres humanos eram bagunçados e não obedeciam a regras, e cada pista de entrada e saída, cada artéria e veia, estava tomada de trânsito de saída. Uma cidade estripada, cuspindo suas entranhas, tenderá à desorganização. Se você quer brigar contra a corrente de bom senso, nobre protagonista, vai ter problemas. Durante algum tempo, os evacuados em frenesi acabam com a distância preciosa entre si e a moléstia. Os carros e caminhões sacodem-se, param, gaguejam, uma fileira quebra para o acostamento e depois há outra pista, os queimadores de gasolina premium com motor quatro por quatro ignoram de vez o asfalto e rasgam a folhagem semicuidada na beira da estrada, derrubando a placa que informa que ESTE

QUILÔMETRO DA ROTA 23 É MANTIDO PELO CORO DE IDOSOS DE MORTVILLE. Os motoristas e passageiros não querem morrer. Eles testemunharam os desfechos pavorosos de outros, estão em pânico e envergonhados com a velocidade que abandonaram os cenários da civilização. Uma certa porcentagem vai sair de lá, fugir para uma das estações de resgate de que ouvem falar no rádio, temos que conseguir e, veja só, sou só eu ou os locutores pararam de falar no Colégio Benjamin Franklin, será que ainda funciona?

Os veículos param. Algum bloqueio mais à frente que não conseguem ver. Inquietação. As pessoas trocam rumores aos gritos via expressa afora. Tia Ethel se remexe no banco de trás, seu novo cérebro soltando comandos, seu xale macramê cai do peito e ela tira um naco de carne do pescoço de Jeffrey Fitzsimmons, e o sobrinho Jeffrey joga seu utilitário-esporte de dois anos contra o compacto japonês dos Peterson, que está tão lotado de relíquias de família e de garrafas d'água e apetrechos para acampar que Sam Peterson mal consegue enxergar pela janela, não que ele fosse ter tempo de sair do caminho, mesmo que tivesse visto os Fitzsimmons. *Bang*, *crash*, o *pluf* dos airbags inflando, o *squish* de metal empalando carne em disposições que os profissionais de teste automotivo não teriam como prever. A pilha de oito carros faz todo o movimento norte na interestadual cessar. Não há como fazer balão. Não há como dar ré. Engarrafados. E aí os mortos começam a sair das árvores.

Agora era hora de abrir as pistas. Se tudo corresse bem, em algum momento o Corredor Nordeste iria de Washington a Boston e toda a carga preciosa (remédios, projéteis, alimento, gente) iria viajar sem impedimento costa acima e costa abaixo. A unidade de demolição de Mark Spitz era responsável por um trecho da I-95 na mefítica Connecticut e uma ou outra afluente, em incursões a partir do aconchegante forte Golden Gate. Em dias pré-lapso, a base fora uma das maiores comunidades de aposentados do estado, conhecida por sua instalação com as últimas tendências e atualidades no tratamento do Alzheimer. Os muros de tijolos vermelhos que circundavam a propriedade, construídos para manter os mistificados em segurança do lado de dentro, agora mantinham aqueles com uma deficiência nas faculdades mentais totalmente distinta do lado de fora. Naturalmente, o número de torres com metralhadoras havia crescido.

Os prédios com muitas janelas do espaço possibilitavam o deleite constante de pôres do sol revigorantes — aliás, foi difícil para Mark Spitz ajustar-se a tanto vidro depois de uma vida de bunker —, e os bangalôs antes habitados por idosos ativos e independentes eram uma melhoria potente em relação aos beliches comunitários nos assentamentos. A sala de jantar era pastel e afirmativa, e ninguém reclamou no dia em que um operativo abusado ativou o antigo sistema de som e os instrumentais anódinos invadiram todas as refeições com um *loop* incessante de pop desencarnado. Os habitantes do forte se esvoaçaram pelas trilhas de concreto em carrinhos elétricos e toda noite as janelas estalavam com o brilho azul das telas, conforme a enorme videoteca reaproximava os lacaios da reconstrução do antigo entretenimento que tanto significara para eles. Era difícil acreditar que já houvesse existido rostos como aqueles, os belos, com promessas e atrativos.

O forte Golden Gate, em um subúrbio de Bridgeport, era um nexo de iniciativas de reconstrução. Mark Spitz jogava pôquer com técnicos nucleares, engenheiros civis e diversos gurus da infraestrutura. Foi do Golden Gate que as primeiras equipes de reconhecimento se aventuraram a explorar a viabilidade da operação Manhattan. Meses depois, ele lembrava que alguns parceiros de pôquer haviam sussurrado sobre um "Setor Um".

A maioria dos moradores do Golden Gate vinha do nordeste, conforme o perfil demográfico da devastação. Era uma idiossincrasia do interregno: as pessoas tendiam a ficar na própria região, perambulando em círculos, ricocheteando de uma barreira invisível nos dois estados ao sul. Uma cordilheira envolta por uma sombra imponente os assustava em direção à comunidade de sobreviventes sobre a qual outros vagantes não paravam de tagarelar. Na fila da boia, os operários colegas de Mark Spitz tremiam e murmuravam como concorrentes em um deplorável concurso de beleza de TEPA. Ao ver aquilo, Mark Spitz apostou que o renascimento da civilização tinha cinquenta por cento de chance. Mesmo que o último esquele caísse no chão no dia seguinte, aqueles peregrinos angustiados teriam reserva para sair da espiral letal? Será que os sobreviventes soturnos conseguiriam se reproduzir, que os recém-nascidos engordariam? Quais das debilitações grisalhas, quais das antigas e pacientes moléstias, iriam ceifá-los? Não era difícil ver que os habitantes dos acampamentos involuíram a relíquias dementes muito prejudicadas para fazer algo além de se reduzirem rumo à extinção em uma ou duas gerações.

Cinquenta por cento de chance. Ele estava contente de ter a própria cama, conversível a partir do sofá na sala de estar de um bangalô espaçoso e decorado com bom gosto. Os proprietários haviam passado seus anos derradeiros em um circuito assíduo dos melhores cruzeiros do mundo, e fotos de grandes navios navegavam pela parede acima de sua cabeça enquanto ele dormia. O velho casal preenchera suas narrativas oníricas uma ou duas vezes, e os mortos jogavam bocha ou carregavam pratos nos buffets da madrugada, a cada noite uma cozinha mundial, Coma Quanto Quiser, Tudo Incluído.

Ele dividia o bangalô com Tempestade Muda e Richie, os três compondo metade de uma equipe de demolição. As equipes de demolição dirigiam reboques de carga pesada e caminhões-guindaste — imponentes antes do desastre, quando as picapes, soldadas e aparafusadas e fixadas à última moda em revestimento e grade antiesquele, se tornaram a manifestação física e movida a diesel da caralhada puro--sangue Americana. Quatro caras trabalhavam nos veículos estáticos, desatando e desembaraçando-os de bagunças variadas, enquanto os outros dois ficavam com a função de sentinela e vigia-derruba. Mark Spitz e Richie ficaram com o destacamento esquele, estourando qualquer fiscal de parquímetro ou homem do tempo morto que viesse pela faixa do meio ou estivesse preso no banco de trás ou batendo na janela traseira e suja de sangue do táxi amarelo capotado, do furgão promocional de emissora de rádio ou do rabecão. Nunca se jogava Desvende o Destroço, porque a resposta era óbvia: era dirigir ou morrer.

As sentinelas tinham mais ócio. Os mortos eram baixa densidade naquela região da costa, naqueles tempos — haviam cessado as conjecturas quanto ao porquê e apenas aceitado aquilo como fato —, e os atraídos pelo barulho dos motores nunca somavam mais que um ou dois a cada duas horas. Os esqueles encurralados — jogadores de beisebol juniores rastejando sem mãos, matronas amarradas e encolhidas com um rosnado no rosto — eram apenas tiro ao alvo, e poucos. Se os que fugiam se dessem ao trabalho de trazer sua prole febril e sucumbindo, não os abandonariam assim que tivessem que pisar fundo. A maioria das portas estava bem aberta logo após a fuga. Os refugiados avaliavam os imponderáveis apressadamente — levar as joias da mamãe ou a caixa de ferramentas, o saco de arroz ou a caixa de vitaminas — e encontravam os vizinhos em fuga, sumindo no vácuo abjeto do interregno.

— Deve ser Vanderbilt Anos 80, certo? — perguntou Gary.

— Quê?

— Os demolidores. Os guinchos. Aqueles caras são uns doces.

— Não faço a menor ideia.

O trabalho era simples. As chaves estavam na ignição ou não, as chaves-mestras funcionavam ou não, ou eles tinham como tirar o troço da estrada ou os demolidores entravam em ação, prendia-se a corrente no chassi e os monstros incapazes eram içados para o acostamento. Dependendo do tamanho e do número de pistas, do tipo de engarrafamento, do número de veículos parados, eles eram estacionados perpendiculares ou oblíquos à estrada, ou faziam uma nova via expressa de compactos, híbridos esportivos, misturados com um e outro caminhão de sorvete cujos congeladores se agitavam com doce derretido. Em teoria. A Tempestade Muda seguia outro imperativo.

Mark Spitz se deparou com parábolas, como sempre, nas evidências que tinham sido deixadas para trás. A via estava limpa por um quilômetro, depois os carros apareciam, para-choque com para-choque, portas e porta-malas amplos, você andava à frente para identificar o cenário e descobria a causa do congestionamento: um caminhão nove eixos que derrapou, a colisão de peruas de família, uma barricada que as autoridades locais ergueram por precaução míope. Cadáveres semidevorados jogados no banco do passageiro ou afivelados atrás do volante, o último praguejar contra o trânsito ainda discernível apesar de os lábios terem sido comidos: a invectiva funda no músculo. Se houvesse vários corpos por perto, os demolidores faziam uma fogueira, mas os elementos e os micróbios já cumpriam a faxina muito bem.

Era legal correr para casa no fim do dia passando por um trecho de estrada que você mesmo havia aberto. Era um avanço mensurável, uma quilometragem visível rumo ao novo mundo. Trabalhar deixava dores na carne como prova, de um jeito que fazer inventários de potes de alcaparras não fazia.

— Você ainda não chegou na parte do Mark Spitz — disse Gary.

— Está escorrendo de novo — respondeu Mark Spitz. Ele rasgou outra atadura e continuou: — Eu andava no demolidor líder com a Tempestade Muda.

Tempestade Muda era uma das novas *skinheads*, que raspavam o escalpo para comemorar as privações. Era uma coisa que começava a pegar nos acampamentos — como reconhecer alguém como você, o mais angustiado dos angustiados? Ela era um dos primeiros resgates das equipes de salvamento de Buffalo, membro de um clã minguante que havia passado um ano trancado em uma cadeia-porão da delegacia de uma cidadezinha, tutelados infelizes de um louco. Ela não contou muito mais do que isso.

Era uma galgo seca, hiperalerta, ao modo daqueles que sofreram violações demais no refúgio. Todo mundo era passado por cima, mas também havia aqueles em uma camada totalmente distinta de viajantes frequentes. Esses nunca dormiam, raramente piscavam. A Tempestade Muda era mais funcional do que a maioria dos *skinheads*, porque ainda falava e ocasionalmente permitia que um sorriso lhe rachasse os lábios. Tinha trabalhado em um viveiro de árvores antes da extenuação recente do mundo, cuidando e cultivando as cercas vivas que impediam o *hoi polloi* de espiar a aristocracia. Não era uma barreira muito eficiente, pensou Mark Spitz quando foi informado da ocupação dela, incapaz de deter seu julgamento imediato. Tudo era ou arma ou muro, a ser quantificado e ordenado em sua utilidade como tal.

Ela era a líder da equipe deles e era bem específica a respeito de como gostava da disposição dos veículos no asfalto; talvez a afeição de seu emprego anterior pelo longo prazo moldasse seu estilo de demolição. Às vezes as diretivas da Tempestade Muda não inspiravam conjecturas quanto à sua motivação; na mesma frequência suas ordens contrariavam a intuição. Nesse segmento da sossegada autoestrada, podia haver apenas cinco carros impedindo o direito de passagem, e ela ordenara que fossem estacionados perpendicularmente, talvez no ângulo de quarenta e cinco graus, mesmo que o acostamento tivesse espaço suficiente para para-choque com para-choque. Uma corrente do enfileiramento veicular defendia que o último alinhamento iria, como um interruptor, impedir uma onda de mortos atraídos pelo barulho de um comboio; Buffalo foi grande defensora dessa estratégia durante algum tempo. Mark Spitz notou que a Tempestade Muda preferia padrões divisíveis por cinco e os agrupava por tamanho e, ocasionalmente, cor, às vezes até rebocando um carro por quilômetros para sua concepção virar realidade. A Tempestade Muda consultava o tablet, deslizando a caneta pelos mapas do computador, efetuando anotações hieroglíficas. "Ordem", dizia ela. Mark Spitz atribuía à microgestão militar inútil ou ao tipo de TEPA dela uma ou outra dessas debilitações. Foi só depois que ele descobriu a verdade.

— Como assim?

— Já chego lá.

Os demolidores abriram o mar de lixo, desretorcendo, desanuviando o caos. Quando um empilhamento mamutesco dava lugar a uma serpente de veículos silenciados enroscando-se por quilômetros a fio, o sistema deles desenroscava tudo. Eles restauravam a ordem. Às vezes Mark Spitz imaginava que, para cada centímetro de asfalto que abriam, eles invertiam um incremento igual de tragédia, desfaziam quaisquer infortúnios que houvessem acometido os ocupantes ausentes. Imediatamente afligiu-se por pensar assim e concentrou-se na colisão à frente. Depois de um mês, pequenos trens de suprimentos utilizaram as estradas que eles haviam aberto, carregando feijão-de-lima para oeste, levando os caminhões-pipa aos recipientes secos. A alquimia da reconstrução. A quilometragem das equipes de demolição a norte e sul deles eventualmente se conectaria, ao modo da ferrovia transcontinental. Conectar os acampamentos isolados um a um, conectar as cidades independentes naquele momento seduzia o peito nacional, licitar o material vital que dá fluxo e vida mais uma vez: asseguravam a pista, avançavam a lança quilômetro a quilômetro.

Nas vias expressas, Mark Spitz tornou-se um atirador de elite. Com a vantagem do pessoal de apoio, da linha de tiro, o luxo de soltar uma continha em uma criatura lenta a seu bel-prazer, ele dominara os cinco alvos cranianos mais recomendados por Buffalo para derrubar esqueles. (Eles haviam feito testes e reunido depoimentos orais.) Havia dias em que os demolidores tinham miras a laser, se o Exército ou os fuzileiros passando pelo Golden Gate não as afanassem, e depois de um tempo Mark Spitz articulava sua mira rubi flutuante pelo mundo quando matava um alvo com bala, com machadinha ou com um naco de granito do tamanho de uma bola de beisebol, ativando um calmo registro informático dentro de seu cérebro, o qual calculava a distância e a velocidade do vento, compensava o nível de irregularidade do alvo, a distância e as acessibilidades de rotas de fuga. A delicada nova arte de derrubá-los.

Ele eliminava aquilo que iria destruí-lo. Na terra partida, as múltiplas estratégias de sobrevivência afiadas por uma vida inteira evitando todas as consequências reescreviam-se para aquele novo mundo, ou talvez houvessem finalmente descoberto sua verdadeira arena, o campo de envolvimento para o qual haviam sido criadas. Haviam sido apresentadas, testadas, retificadas, debugadas ao longo de uma vida de pequenos julgamentos e competições, evasões de perigos grandes e pequenos, sociais, simbólicos e, desde a praga, letais. Se ele estivesse apto a explicar a extensão do que vinha acontecendo em seu cérebro no dia em que o apelidaram de Mark Spitz, a fila de processos maníacos, sobrepostos, talvez tivesse ganhado uma alcunha diferente, apropriada para os processos absolutamente anêmicos dentro de si.

— Eu estava, de certo modo, finalmente completo.

— Não captei.

— Desculpa.

A missão deles no dia em questão dizia respeito a um trecho imundo da 95. Um dos generais que visitava o Golden Gate, em visita de levantamento sobre os esforços de reconstrução na Nova Inglaterra, tinha total confiança naquela autoestrada quando visitava a família nos feriados, nos tempos do bom e velho mundo morto, e assim seu atalho mais querido tornara-se o trecho oficial do corredor. A climatologia esquele era tranquila, um ou dois a cada quilômetro. Os demolidores haviam começado a se conformarem com os campos de extermínio, o que era algo difícil de não fazer; o impulso de lutar ou correr não fazia mais parte do regime diário de exercício. A trupe descobriu asfalto limpo entre cidades.

— Preciso de uns carros — disse a Tempestade Muda a Mark Spitz. — Está se formando na minha cabeça.

Uma gargalhada de satisfação escapou dela quando eles chegaram ao viaduto. O aperto de veículos perdidos, de indisciplina e melancolia, estendia-se por mais de um quilômetro. Quando os demolidores foram conferir à frente que tipo de engarrafamento estavam prestes a encarar, viram que terminava na ponta norte do concreto, totalmente barricado pelas vans de transporte do hotel e por arame farpado. Três viaturas da polícia colavam os para-choques logo depois, e os demolidores arriscaram que teria sido a tentativa de algum ou alguma xerife de banir a praga de sua jurisdição. Que não tinha dado certo, era óbvio, e o bloqueio apenas impedira a fuga daquelas pessoas, fatalmente. Não vamos julgar. Se a praga houvesse marcado os peregrinos aqui ou quilômetros à frente, a resolução era a mesma.

Os demolidores se dividiram. Martha, Jimmy e Mel, a outra metade da trupe, pegaram a ponta sul da fileira de naus de fuga natimortas, e o contingente de Mark Spitz ficou com o viaduto. A água fumacenta rendia uma melodia agradável abaixo do vão, um sussurro reconfortante. Cuidar do arame farpado parecia ser um incômodo, então Mark Spitz sugeriu que eles tirassem a barreira e começassem a limpar a ponte, o que, como se descobriu, fechava com as intenções da

Tempestade Muda para aquela cambada. Eles confrontaram os métodos de transporte familiares e as anedotas de deserção já previstas: quatro motocicletas que tinham se enfiado entre carros à frente do bloqueio e não puderam dar meia-volta; utilitários que tinham sido sobrecarregados conforme as instruções do sistema de emergência, de forma a abandonar os mantimentos salva-vidas no bloqueio; um sedã vazio com todas as portas abertas porque os assentos tinham sido retirados, e depois todo assento evacuado, sem rastro.

O único espécime incomum era o caminhão de dezoito rodas transversal à estrada, com o logotipo na lateral do trailer marcando-o como parte da frota de um hipermercado. Os demolidores não eram unidade de salvamento. Sua declaração de propósito incluía uma cota diária de gasolina, que eles puxavam de sifão assim que tiravam os veículos do caminho, e permissão de pegar para uso pessoal toda a comida que encontrassem, as barras de energia e os salgadinhos cheios de conservantes, mas era isso. Quando Richie desengatou os fundos do trailer, como ele contou depois, foi para ver se valia uma viagem posterior com uma equipe apropriada. Richie era insistente, o adolescente que fora aceito como mascote pelo primeiro destacamento militar no Golden Gate. Limpar destroços era sua primeira tarefa fora dos muros do acampamento.

Como e por que os mortos haviam sido arrebanhados ali para dentro era um mistério. A Tempestade Muda sugeriu que talvez fosse serviço do governo, criaturas separadas para experimentos, naqueles primeiros tempos em que isso era prioridade; talvez um computador em Buffalo tivesse assinalado aquela carga como "Extravio" e, depois do contato, o arquivo tenha sido devidamente retificado. A teoria de Mark

Spitz vinha das histórias daqueles que haviam mantido os entes queridos acorrentados na sala de jogos ou na garagem na esperança de que a cura viesse. A edificação daquela barricada do viaduto era contemporânea ao auge daqueles gestos otimistas: temos como vencer, é só uma coisa temporária, se conseguirmos nos manter sãos. Ele imaginou a associação de vizinhos de um subúrbio bem unido, uma comunidade planejada na beira da interestadual — na fronteira da pista de golfe do clube campestre, bem pertinho do outlet —, encurralando toda a prole infecta no trailer, Papai e Mamãe, os Smith e metade dos Jones, para uma longa viagem estrada afora. Para um lugar onde eles poderiam ser curados, ou libertos, ou exterminados com um arremedo de dignidade e um pitada de decoro religioso. O taxista era um pilar da comunidade, que subira na vida desde *caddie* até mestre das quebradas, dono da maior casa na rua sem saída, um castelo espetacular que, em certas noites, parecia boiar na própria nuvem burguesa acima do loteamento. Ele não se importava em levar um carregamento de crianças ao cinema, para completar — se alguém conseguia levá-los lá, era ele. "Foram morar em uma fazenda no interior."

No instante em que Richie foi abrir a porta do trailer, a Tempestade Muda estava se acomodando diante do painel do táxi, em comunhão com a máquina, e Mark Spitz estava agachado dentro de uma minivan de fabricação alemã, abrindo um pacote de amendoim coberto de chocolate que encontrara. Ele ouviu Richie gritar. Richie correu pela lateral do caminhão, rumo a seus camaradas, seguido pela estupenda tropa de esqueles que acabara de soltar. Seriam sessenta, setenta ou mais? Eles invariavelmente eram acusados de exagero quando contavam esta história e a anedota cessava por alguns minutos até a discussão sobre a versão moderna de Quantos Anjos Dançam Em Uma Cabeça de Alfinete, Quantos Mortos Cabem Em Um Trailer, se resolvia. "Olha, bastante" era a conclusão invariável.

De qualquer maneira, os demolidores estavam no meio da ponte, isolados da terra. O trio tinha duas armas, pois nunca haviam precisado de mais do que uma nas atividades. A Tempestade Muda havia parado de carregar seu fuzil; não o usava havia semanas, e só quando Richie não ia porque estava mal da barriga. Esse é o problema do progresso — você fica acomodado. Os mortos rebolavam e se apertavam entre os veículos, o conversível verde com o teto de vinil rasgado e o furgão do encanador. Quando Richie retirou-se das linhas de tiro, Mark Spitz começou a derrubar as criaturas, neutralizando um esquele que usava um avental cirúrgico ensanguentado — impossível de saber se a sujeira era do trabalho ou não — e uma *cowgirl* urbana cujas bijuterias cintilavam à luz do sol. Ele extinguiu os rostos e tudo por baixo deles, mas não havia como a equipe pegar todos. Os demolidores não conseguiam quantificar os números da horda.

— Não vamos passar por esse bando — disse a Tempestade Muda.

Eles estavam tranquilos. Avaliaram. O xerife do município e sua equipe haviam bloqueado aquele trechinho de Paraíso com grande eficiência; os demolidores não conseguiam nem se espremer no parapeito para passar o arame farpado.

— Parece bem fundo — disse Richie ao pular da ponte para a água.

A queda era de vinte metros. A cabeça de Richie apareceu dez metros abaixo na correnteza. Ele os chamou para a água.

A Tempestade Muda raspou os dedos pelas cerdas no escalpo, soltou uma corrente de invectivas e seguiu a deixa.

Era impossível. Mark Spitz contou a massa de mortos. Os diabos abandonados se bamboleavam entre os carros, mudos e imundos, tentando pegar comida, que havia se reduzido a dois terços diante das mentalidades vácuas. Eram desmiolados demais, ele pensou, para se decepcionarem com ter que dividir restos dele depois daquele confinamento infinito no trailer. Não tinha como Mark Spitz passar por eles. Eram muitos. Naquelas situações, só correndo. Um cálculo simples e sem vergonha.

Richie berrou da beira da praia. Os tiros teriam alertado os outros três demolidores; logo eles teriam apoio. O instinto deveria ter arrancado Mark Spitz da ponte e o feito cair no rio. Mas ele não se mexeu.

Quando, mais tarde, ele lhes contou que não sabia nadar, eles riram. Era perfeito: de agora em diante ele seria Mark Spitz. Mas ele não tinha medo da água, não com seus colegas confiáveis lá embaixo e seu halo da sorte que nunca se apagou. Sabia dar umas braçadas. Não: pulou no capô da neoperua de último tipo e começou a disparar, primeiro derrubando a vovozinha de agasalho e depois o adolescente que usava um uniforme de futebol encardido, pois ele sabia que não podia morrer. Saltou no sedã preto ao lado e desmantelou os crânios de mais dois esqueles, que caíram e foram pisoteados pelos que vinham atrás. Ele tinha desconfianças, e todo dia naquela terra desolada aumentava a pilha de evidências: ele não morreria. Aquele era seu mundo, agora, com sua mesquinhez sublime, onde o intelecto, a engenhosidade e o talento eram tão insignificantes quanto a teimosia, a covardia e a burrice. Atirou no que usava óculos de modelo aviador com lentes verdes no meio da testa e atirou duas vezes na criatura de jaqueta de caçador, no peito, antes de atormentá-lo com um último tiro. Não podia morrer. Mais duas criaturas despencaram no asfalto, os crânios desfeitos. A beleza não prosperaria, e o temível era muito lugar-comum para ter consequências. Só havia segurança no meio-termo.

Ele era um homem medíocre. Havia levado uma vida medíocre excepcional apenas na magnitude de sua falta de excepcionalidade. Agora o mundo era medíocre, o que o tornava perfeito. Ele se perguntava: como eu poderia morrer? Sempre fui assim. Agora sou mais eu. Ele tinha munição. Acabou com todos.

Saudosa Tribeca. Mark Spitz ia em direção oeste na sua jornada solitária pela zona norte e, ao passar pelo bar de esquina onde havia encontrado Jennifer para tomar umas depois do serviço, reconheceu a possibilidade de que seu subconsciente estivesse no volante. Às dez horas, os leões de chácara puxavam a cordinha de veludo e começavam a escolher os sobreviventes, mas perto do início da noite a atitude deles ainda ardia em fogo baixo. (Mais uma barricada: separar os doentes dos saudáveis.) O *happy hour* era impenetrável, conforme operários desgrenhados reuniam-se nas banquetas e nos suaves sofás rebaixados, puxando a fita métrica para ver quem tinha a maior queixa e tentando esquecer que, no instante em que você enterra o dia de desgraça, o monstro se ergue do caixão na manhã seguinte. A mensagem de Jennifer com o convite recebeu resposta ávida. Ela era rápida no copo e incomodava os camaradas para manterem o ritmo. Ela garantiria que ele tomasse uma dose completa do remédio.

O emprego dele era enfadonho em nível excessivo; o que ele mais odiava era ter que vir lá da ilha e a sensação de anestesia. Ele trabalhava com Gestão de Relacionamento com o Consumidor no Departamento de Novas Mídias de uma empresa de café multinacional. Foi um colega de faculdade que lhe deu a dica. "Você vai ser perfeito. Não precisa de qualificação." A empresa havia começado no noroeste com uma cafeteria e um processo de torrefação marca registrada, sendo que os questionamentos sobre ele sempre rendiam um sorriso curioso e fino nos lábios do dono. Uma loja se dividiu em duas, uma dúzia de sedes físicas que se espalhou até virar uma franquia internacional com disposição, azarona, mas indômita, apregoando parafernália que articulava em forma física a filosofia de vida à qual o cliente havia aderido anos antes, sem saber, por meio de uma centena de inscrições e juramentos tácitos, e que agora havia amadurecido por completo. Cada pacote de grãos fermentados na parafernália marcada com o logotipo o lembrava da missão maior e do estado-nação de mentes afins. Sua casa era sua própria franquia. Não precisava nem de uma placa no banheiro o lembrando de lavar as mãos.

Os grãos encantados eram produzidos organicamente e colhidos de forma humanizada, o marketing era fabuloso na engenharia e implacável na implementação. O trabalho dele era monitorar a web em busca de oportunidades de semear o *product mindshare* e alimentar sensações de intimidade com a marca. Palavras de seu supervisor. Isso, como ele logo descobriu, significava patrulhar sites e a aparelhagem das redes sociais em busca de menções à família da marca e dar um oi. Ele despachava *bots* ao éter eletrônico, onde se misturavam com os diversos sites globais e feeds individuais e, quando os *bots* voltavam com um acesso ou *ping*, ele enviava uma mensagem: "Obrigado por aparecer, que bom que você gostou do nosso café!" ou "Da próxima vez prove o Mocha Burst, você vai me agradecer". Ele se empoleirava nos fios de alta tensão como um abutre binário, olhos antiquados e pixelados abertos para a carne fresca. Quando via, atacava. Às vezes o destinatário respondia; às vezes, não.

Os habitantes do vácuo, mordendo os próprios rabos, transmitindo compulsivamente as frágeis minúcias de seu cotidiano em feeds e perfis, não precisavam dar nome explícito aos produtos. Os garotos pálidos e magros dois andares abaixo, os da Implementação, haviam ampliado as palavras-chave até englobarem toda a matriz de consumo de café e os modos de vida cafefílicos de maneira que referências a cafeína, indiferença, superexcitação, letargia e toda forma de preparo para o embate cotidiano rendiam sibilos em sua estação de trabalho, momento em que ele despachava um "Quem sabe você prova nosso mix jamaicano sazonal da próxima vez que estiver na área?" ou "Parece que você está precisando de uma xícara forte de Iced Number Seven!". Ele racionava pontos de exclamação, praguejava contra eles na hora do almoço, apaixonava-se por eles logo depois.

O software da empresa vigiava os clientes, como se dizia, de modo que, se eles mencionassem comemoração de aniversário ou acontecimento importante na vida, meses depois, ele transmitia o raso "E que não pare por aí!" e oferecia um cartão de presente que a pessoa podia trocar nos estados vizinhos. Ou um "Nossos sentimentos pela separação — pelo jeito, não ia dar certo" e um cartão-presente. Era agradável mandar cartões-presente, desde que lhe enviassem os dados por conexão segura. Ele tinha instruções para oferecer cartões-presente algumas vezes ao dia. Era quase um golpe, se você somasse cartões extraviados, prazos de validade, mais uns trinta centavos que sobravam aqui e ali e que nunca seriam usados.

Seu supervisor, um cara restrito ao chá e, no caso, chá descafeinado, incentivou-o a cultivar uma persona nas redes sociais. Sem xingar ninguém, sem política, usando o bom senso etc., como elaborou em seu e-mail. Ele descobriu que tinha facilidade para embarcar no artifício, que era um inato na pseudoconexão humana e nas posturas da falsa empatia. Era prestativo ("Uma pitada de canela e você vai sentir o toque especial"), dispensava advertências passivo-agressivas ("Por que ir aos nossos concorrentes quando estamos abertos ao raiar do dia para fazer você feliz?") e não se encolhia diante do anódino ("Você não acha que uma bela xícara de café deixa o mundo mais vivo?"). Sem aquele toque humano, lhe disseram, eles podiam muito bem entrar com o algoritmo de inteligência artificial rudimentar que os adeptos do nerdismo tinham bolado, que todo mundo sabia que era um fracasso mesmo antes da bateria de grupos focais opinar. Faltava alma.

Dois meses depois que ele começou, houve um aumento de cinco por cento no tráfego do site corporativo. Não ficou claro se isso se devia ao carinho embusteiro de Mark Spitz ou à introdução de um novo programa de afiliados, mas ele recebeu um belo e-mail da supervisora de seu supervisor, a mulher que havia inventado a vaga depois de refletir a fundo durante o retiro anual, junto a uma promessa de que seu bom trabalho seria reconhecido na avaliação trimestral seguinte, que na verdade seria dali a dois trimestres, pois tecnicamente ele ainda estava em período probatório.

Não era o pior emprego que ele já tivera na vida. Estava trabalhando lá quando a Última Noite desabou, rabiscando seus livrinhos de preparação para o exame da ordem à noite na sala de jogos. A sede da empresa em Nova York ficava em Chelsea, dois quilômetros depois do muro. Ele só podia especular em relação a quem havia conseguido sair e quem ainda rondava os corredores. Sua persona nas redes sociais provavelmente ainda batia ponto, trocava fofocas com o ar vazio e corrigia a ortografia de composições com falsos amigos, apertando "enviar". "Nada cura a Bad da Hemorragia Acelerada melhor que um bigode de espuma, fica a dica." "Que saco ter que aturar uma pira funerária a essa hora da manhã, né? Quem sabe você pega um Sumatra grandão e garante olhos bem abertos quando jogar a vovó? Ninguém quer passar por essa com sono, kkk!"

Por providência, Mark Spitz espiou a Reade e conferiu a placa característica do restaurante duas quadras à frente. Tranquilidade instantânea. Ele estava a meio caminho do Wonton. Sua barriga estremecia. Na cabeça ele ouvia a reunião tumultuada do conselho comunitário na qual os moradores reclamavam da notícia da inauguração: Não no meu quintal, vai estragar a vizinhança. Bistrôs e engenhocas gastronômicas de outro nível serviam a gororoba preferida de Tribeca, não de cadeias vulgares. Não, pensou Mark Spitz. Esse restaurante podia ser em qualquer lugar. Viver longe de seus pratos era uma tragédia. Uma tragédia que se evitava com facilidade, dadas as várias localizações convenientes.

Ele tinha tempo. Quebrou o cadeado e levantou a porta de metal. Dependendo da situação da saída dos fundos, seria a primeira pessoa não infectada ali dentro desde o abraço pavoroso da Última Noite. Havia vários outros lugares para saquear, mais fáceis. Os saqueadores limparam primeiro os supermercados, as mercearias e as bodegas, depois passaram aos restaurantes, mas a ciência do forrageio de qualidade nunca atingiu plena floração na metrópole, dada a concentração de esqueles antes da chegada dos fuzileiros. Os mortos eram os donos da ilha. Mark Spitz não ansiava por latas tamanho industrial de molho *buffalo* e batata em pó, mas elas estavam lá nos freezers, ao lado das cintas de salsicha com maçã e bordo podres e dos bifes de salmão que tinham sido espremidos até tomarem forma e serem empacotados nas fábricas silentes.

Ele tentou ouvir os mortos agitando-se em uma movimentação burra com seu barulho: nada. Apontou a lâmpada do capacete para onde não havia luz do dia, vasculhando o corrimão de metal que circundava os banquetes tamanho família, a madeira escura do balcão com suas camadas de verniz friccionadas por cotovelos. Vasculhou os azulejos xadrez atrás de uma criatura desatando os membros do poleiro submesa. O xadrez vermelho e branco dava a borda fiel do cardápio, assim como das placas e dos uniformes da equipe, que no momento não estavam em evidência, graças a Deus, vestindo um resto humano a carregar bandejas da cozinha com o olhar pasmo de "Posso anotar seu pedido?". Os uniformes faziam garçons e garçonetes virarem juízes apitando competições obscuras de comida. A coisa ficava séria nas terças-feiras de Camarão Liberado. Uma vez seu pai se meteu em uma rixa relacionada à última colher do Camarão Oriental que se sacudia em uma banheira de gelatina laranja. O incidente tornou-se piada recorrente na casa, reavivada sempre que eles se aprontavam para uma visita à franquia local. "Que vontade de dar um soco na cara de alguém", dizia seu pai, que começava uma torrente de invectivas fictícias, e Mark Spitz sabia onde iam jantar naquela noite.

O restaurante era o local preferido de sua família para visitas, aniversários e comemorações avulsas de impulso, independentemente da estação do ano. Quando criança, ele escalava a cabine e se escondia atrás do cardápio até vir o primeiro "Olá, meu nome é" do ou da atendente da noite, momento em que ele tentava imaginar como ele ou ela seria pela voz. Os garçons tinham bigodes mais compridos do que ele imaginava, os seios das garçonetes eram maiores. Até ele chegar à puberdade, pelo menos. Nas suas órbitas, réplicas de discos de ouro e platina, primeiras páginas momentosas dos jornais, cartazes de shows e troféus de esportes pelas paredes. Ele não reconhecia nenhuma das celebridades, nenhuma das ocasiões históricas, nem bandas, nem times, nem histórias de bastidores das grandes eliminatórias e nomes dos hits populares. Mas, se estavam nas paredes, tinham que ter algum significado. Por que outro motivo estariam ali? Ficava desalentado quando comia em outro restaurante pela primeira vez e via as mesmas efemérides nas paredes. Foi sua introdução à indústria da nostalgia. Fábricas de suvenires no exterior que estampavam aqueles artefatos aproveitando-se de mão de obra barata e sem lei, como sua babá viria a explicar. Ela era caloura na universidade e seus olhos tinham acabado de se abrir para as coisas. Cada franqueado tinha liberdade de escolher suas lembranças, mas havia um limite nas caixinhas a marcar nas folhas de inventário. As coincidências eram inevitáveis; estavam embutidas no mecanismo. Ele havia suposto que as bolas de beisebol eram autografadas e que as guitarras penduradas eram originais, estranhamente animado por jantar em um estabelecimento de um viajante do mundo, um colecionador de curiosidades que empreendia aventuras. Um verão antes de ir para a faculdade, ele lera no jornal que o franqueado local tinha ido parar na cadeia por fraude. Um ninho de amor, fotos enviadas para um site pornô amador. O primo do homem assumiu e, quando Mark Spitz voltou, no recesso de inverno, foi como se nada houvesse acontecido. O restaurante seguiu aos trancos e barrancos.

O rock clássico os recebia toda vez, arranhando em meio à tagarelice de prazos de trabalho definidos ou ignorados, confidências perturbadoras, a sessão da terapia de casais daquela tarde, ferramentas elétricas. Novos artistas vez por outra abriam caminho à força até o panteão, junto a confeitos ousados; mais perto da meia-noite, o lugar atingia seu ápice amargo como ponto de pegação, e o arranjo comprimido no balcão exigia inspiração para as jactâncias e os estímulos deveras rotineiros. Os jukeboxes rachados de cada mesa nunca funcionavam, mas ele sempre, sem falha, pegava duas moedinhas emprestadas do pai. O som do metal tinindo já era música. O local era palco para o adorado teatro. A cada visita seus pais esquadrinhavam o cardápio como se fosse a primeira vez, e Mark Spitz perguntava se tinham lápis de cor, mesmo que soubesse que tinham uma ala hospitalar inteira com eles, uma gaveta cheia de cotocos carregados de bactérias, semimascados, em porta-lápis de papelão mutilados. A mãe sempre perguntava em voz alta se tinham um prato do dia, quando qualquer aperitivo ilegítimo encurralado na conta da noite com certeza daria passos para trás ao ver tal designação. Enquanto esperava o prato, ele arrastaria um fragmento verde pelo jogo americano do Kidz Circle, ligaria os pontos para desatomizar a coleção do zoológico, bicho por bicho, desfaria os efeitos do raio alienígena que havia desmontado tudo. Ele devastava o cardápio infantil, passando pelos pedaços de peixe tenros e em forma de estrelinha e pelas misturas xaropescas com gás, engolindo-as com horror. A fina alimentação norte-americana.

Hoje, Mark Spitz surrupiava um cardápio do móvel da entrada, o braço latejando devido ao ataque no dia anterior. Havia deixado tirarem um pedaço dele. O corporativo finalmente tinha mexido no cardápio, acrescentando uma Salada Festival Mediterrânea e um prato de Frango Capim-Limão ao rol de sistemas de entrega de colesterol que apinhavam os pratos avantajados, colados por molhos grossos e suspeitos. As contagens de calorias e as orientações do governo vaiavam ao lado das seleções, zombando das cinturas dos clientes. Seu pai muitas vezes havia brincado que, quando fosse conhecer o criador, torcia por um ataque cardíaco rápido durante o sono após um dos gigantescos xisbúrgueres duplos tostados. Sua mãe estalava a língua, *tsc-tsc*, diante das declarações, reprovando o dito humor. Não foi um ataque cardíaco que o levou.

Ele arrastou a mão pelo corrimão de metal, vagando. Já estivera ali e nunca estivera ali. Essa era a magia das franquias. Fora algumas pequenas diferenças de layout, a disposição obrigatória das mesas e cadeiras sobrevivia às dimensões manhattanianas, as cortinas vermelhas agarravam as lâmpadas do teto com elegância às antigas, arandelas camufladas de lanternas eram grudadas nas paredes a intervalos idênticos. Ele estivera ali em outras vidas que agora levavam àquela. Apertou a testa contra o vidro e se olhou: um naco de matéria-menino com cinco anos de idade; o emaranhado desmazelado que era aos dezesseis; uma criatura vaga participando dos trinta anos de casamento dos pais, que furava balões quando achava que ninguém estava olhando. Sentiu uma tontura dentro da malha metálica. Sentiu-se o garotinho que saía correndo para o banheiro e depois esquecia onde os pais estavam sentados. Outra família havia substituído a sua quando ele chegou à mesa, sem parentesco algum, os que vinham das terras baldias, que o avaliavam de cima a baixo, desconfiados, estrangeiros. O horror elementar ribombou em seu crânio e ele girou a cabeça, passando a lanterna pelas trevas e pela poeira. Por mais que procurasse, dessa vez não os encontraria.

Ele era um fantasma. Um esgarrado.

As especulações à la filme de monstro em sua infância o haviam forçado, em diversas meias-noites de pavor, a se perguntar que tipo de esquele ele daria se a praga transformasse seu sangue em veneno. O esquele padrão não deixava espaço para improviso, é claro. Tinha que cumprir o roteiro. Mas que tipo de esgarrado ele daria? O que ele amava? Que local lhe era mais especial? O trabalho ou a casa, tiro na mosca da energia mental. Sim, ele adorava sua casa. Talvez fosse parar lá, instalando-se no seu poleiro gasto do lado direito do sofá (à direita se você estiver de frente para o centro multimídia, e onde mais estaria?). Quem sabe lá.

Ele consultou o livro-caixa esfarrapado que continha seu histórico empregatício. Não se via divagando no caixa da loja de sanduíches artesanais na qual trabalhara dois verões, aquele emprego medíocre, ou tão cunhado emocionalmente em seu período mandando ver nas *coladas* que viria a dedicar sua existência a passar pano cinza no balcão até seu corpo se desfazer em floquinhos. Nem a Fênix Americana avançando no Setor Um nem nos outros setores e começando a limpeza no resto do país, e um futuro varredor ou uma futura trupe lhe dando um tiro na cabeça. Se ele ficasse infectado sozinho, no caso — o pacto de morte tácito era o novo próxima-rodada-por-minha-conta. Se me morderem, acabem comigo. E ele com certeza não seguiria até Chelsea e fingiria digitar encômios espertos na internet morta. Talvez viesse até aqui.

Em uma noite de domingo no início de seu serviço, ele estava bebericando vinho do patrocinador com Kaitlyn na guiozaria quando o Tenente irrompeu porta adentro. Mark Spitz e Kaitlyn haviam largado a reunião no palacete do *dim sum* depois que um pelotão que fazia recarga a caminho de Buffalo começara com piadas manjadas de esqueles, do tipo que eles já tinham tido que aguentar cem vezes antes. ("Eu falei pra me comer, não pra me *comer*.") Então a gangue de Connecticut, incluindo Gary, tentou competir com os fuzileiros, enumerando as mutilações e decapitações barrocas de esqueles, e chegou a hora de ir embora.

— Aqui é minha sala de verdade — disse o Tenente. — Meu *sanctum sanctorum*. — Quando todos se levantaram, ele fez sinal para se sentarem. — Mas podem ficar comigo. Trago sabedoria e vejo que vocês estão buscando isso.

Mark Spitz sabia que o Tenente estava bombado naquele fim de noite, sentira o cheiro do tufo doce e alcoólico que exalava de seus poros durante o dia, e já eram altas horas. Nessas questões, Mark Spitz seguia fiel à política de não julgues as disfunções dos outros, pois também hás de ser julgado.

O Tenente se meteu na cabine ao lado de Mark Spitz, em frente a Kaitlyn.

— Velório irlandês — disse.

O rótulo do uísque fora retirado para esconder o nome da destilaria não patrocinadora, as faixas ranhentas de cola levitando na garrafa.

Kaitlyn sentiu um calafrio e puxou os braços ao peito.

— Arrepios. Da brisa noturna ou da radiação à deriva? — disse o Tenente. Ele coçou o canto da boca. — As nossas usinas nucleares, a gente deixou preparadas pro acaso. As usinas, o forte Knox e os bunkers dos figurões. Mas nem todo mundo fez isso. Agora tem essa névoa da catástrofe sobrevoando o Pacífico. Tipo uma neve invisível.

— Ou cinzas — disse Mark Spitz.

— Ou cinzas.

O Tenente perguntou sobre o Setor e eles deram informes animadores sobre como o trabalho andava inesperadamente fácil. Derruba um aqui, outro ali, bota no saco. Mal era trabalho. Kaitlyn disse que talvez eles terminassem antes da projeção de Buffalo.

— Que bom que são só esgarrados — disse ela.

— Ficamos muito contentes — falou o Tenente. — Abençoados sejam. Imaginem o que o mundo seria se a praga fizesse *deles* os noventa e nove por cento de esqueles, não o inverso. Seria do caralho.

Eles já tinham pensado nisso?

Os varredores admitiram que não. O Tenente pegou dois copos de água e encheu de uísque, fazendo *tim-tim* nas taças de vinho.

— Misturar faz bem — comentou. Então se curvou sobre a mesa. — Me ajudem aqui: imaginem noventa e nove por cento esgarrados. Não precisam pensar como cada um foi mordido. Digamos que tenha sido pelo ar. O que a gente faria com eles? Esse monte de esquele parado por aí. Não tem cura.

Se levassem pra casa, pra um "ambiente familiar", provavelmente eles se levantariam e sairiam caminhando até onde os tivéssemos encontrado. Por mim, deixamos eles lá. O que tiverem decidido. Que fiquem sentadinhos em cubículos, que peguem o ônibus todo dia e toda noite e no terminal de madrugada. Relaxando na praia, pegando um sol. Eles não sabem o que está acontecendo. Devem achar que nada mudou. Seguem com o dia deles, como sempre fizeram.

— Isso é maldade — interveio Kaitlyn, cruzando os braços. — Você é mórbido.

Kaitlyn descrevia os pais na conjugação pretérita, resistindo à conjuntura em que eles caminhavam devagar por sua cidade natal, a mente enlameada e faminta. Mark Spitz entendia que ela imaginava mamãe e papai na churrasqueira do quintal, congelados e condenados ao pátio de ardósia.

Buzinas frenéticas vinham da rua: o motorista de um jipe avisando aos bêbados de domingo à noite para saírem da frente. O Tenente recostou-se na banqueta de vinil com sua morosidade contumaz.

— Não, vocês têm razão. Não dá pra humanizar. Vem tudo abaixo se vocês não tiverem o fundamento, a garantia de que eles não são vocês. Eu não tenho nada a ver com aquele animal, é isso que vocês se dizem, agachados nos fundos da loja de conveniência, mijando em um balde e assando um esquilo sarnento pro jantar. — O Tenente virou o copo e deu um gole barulhento. Mark Spitz não sabia dizer se o homem estava depreciando Kaitlyn ou as próprias ilusões. — Você se diz ser ainda a pessoa que era antes da praga, mesmo que esteja correndo pra salvar a própria vida, pelo estacionamento de um shopping bosta, caçado por uma gangue de monstros.

Eu não fui rebaixado. “Ei, quem sabe esse morto tem alguma coisa no carrinho que eu possa comer.”

Kaitlyn mexeu a boca, mas se conteve. Já tinha lidado com professores trambiqueiros antes e saído vitoriosa.

— Se a praga se transmitisse pelo ar — disse ela —, eles não seriam mantidos por perto.

— Estamos em um raciocínio abstrato.

— Passado um tempo nós nem íamos notar — disse Mark Spitz.

O Tenente puxou uma carranca insípida.

— É por isso que eu gosto de esgarrados. Eles sabem o que fazem. Verve e propósito. O que temos? Medo e risco. As memórias de todos que perdemos. Os esqueles normais estão todos tronchos. Mas o esgarrado, o esgarrado não tem nada disso. Ele está sempre habitando um momento perfeito. Eles encontraram o lugar: o lugar deles. — Ele parou. — Mark Spitz, vejo que você provou o uísque. É bom, não é?

Terminaram a garrafa. Na semana seguinte, os três entraram um a um, e aquela virou a tradição do domingo à noite.

No restaurante, meses depois, após mais contato com as criaturas, uma grade tensa após a outra, ele se perguntou se eram eles que escolhiam os lugares ou se eram os lugares que os escolhiam. Não havia como dizer se as visões eram causadas pelos fios cruzados no cérebro, aquela eletricidade ruim perambulando pelas sinapses detonadas. Ele pensou naquele primeiro esgarrado, parado no campo que sumia com sua pipa imbecil. A narrativa vulgar diria que ele brincava lá quando criança, fitava o céu, indiferente às coisas que o faziam tropeçar. Talvez não fosse o que tinha acontecido em um lugar específico — o quarto predileto ou um canto da praia ou um pasto verde e cheio de erva daninha —, mas a associação fixa permanentemente naquele lugar. Foi onde eu decidi pedi-la em casamento, neste elevador, e agora eu existo de novo naquele momento de possibilidade. O cara tinha passado só um minuto naquele espaço, mas aquilo havia mudado sua vida de maneira irrevogável. Então ele fica lá. Este é o quarto de hotel onde nossa filha foi concebida, e estar aqui agora é como se ela estivesse comigo de novo. Não era o quarto de hotel em si que era importante, com o carpete manchado e o cardápio do serviço de quarto que tinha sumido e o saca-rolhas roubado, mas o resultado, nove meses depois. A esgarrada estava enfeudada no quarto 1410, não nas longas noites no berçário garantindo que os pulmões diminutos continuassem a subir e descer ou na piscina infinita banhada pelo sol no resort onde eles passaram os melhores quatro dias e três noites, nos degraus à esquerda do palco onde eles se abraçaram depois da peça escolar. Então ela fica ali, no quarto 1410. Aliviados de precaução e preocupação, os esgarrados viviam eterna e imortalmente em seu paraíso individual. Onde o mundo travesso e seus ataques estavam banidos e não havia nada além da possibilidade.

Ele tirou o poncho e soltou a mochila. Deixou a arma no balcão e foi caminhando até a parede. Tinha esquecido as homilias em molduras de prata espalhadas entre a parafernália. "Amor a um, amizade a muitos e boa vontade a todos." "Todo hóspede sai contente." "Aos bons e velhos tempos que vivemos hoje." Afirmações textuais. Os antecedentes de seus despachos na multinacional de café, conforme a comunicação alcançava os lugares-comuns testados e aprovados e os incultos adotavam os modos dos velhos sábios. Que seja curto e que seja a mensagem de sempre, por favor. Use os símbolos. É assim que conversamos hoje em dia.

Ele sentia falta das coisas bobas de que todo mundo sentia, do wi-fi e das torradeiras cromadas, do transporte público e do *transfer* grátis, de tirar pó de salgadinho das calças e calcular qual fila do caixa era mais curta; sentia falta das coisas inconjuráveis na reconstrução. Aquilo que foge. Sua gente. Sua família e amigos e o povo do balcão de olhos cintilantes na hora do almoço. Os mortos. Sentia falta dos extintos. Os inaptos haviam sido dizimados, é a única maneira de dizer, e agora só restavam os arruinados como ele. Ele sentia falta das mulheres com quem nunca tinha dormido. Do outro lado da sala, tentadoras na mesa ao lado, aquele milagre passando pela vitrine da taqueria causando uma onda. Elas usavam maquiagem demais ou projetavam emoções complexas em animais de pequeno porte, sorriam exatamente assim, ficavam ao lado dele quando ninguém mais ficava, ouviam quando ninguém dava bola. Eram de família endinheirada ou irrequietas em seus ridículos desastres econômicos, abstêmias ou mais beberronas que marinheiros, bicavam seus lábios como passarinhos bebês ou o engoliam com voracidade. Carregavam minidicionários ou curvavam-se para vencer nos jogos de tabuleiro de formar palavras, aos quais ele nunca se afeiçoou. Estavam todas sumidas, as incognoscíveis sem rosto que o curador de sua vida vinha guardando para o momento certo, para transmitir uma lição que ele provavelmente nunca aprenderia. Ele sentia saudade de bocetas tinindo quando passava a mão pela borda elástica da lingerie de sair e sentia falta dos recessos hesitantes, mas convencíveis, das axilas ralas e das pequenas espirais no tornozelo, das marcas de nascença na nádega, no formato do estado de Ohio, semelhança da qual ele tinha que ser informado por não saber o formato do estado de Ohio. Os suspiros. Eram de olhos doces ou olhos tristes ou tão exitosas em dominar a turbulência interna que ele não via as sombras. O esmalte descascando na unha do pé e o comentário passageiro sobre o cheiro de um creme inovador que ativava um monólogo sobre sua proveniência, ingredientes especiais, poderes mágicos e predominância sobre todos os outros cremes. O entalhe alienígena de uma alça de sutiã recém-tirado, uma peça chique ou nada chique, mas que do mesmo modo desatava seios pequenos ou grandes. Ele gostava de seios grandes e gostava de seios pequenos; seios pequenos eram só outra maneira de fazer seios. Ter cérebro era um *plus*, mas era negociável. Ainda mais às três da manhã na zona sul. Uma penugem seguindo o lóbulo da orelha, pintas no ponto certo, imperfeições na coordenação divina. Ele sentia falta das mortas em que nunca se perderia, se surpreenderia, se decepcionaria.

Sentia saudade da vergonha e da culpa e da época em que algo maior que o puro e burro instinto governava suas ações.

Soltou duas moedas no jukebox de mesa mais próximo. Não tinha duas moedas, mas tudo bem. O jukebox começou sem reclamar, e ele ouviu o concerto de alavancas ocultas encaixando o 45 rotações no prato, acima do pó. As luzes na máquina piscaram vivazes, as da arandela do canto perto dos banheiros, sobre o balcão, nas cabines, uma a uma, e então todas as luzes ganharam voz.

A máquina tremeu até ganhar vida. Os alto-falantes captaram a música no terceiro verso, retumbando na configuração preferencial ensurdecedora marcada por uma neca de fita. Um quarto dos ocupantes começou a cantarolar e bater as cabeças; doze verões antes, aquele *single* era potente. Não havia espaço no balcão. Os fregueses em suas posições, queixando-se de quando era que a gerência iria consertar o banco bambo, tinha semanas que eles vinham sofrendo. A namorada do barman tentou chamar a atenção dele, mas ele praticou sua habilidade comercial de visão seletiva, que empregava com grande frequência quando não estava atrás do balcão. Então a viu e sorriu. Era o aniversário de namoro dos dois. Três meses. Travessas manchadas marchavam pelo braço do atendente; ele fingiu que ia derrubar uma, brincando com o casal idoso que fazia um lanchinho antes do jogo de bridge. O mesmo dia da semana, toda semana, os mesmos pratos, a mesma mísera gorjeta. No canto, a comitiva impetuosa de oito puxou um "Parabéns pra você" e os fregueses dos arredores participaram por vergonha, ou pelo menos mexiam a boca. A *hostess* dirigiu os especialistas em cupim a uma mesa para dois abaixo da tela plana e eles pediram outra mesa. O jogo começaria em meia hora e eles detestavam tanto o locutor do pré-jogo que tinham passado o dia inteiro esperando para falar mal dele. Dessa vez a dieta da *hostess* estava dando certo, todo mundo lhe dizia isso, e parece que falavam sério. O uniforme dela estava mesmo largo demais. Por sorte ela ainda tinha o antigo, ou será que tinha jogado fora? Então outra mesa lançou um "Parabéns pra você" bêbado, mesmo que ninguém na mesa estivesse fazendo aniversário, pois estavam sob a impressão errônea de que lhes valeria uma rodada gratuita. Confundiram aquela cadeia de restaurantes com uma outra. A nova garçonete carregou o bolo de carne morno de volta à cozinha. A cada semana as desculpas dela perdiam mais em sinceridade.

Os pais dele estavam bem onde ele os havia deixado, o pai desafivelando um ponto do cinto e a mãe sorrindo, os olhos brilhando ao vê-lo, sorvendo do canudinho verde avantajado no daiquiri de banana. O vinil vermelho ainda quente. Era a noite de jantar fora.

— Quer carona?

Agora o mundo era lodo. Mas sistemas tardam a morrer — eles superam os criadores e, diferente das pragas, não exigem hospedeiros —, e por isso era um lodo bem-organizado, com hierarquia, responsabilidades e cada vez mais burocracia. O cargo de Bozeman na ordem atual era de alto secretário militar de Wonton, principal responsável pela integridade holística do acampamento em todos os aspectos. Toda noite, Bozeman segurava a guarnição por cima do ombro e arrotava, arrulhando canções de ninar com suas requisições. Ele conhecia o conteúdo secreto das entregas nos ventres dos helicópteros que corriam para lá e para cá na costa, garantia que os devidos calibres chegassem às devidas câmaras, dormia à noite com a chave da geladeira que continha o bifão de vaca alimentada no pasto, reservada ao alto escalão, em uma corrente em volta do pescoço gordo. Mark Spitz ficou surpreso ao ver seu supervisor no volante do jipe, pois o homem raramente fugia do escritório no segundo andar do banco. Claro que, quanto mais ele se afastava do ponto zero, mais se encolhia.

No banco do passageiro, uma civil enrolada em uma saia tubinho preta e blusa branca avaliava Mark Spitz sobre a beira de seus óculos de lente azul. Ela era um meteoro que desabara ali, vinda de outra parte do sistema solar ou de um ponto ainda mais remoto, da vida antes da agonia, desfilando direto da revista voltada para a mulher profissional contemporânea. As matérias de capa eram desprovidas de testes de compatibilidade e informes do front de pesquisas sobre Como Agradar Seu Homem, pois, em vez disso, anunciavam depoimentos da autossuficiência, as virtudes da existência com restrições, o santo graal da plena realização. Ela ameaçou uma mosca com uma pasta branca e sorriu para Mark Spitz, o primeiro cidadão genuíno que ela via desde o Setor.

— Espaço de sobra — falou.

Era, além disso, a primeira vez que ele via alguém usando pérolas desde que começara a correr.

Mark Spitz fazia o que mandavam. Bozeman lhe informou que eles estavam indo para o QG depois de uma breve parada na West Broadway.

— Esta é a sra. Macy — disse ele. — Ela veio de Buffalo em missão de reconhecimento.

Bozeman deu um certo tom na última palavra, o que Mark Spitz teria identificado como ironia, se o mundo não tivesse jogado a ironia na escassez. A ironia era um minério enterrado muito fundo na crosta, e não existia broca na Terra capaz de alcançá-la. O secretário mantinha os olhos na estrada, contornando trechos enormes de asfalto queimado onde os fuzileiros assavam esqueles mortos antes da implementação do Descarte. Os pontos pretos de piche não eram ameaça ao veículo. Mark Spitz atribuiu aquilo à superstição.

Eles passaram correndo por uma fileira de lojas de roupa chiques, os últimos anúncios e promoções fazendo biquinho na luz icterícia. A sra. Macy disse "Ah!" e depois "Esqueça" ao perceber que suas escoltas da ocasião não teriam simpatia por uma incursão improvisada. Mark Spitz sorriu. Era como estar em uma longa viagem, correndo pela cidade, fosse a pé ou de carro, com Kaitlyn e Gary ou quem quer que fosse.

Suas vontades pendiam tímidas sobre uma vitrine e os velhos elétrons de consumidor agitavam-se com vontade. Depois você controlava o impulso diante da realidade de que não ia parar, era tarde demais para parar, havia outros passageiros além de você e de seus caprichos. O momento passava. Mesmo assim, você ficava desapontado. A loja na beira da estrada nem era excêntrica agora que você olhava melhor, aquele autêntico cardápio papai e mamãe enroscado nos dentes, a montanha-russa mais antiga do estado já tinha fechado havia anos e os avisos de veneno de rato impediam até uma espiadinha rápida no terreno podre. Como todas as miragens, de perto elas evaporavam.

As regras antissaque mantinham o renomadíssimo centro comercial de Nova York à distância, mas ele suspeitava que a sra. Macy, pelo preço certo, tinha influência para conseguir uma farra na madrugada. Quatro caixinhas de suco.

Ela se virou para Mark Spitz.

— Permita-me aproveitar a oportunidade para agradecer, em nome de Buffalo, pelo excelente trabalho que vocês, homens e mulheres, vêm fazendo — disse ela, e prendeu uma mecha de cabelo atrás da orelha. — Vocês têm muitos apoiadores por lá.

— Obrigado.

O jipe disparou para a esquerda e sra. Macy agarrou-se no assento, as unhas perfeitas perfurando a almofada. Ele chamaria o esmalte de azul-claro, mas com certeza haveria uma denominação mais apelativa no frasco.

— Não é sempre que eu vou às trincheiras — comentou ela. — Geralmente só ficamos sentados à mesa de reuniões com aquela plantinha triste e nosso quadro branco, bolando os grandiosos planos. Mas isso tem mudado.

A poeira se infiltrou nos olhos dela, e ela se virou para massageá-los no espelho rachado de seu pó compacto, inclinando-o para encontrar um ângulo viável.

Bozeman parou em frente a um hotel chique, roçando o meio-fio quando estacionou. O Exército já havia limpado os carros daquele lado da rua desde a última vez que Mark Spitz estivera ali. O revestimento de metal escuro da fachada estava tensionado artificialmente, estriado e marcado com imperfeições calculadas que naquela era desgastada implicavam miopia. Era óbvio que era a arquitetura com olhos no futuro pela qual todos esperavam. Mark Spitz reconheceu a humilde estalagem de suas preces regulares pelas extintas páginas de fofoca. Era o lar de festas de estreia de filmes fracassados e a balbúrdia de farras com drogas, celebridades e crianças ricas que nunca haviam ganhado um abraço. A sra. Macy e sua escolta saíram para a calçada, a jovem correndo à frente até o toldo de vidro que protegia da chuva com seu vidro branco e armação de aço inox.

— Por que não vem com a gente? — disse a sra. Macy, curvando-se para ver o rosto de Mark Spitz. — Posso fazer bom uso de suas habilidades.

Ele não sabia o que ela queria dizer, pois sua única habilidade era imitar baratas, a resiliência infinita do bichinho que ele conhecia tão bem. O resmungo contínuo dos tiros no muro ao norte assassinava o silêncio. Eles caminharam pelos cubos de vidro cintilante que já tinham sido portas da frente, a sra. Macy hesitante com seus saltos, franzindo a testa, fazendo sons de reprovação. Bozeman foi à frente para liberar o lounge do primeiro andar, aquela cavidade mal iluminada grudada à recepção como um tumor. Mark Spitz fez um levantamento rápido do corredor que dava para os banheiros e os recessos ocultos dos funcionários. Sentiu que os três estavam sozinhos, mas, por via das dúvidas, deu ré para o lobby. O local estava livre de esqueles, mas ninguém ficaria contente se ele estivesse errado e um dos figurões de Buffalo tivesse a cara devorada, ainda mais com aqueles sapatos tão lindos.

A sra. Macy pisava com cuidado no azulejo frio, devagar e pensativa. Ele gostava do som dos saltos no chão. Ecoavam com um glamour sedutor, como o rosnar de uma festa promissora na porta do fim do corredor.

— Cinco quadras — disse ela.

Estavam a cinco quadras do muro, ele calculou, e vinte andares ou mais acima até ficarem sem aposentos. Ela estava à procura de moradia.

Bozeman emergiu do lounge e deu de ombros quando Mark Spitz procurou explicação na cara do secretário.

— Você tinha dito que já haviam consertado as portas, não? — disse a sra. Macy. — Não queremos esquilos e ratos e sabe-se lá o que mais entrando aqui.

— Estamos trabalhando para encontrar um vidraceiro, senhora — disse Bozeman.

— Vidraceiro?

— Os que fazem janelas, que vendem vidro. Até agora os que encontramos estão em acampamentos distantes. Estão de olho vivo em viagens aéreas não essenciais, enquanto a operação toma jeito.

Ela balançou a cabeça.

— Não se percam no jogo da privação. Isso são os velhos tempos.

Ela parecia aborrecida e pasma quanto à fonte do aborrecimento. Então olhou para o teto, onde um mapa grosseiro da antiga Nova York holandesa se desenrolava em traços amarelos e displicentes. A natureza amadora do desenho era intencional, para atenuar a deliberação anêmica à mostra em todo lugar. Os ombros dela afundaram.

— Como estão os quartos?

— Bons. Fora o que está na pasta — complementou ele. — Até onde eu sei. Não acompanhei a inspeção. Mas eles são muito bons no que fazem.

— Em Buffalo tudo que temos para nos informar é o que vocês passam.

— Foi evacuado na primeira onda. Trancado de cima a baixo. — Ele fez uma pausa. Trancado, com exceção da porta da frente. — Mas podemos subir e fazer uma inspeção pessoal, se quiser.

— Sem elevador? — Ela fez anotações. — Esses aqui vão ter que sumir — disse, apontando para os quadros nas paredes.

Duas telas monstruosas avolumavam-se acima dos sofás de couro preto, retratando uma metrópole à noite do ponto de vista de um abutre. Na primeira, incêndios ardiam nos cruzamentos, fracos mas inquietantes em sua dispersão equilibrada pela grade, enquanto a peça ao lado mantinha o ângulo, mas captava os incêndios vorazes corroendo os prédios, os moradores curvados sobre os parapeitos assistindo ao avançar das chamas. A catástrofe voraz, arrastando-se a bom ritmo. Arte mural.

— São meio sombrios — disse Mark Spitz.

Ele não sabia direito se devia falar, se estava empregando suas habilidades, mas queria livrar Bozeman daquela. Durante as primeiras semanas no Setor, os varredores iam para as grades sem as novas fardas com malha metálica. Era um apetrecho indispensável, para dizer o mínimo, mas os varredores não estavam no topo da lista. Quando o carregamento finalmente estava a caminho, Bozeman deu a dica a Mark Spitz, e ele foi o primeiro na fila da distribuição.

— Você é nascido e criado em Long Island — explicou ele depois —, assim como eu.

— O que acontece nesses hotéis chiques é que você pode estar em qualquer lugar do mundo — disse a sra. Macy. — Eles tinham chegado no ápice antes da praga... a língua internacional da hospitalidade.

— Já esteve em Barcelona? — perguntou Bozeman. — Eles passam a noite acordados.

— Estou pensando em crianças — disse a sra. Macy. Ela passou um marcador vermelho por seu quadro branco mental: vamos juntar as cabeças, time. — Imagens de crianças fêni nos acampamentos, cabriolando e colaborando. Enfiando sementes na terra e afiando machetes. Machetes, não. Coisas de criança. Sorrindo e gargalhando e fazendo coisas de criança. Afinal, elas são o futuro. É por isso que estamos fazendo isso tudo, pelo futuro.

O futuro exigia muito, mas não ocorrera a Mark Spitz que exigia decoração de interiores. Sim, crianças comporiam o aposento. Ele não estava ciente de que perdera o jargão elegante da classe urbana profissional. Era como um agasalho que se veste no primeiro frio do outono, tentativo, confortável, aconchegante. O futuro era o que antes se chamava de bairro de transição. Serviços essenciais andavam escassos, os salões de beleza de poodles e os cafés estavam desmazelados. Mas, se você entrasse na hora certa, não tinha importância se o prédio ao lado estava tinindo de esqueles. Uma hora eles serão deslocados a três estações do metrô devido ao aluguel que subiu, e você nunca mais os verá. As baladas estão chegando, tenha paciência, docinho.

— Por que veio aqui, sra. Macy? — perguntou Mark Spitz.

A visitante deliberou.

— Ainda não posso dizer nada, mas vocês estão seguros. Fizemos campanha para isso, e foi agora, na semana passada, que nos avisaram que a próxima cúpula vai ser em Manhattan. Uma ótima notícia, né?

Mark Spitz e Bozeman refletiram sobre a resposta apropriada.

— Nova York é a melhor cidade do mundo. Imaginem o que os chefes de Estado, todos os embaixadores, vão sentir quando virem o que nós conseguimos. O que vocês conseguiram. Trouxemos este lugar de volta à vida. Já tem o simbolismo aí. Se conseguimos isto, conseguimos qualquer coisa.

— Podemos até estar no Setor Dois quando esse momento chegar, se seguirmos o cronograma — disse Bozeman, aproveitando a vantagem.

— Isto é que são os Estados Unidos.

— Manda.

— Pois é — disse ela, que tinha um halo, uma luz de mentira. — Não é excelente? — Ela passou os dedos pelo tampo da mesa da recepção, brincando com a poeira entre os dedos. — Um oásis, assim que botarem o pé no Setor. Acho que posso fechar o ponto aqui. Eles vão curtir a estadia. Como se dizia.

Voltaram ao jipe. A sra. Macy caminhava para trás, marcando os detalhes no livro de recortes da mente.

— Arranque o carpete e bote uma coisa vermelha — ordenou ao assistente invisível. — Crianças perdendo dentes de leite, sorrindo, fazendo o que crianças fazem. — Estapeou as páginas do caderno até encontrar uma em branco. — Assim que eu chegar a Wonton vou pegar o comunicador e pedir para mandarem um fotógrafo a Happy Acres e Rainbow Village para tirar umas fotos. Lá deve ter umas crianças das boas.

Na curta travessia rumo ao norte, o Setor agitava-se ao redor de Mark Spitz. Passadas duas quadras, uma soldada agachou-se para amarrar os tênis, os óculos escuros seguindo o civil conforme o jipe passava. Depois de três quadras, uma dupla de soldados jogava uma poltrona de couro na calçada rumo a um esconderijo que tinham mirado, como universitários seduzidos pela visão do quarto mais legal no dormitório estudantil. Depois de quatro quadras eles estavam firmes no domínio de Wonton, indolorosamente assimilados na mistura. Mark Spitz se lembrou de sua primeira carona no transporte militar, o brutamontes blindado que o resgatara do grande lá fora. Quando saiu da escotilha e piscou diante das luzes de perímetro e torres de sentinela, a ordem em um acúmulo de manifestações, sabia que estava no elenco de uma nova produção. Não era mais uma fortificação feita com gambiarras por andarilhos esgotados, rebitada com sangue e ilusão. Era o governo. Era a reconstrução. O fim estava adiado.

A última noite nas desoladas transcorreu nos arredores de Northampton, Massachusetts, vizinha da desprezível Connecticut, mas bicho totalmente distinto. Fazia semanas que Mark Spitz vinha evitando todas as cidades, menos as minúsculas, pois viera a perceber, corretamente ou não, que os mortos vinham se precipitando para os antigos centros populacionais. Ou repovoando os antigos centros populacionais, se você pensar de outro modo. Era lá que aguardavam as complicações, quase sempre. Durante meses, houve equivalência de perigo entre áreas rurais e cidades. Agora, no interior, a densidade era mais baixa. Menos avistamentos, menos ataques, menos saques na reserva de fugas de última hora. Ninguém com quem ele se amigava confirmava essas observações, mas ele as mantinha. Eles estavam se coagulando, os mortos; ele via grupelhos ou duplas dementes, nunca sozinhos, e eles ficavam nas estradas e rotas criadas pelo homem que desembocavam nas cidadezinhas. Quando ele encontrou a casa de fazenda em Northampton, estava convencido de seu novo método de viagem, circulando tudo no último mapa que lembrasse uma cidadezinha conforme ele seguia rumo ao norte. Sua teoria era não menos inútil do que as que vinham de outros sobreviventes.

A casa de fazenda era asseada e elegante, brotando da grama descuidada e dos hectares acompanhantes, salientando-se das diligentes flores selvagens e gramas como um iceberg. Estava ficando escuro e ele precisava se deitar, fosse do lado de dentro ou sobre a varanda, dependendo de como se sentisse depois de espreitar a propriedade. Estava com uma vontade de cometer alguma imprudência, o clima estava bom e ele não havia se cansado das constelações. A meio caminho da porta da frente e sessenta centímetros acima do chão, latas e tiras de metal enferrujado enrolavam-se em um arame que serpenteava por pedaços de madeira, circundando a casa. Uma fileira de pó mágico que afugentava espíritos malignos. O sistema de alarme estava intacto. Tábuas de um galpão desmontado ou de outra edificação externa, castigadas pelo tempo de um lado e imaculadas do outro, agarradas firme e equilibradas sobre as janelas dos dois andares, tão equilibradas que se tivessem sido pintadas de branco ele teria entendido como opção estética. Nenhuma luz emergia das rachaduras nas tábuas.

As janelas blecauteadas permitiam a quem estivesse lá dentro andar à noite.

Não era um refúgio montado às pressas, mas um bunker executado laboriosamente. Os arquitetos queriam esperar ali dentro até o desastre passar. Mark Spitz não viu indicativo de que a fortificação houvesse fracassado, o emaranhado de tábuas diante da janela quebrada onde as hordas podiam aproveitar uma ranhura. A porta da frente estava segura, e não desmazelada conforme o símbolo universal de evacuação de última hora. Logo estaria escuro. Mark Spitz sacudiu o arame duas vezes e subiu lentamente os degraus da frente da varanda que contornava a casa, as mãos na altura dos ombros.

Chamou. Eles teriam tempo de avaliá-lo pelo buraquinho de espiar, que ele ainda não tinha farejado. Bom para eles. Bateu à porta. Recuou, escolheu o lado da casa sem a varanda e rondou até os fundos. Era de bom tom dar tempo para eles deliberarem. Para referência posterior, reparou na posição e no número de janelas nos dois andares, assim como na queda até o chão. Um caminho de brita fazia a curva rumo a um pequeno celeiro nos fundos e, quando ele se aproximou da estrutura, abanou para as janelas tapadas, o gesto mais inocente em que conseguiu pensar. As janelas do celeiro não eram fortificadas. O espaço tinha sido convertido em escritório, as paredes um fluxo multicolorido de lombadas de livros, com uma minicozinha e provavelmente um banheiro atrás da porta. Livros de biblioteca com encadernação escarlate e pilhas quadradas de anotações cobriam a mesa de antiquário no meio da sala. Flores mortas caídas de um vaso turquesa em um suporte de madeira segurando um volume aberto do *Oxford English Dictionary*. Ele estava diante de um diorama.

Talvez o deixassem passar a noite no estúdio, intocado, e ele iria embora pela manhã. O sofá parecia perfeito.

A grama selvagem atrás do estúdio murmurou um alerta. A linha das árvores se sacudiu para mostrar dois esqueles caminhando juntos, um seguindo os passos laboriosos do outro. O mais alto fora um homem, seu macacão manchado caindo dos ombros ainda com músculos. Um alistado recente no horror. Sua companhia era de safra mais antiga, velhos tempos e Última Noite, pela extensão da decadência, arrastando-se com um avental amarelo que trazia o slogan Xícara de puro amor em letras vermelhas e gordinhas. Pelos resíduos no avental, o cardápio da noite tinha sido geleia de morango ou algo decididamente menos salutar. Os esqueles cruzavam os cardos em sincronia lúgubre. Era uma questão de perspectiva, mas mesmo assim ele apertou os olhos frente ao novo assombro da esquelezice paralela.

Mark Spitz sacou a pistola — estava em uma fase pistola, apesar da dificuldade para conseguir munição. A porta dos fundos da casa de fazenda rangeu. Uma mulher veio correndo na direção dele, ostentando um machado, vestindo os trajes de couro forrado preferido dos corredores de motocross, curvada como uma zagueira de futebol americano. O capacete que cobria seu rosto o impedia de ter noção de seu temperamento. Outra figura estava agachada na porta da cozinha com uma escopeta. Os canos olhavam para ele raivosos. Mark Spitz falou com calma: sim, meu cérebro funciona, as sinapses ainda disparam para tudo que é importante e a que damos valor. Conforme a moça com o machado passou por ele, pisando nas varas-de-ouro, falou:

— Não atire, seu burro.

Ela chegou até os esqueles e decapitou ambos com dois golpes rápidos enquanto ainda erguiam os braços. Os corpos oscilaram, líquido escuro borbulhando dos tubos nos pescoços, depois desabaram juntos em uma moita de rabo-de-raposa.

— Vai pra dentro — disse ela. — Já passou tempo demais aqui fora.

Ele não via uma cozinha tão imaculada e tão equipada com eletrodomésticos desde a tarde em que tropeçara na areia movediça de uma maratona daquele programa de culinária que sua mãe adorava. Aparelhos para despolpar, efervescer, julienar e torrefazer reluziam nos balcões, justificando a si mesmos apesar da incongruência com os pisos de pinho escuro e a mobília gasta. Utensílios de cozinha enferrujados estavam pendurados das vigas em decadência bem-cuidada. Uma cozinha arrumada era uma das primeiras coisas a fazer parte de um esconderijo, por motivos óbvios. Mas os três moradores mantinham um nível heroico de higiene.

— Estava tão bonito quando encontramos — explicou Margie mais tarde. — Seria uma vergonha desmontar.

Mark Spitz foi hóspede ali por tempo o bastante para ter um histórico recente da propriedade. As proprietárias ausentes haviam se mudado para lá para fugir da cidade, a guarda avançada de uma onda de pioneiros de classe média alta atacando com audácia os rincões em carroças de madeira cobertas de fibra de bambu ecológica. Uma fotografia no hall de entrada captava a fazenda nos espasmos descamados do descuido; na reforma, as recém-chegadas haviam dedicado horas incontáveis e amor sem medida à monstruosidade, cada centímetro de isolamento e encanamento modernos uma súplica. O estúdio nos fundos era da professora. Ela dava aulas de teoria literária nas faculdades próximas, depois de fazer nome com uma coleção evidentemente revolucionária de ensaios sobre "O Corpo". (Cada tentativa de ler a introdução rendia uma dor de cabeça sorvetesca a Mark Spitz.) Sua companheira trabalhava com aço. Uma fileira de fotos adornava a parede junto à escada, confirmando que o espaço de trabalho dela não ficava ali. Um hangar de avião não caberia na propriedade, e provavelmente havia questões de zoneamento.

Jerry, o homem que portava a escopeta, era quem lhes havia vendido a casa. Era um homem alto, de cara avermelhada, com uma carranca de xerife do interior, o corte à escovinha reluzindo um laranja artificial da tintura. Mark Spitz o teria entendido como líder do grupo, caso os outros dessem alguma bola para seus protestos. Jerry era o mais antagônico a dar santuário a Mark Spitz por uma noite, sequer por cinco minutos.

— Foi ele que trouxe eles pra cá — disse Jerry, de olho na mochila do visitante. — Tinha dez dias que não se via um.

— Eu disse que era para deixar ele entrar no instante em que o avistamos — falou Margie.

Por baixo do capacete, o rosto dela era minúsculo, quase o de uma fadinha, embora o corte lívido que ia dos pequenos lóbulos da orelha até o queixo desmentisse o molde silvestre de suas feições. Ela puxou um cilindro de lenços antibactericidas do armário embaixo da pia e limpou a lâmina do machado.

— Se deixar ele fuçando por aí, vira a sineta do jantar — disse ela. — Dá pra ver que é inofensivo. — Ela olhou para Mark Spitz. — Sem querer ofender.

— Eu não via um esquele desde o aeroporto — falou Mark Spitz, referindo-se ao aeroporto suburbano ao sul.

Ele arriscara uma incursão nas máquinas de comida e se enchera de barras de proteína antes de ser obrigado a sair correndo. Os mortos eram uma visão crescente na geometria da pista de pouso, taxiando para lá e para cá com seus sistemas de navegação descoordenados.

— Droga — disse Tad. — Dez dias... novo recorde.

O último integrante do grupo, Tad, era um jovem esguio que usava uma camiseta verde esmaecida com o zodíaco em lantejoulas de prata. Estava sentado à mesa de madeira no meio da cozinha quando Mark Spitz entrou, o fuzil de assalto deitado sobre os joelhos ossudos. Reforço caso os outros dois se metessem em encrenca. Seus óculos tinham uma armação fina e estavam presos por uma fita isolante desfiada. Tinha a idade de Mark Spitz, mas o rabo de cavalo comprido era totalmente grisalho, o que Mark Spitz entendeu ser recente.

Jerry logo perdeu a briga pela expulsão. As objeções do homem pareciam uma performance em prol de Mark Spitz, para mostrar que aquela operação não era tão improvisada quanto parecia. Mark Spitz prometeu que seguiria seu rumo à primeira luz do dia e contribuiu com suas ostras em lata como tira-gosto para o repasto daquela noite, com curry de veado e cogumelos. Ele odiava o gosto metálico de ostras em lata, mas as levava na bolsa havia três meses pensando justamente em um dia como aquele, quando encontrasse um aficionado. Jerry era o cara. Mark Spitz, por sua vez, ficou grato pelas variações culinárias com cervos, depois da rotação estonteante de cozido de veado, espetinhos de veado e veado curado que aguentara nos últimos meses. Encontrara gente que carregava o molho picante predileto na bolsa, chuviscando em uma coxinha de coelho ou caça não identificável, mas poucos andarilhos tinham o luxo ou a inclinação para triturar as próprias especiarias, e Mark Spitz era da verve gustativa.

— Tem alergia a algum tipo de comida? — perguntou Tad.

— Não.

— Estou tentando aperfeiçoar meu curry de amendoim.

Eles comeram na mesa da sala de jantar, a luz das velas concedendo sombras dramáticas a seus movimentos enquanto garfavam bocados de tigelas decoradas com triângulos verde-claros que pareciam ter sido compradas em uma venda de garagem do vizinho, pela nostalgia que suscitavam das visitas à casa da vovó. Ainda estava claro lá fora, mas, atrás das janelas obstruídas, era sempre meia-noite. A casa provavelmente fora contra sapatos do lado de dentro antes da catástrofe e, agora, a regra mantinha o barulho ao mínimo necessário e os mortos passando reto.

Ele lhes contou a Anedota, e, por sua vez, ouviu as histórias deles. A Última Noite acometera Margie enquanto ela visitava uma pequena ilha perto de Cape Cod, onde ficou durante todo o primeiro ano da aniquilação. Ela fora convidada ao complexo praieiro de um amigo de faculdade, para fazer bodysurf e comer fritadas de molusco, e se não houvesse decidido partir na manhã de segunda-feira em vez de na tarde de domingo, como tinha planejado, talvez não tivesse sobrevivido. Havia cinco casas na ilha; duas estavam desocupadas no fim de semana e uma família decidiu encarar os abrigos anunciados no rádio, naqueles primeiros tempos de transmissões frenéticas e chamadas para santuários. Nunca voltaram. Sobraram dez pessoas naquele minúsculo naco de terra, e eles sofreram e lutaram juntos. Remavam até o continente para se abastecer de mantimentos em minichalupas, mas no geral ficavam pelas dunas da ilha, pescando e aguardando notícias. Bandoleiros arrasaram a comunidade, surgindo um dia com moralidade desastrosa. Estupraram, pilharam, não pouparam nada, nem as armadilhas de lagosta, que puxaram à costa contentes. Margie foi a única que conseguiu fugir — ela sempre se orgulhara de como nadava bem —, e sua estadia plácida a deixara mal preparada para a vida na terra desolada.

— Fiquei em dia — disse ela.

Eles estavam jogando copas no salão. Mark Spitz não sabia se eram as memórias ou as cartas as responsáveis pela expressão arrependida dela. Ela tentara voltar a pé a Vermont, onde havia trabalhado para uma loja que vendia picles artesanal. "Era um sucesso nas feiras direto da terra." Mas nunca saíra do estado. Amigara-se com Tad no refeitório de um colégio e, juntos, voltaram à fazenda, carregando grandes sacos plásticos de ovo em pó. Tad havia nascido no mesmo ano que Mark Spitz, mas, diferente dele, encontrara sua vocação antes da balbúrdia, sendo roteirista de sequências narrativas intersticiais para uma produtora de videogames especializada em jogos de tiro em primeira pessoa. Entre as fases, as *cutscenes* de Tad tratavam de como os aliens acabaram divididos em duas espécies adversárias ou do amuleto mágico que se perdera no vulcão, deixando que os jogadores descansassem os dedões. Uma trégua em sua jornada pela carnificina.

Tad havia feito faculdade na cidade em seis anos e voltara depois de promoções contínuas na produtora de jogos, mandando seus roteiros da casa coletiva que dividia com amigos das antigas. Tinha um salário de tirar o fôlego comparado aos colegas, que flanavam pelas indústrias de serviços locais preparando sanduíches vegetarianos para universitárias ou que eram jóqueis de dissertação com olhos fundos ou vendiam poltronas Adirondack praticamente novas e vestidos de formatura bolorentos e agasalhos da geração anterior a domingueiros e pessoas de veraneio. Tad havia projetado as barricadas da casa depois que "aconteceu de eu me apaixonar por esse lugar". A caminhada até o córrego era uma corridinha relativamente segura com bons pontos de visão panorâmica, e depois de ele dar sorte em uma rodada de incursões nas propriedades vizinhas, reunira um farto depósito de mantimentos. Antes de encontrar o local, estava entocado em uma fazenda de maconha com camaradas com visão de mundo espiritual afim. Não falava de como aquela situação havia desmoronado.

Tad considerava-se um guru do jogo de copas, não sem causa. Deu tiros altos com uma frequência irritante naquela noite, enquanto Mark Spitz persistia na sua execução-padrão nota B, consistentemente em segundo ou terceiro lugar. Quando Tad fez a contagem do último jogo da noite, abafando um sorriso, disse ao visitante que quando Jerry apareceu na porta com carne fresca, havia sido imediatamente convidado a ficar depois do exame *pro forma*. Jerry se juntara à Guarda Nacional de Massachusetts quando a praga chegou chegando, espalhando seu vasto conhecimento sobre a região — "Oras, faz quinze anos que venho ajudando gente a encontrar a casa dos sonhos no condado de Hampshire" — e suas duas temporadas como militar em uma das guerras no Oriente Médio. A patrulha local de busca e destruição durou muito mais do que outras no país, três semanas inteiras, embora, no último dia, Jerry tenha precisado admitir que eram só ele e um ex-caixa de hipermercado, um homem que sofria de demência senil e ficava incomodando Jerry quanto à visita que havia feito ao zoológico. Depois que o homem morreu dormindo, Jerry passou a caçar solo, virando-se até se unir a uma caravana de seis motocasas a caminho do Canadá.

— As informações sobre essa aqui pareciam boas — contou, ainda decepcionado.

Eles tinham se tornado gente atrasada, atrofiada e medieval: a Terra é plana, o Sol gira em torno da Terra, tudo é melhor no Canadá. Os viajantes chegaram às cataratas do Niágara antes de as coisas se desintegrarem no curso previsível, "por causa de mulher, ainda por cima". Ele voltara a sua cidade natal depois de passar o inverno em Buffalo, a apenas três quilômetros do QG incipiente da reconstrução, embora ninguém na casa soubesse disso.

O trio ia ficar. Até que os esqueles se extinguissem de verdade ou fossem exterminados por um governo revitalizado e cidadãos reanimados cansados de morar em cavernas e comer lámen.

— É uma guerra que temos como vencer — disse Jerry.

A caça era boa, havia água por perto, e seus talentos e temperamentos complementares rendiam um ambiente caseiro acolhedor, até onde era possível.

— É bom ter a quarta pessoa para jogar copas — admitiu Jerry depois do último carteado da noite, e Margie concordou.

Mark Spitz se esticou no sofá da sala de estar e dormiu com a pistola embaixo do travesseiro branco com babados. Sonhou com Mimi.

Ele perguntou, mas ninguém sabia o que havia acontecido com as donas da casa.

Acordou no meio da noite. A cada noite, antes de ir dormir, ele repetia para si mesmo sua localização atual, para afugentar a vertigem matinal, a desorientação que afirmava seu desprendimento absoluto de tudo. Havia murmurado: a cabine de projeção do cinema baratinho que tinha filmes indie e um olmo na passarela. Uma casa de fazenda na Nova Inglaterra. Ele não se enganava quanto ao paradeiro quando acordava, e ficava atento às coisas que alfinetavam seu descanso. Ouviu outra vez: metal contra metal. Tad apareceu no patamar, a luz da vela em seu pijama branco o fazendo parecer um fantasma.

— Escuro demais para ver o que é — disse Tad. Esperaram. O alarme tilintou de novo, depois ficou em silêncio. — É o arame se rompendo. Os guaxinins mexem — disse. — Às vezes.

— Você não vai a lugar algum — disse Margie na manhã seguinte. Ela deixou uma xícara de chá de camomila na mesinha. — Não até eles saírem daqui.

Havia pontos de vigia removíveis nas janelas, daqueles de tirar e colar. Naquela manhã, todas as janelas confirmaram que os mortos haviam infiltrado o quintal por todos os lados, dez ou mais tendo vagado até o terreno em sua missão ilegítima. Uma bailarina azarada e um garoto de moicano verde ficavam fazendo oitos no chão. Eles ficaram ali, sem esvoaçar como sementes de dente-de-leão, como deveriam, mas demorando-se no terreno.

Conforme as horas passavam, os residentes trabalhavam no problema. Não fora Mark Spitz quem havia atraído os mortos, pois eles só apareceram horas depois. E eles não haviam dado nenhum indicativo aos esqueles de que havia jantar lá dentro; estavam seguros quanto a suas precauções.

— Aqui todo mundo é ninja, porra.

Falavam aos sussurros, arrastavam-se de meias, assustavam-se com o mínimo barulho, uma gaveta da cozinha que fechassem com pressa ou uma flatulência brisante inesperada. Mesmo assim, as criaturas não se retiraram como era o costume infame, e na hora do almoço havia o dobro rondando a mata. Margie queria ter buscado água no dia anterior, a primeira na trupe a dar voz ao medo de que fossem ficar sitiados por tempo indeterminado.

Na hora do jantar, eram cinquenta. Mark Spitz estava confuso: eles pairavam sobre uma travessa vazia. Acontecia sempre que um esquele podia sentir alguém palpitante atrás de uma porta, dentro do sótão ou no quarto de hóspedes, mas, se você ficasse parado, era só esperar que eles iam embora. Ninguém ali havia testemunhado aquilo até então, uma convocação tão inexorável e improvável, dada a ausência de estímulos aurais e visuais para atrair ou manter o interesse dos esqueles. Até onde se podia dizer que os cérebros febris dos esqueles tinham interesse em alguma coisa. Mark Spitz e seus anfitriões jogaram copas até tarde e torceram para que o agrupamento repugnante tivesse suspendido os trabalhos pela manhã. Tad, consternado, não repetiu a vitória da noite anterior.

Nos dois dias seguintes os mortos rondaram o chuvisco com vício lúgubre. As criaturas não demonstravam curiosidade alguma pela casa. Não enfiavam os dedos putrefatos entre as tábuas para arrancar a barricada, puxar as calhas, juntar-se em volta das portas, nem raspavam as paredes. Se fosse na amaldiçoada Connecticut, aquela casa já seria uma pilha de toras, uma só chaminé estirada como um osso. Mark Spitz se lembrava de uma animação na aula de física do Ensino Médio, quando as moléculas vermelhas dentro de um balão recuavam da película em vetores aleatórios, sempre em movimento, sempre sem direção, sempre coladas. Por que aquela mistureba monstra continuava colada no perímetro da propriedade, e por que sempre chegavam mais? Eles somavam cem na hora da ceia, os mesmos da primeira manhã — um padre com cada orifício visível escorrendo, uma mulher pançuda com roupa de academia, o policial — e os acompanhantes que eles recrutaram em silêncio.

— De repente são *locavores* — disse Tad.

— O vento trouxe, o vento leva — disse Jerry.

Ele estava curvado sobre a fenda do correio, usando um capuz preto. Os monstros, de certa forma, eram um tipo de acontecimento meteorológico; Mark Spitz notou que os andarilhos haviam começado a descrevê-los desse modo, mesmo os que nunca haviam se encontrado, um consenso linguístico de formação espontânea. Eles teriam conseguido exterminar os primeiros, mas agora eram demais. Só lhes restava esperar. Mark Spitz reconstruiu o terreno e a topografia local na mente, uma presença desencarnada girando em torno do condado de Hampshire. Se os mortos começassem a desmontar a casa: pular de uma das janelas dos fundos e partir para o córrego ou correr para a estrada? Sozinho, o que ele sabia fazer bem, ou levando um dos outros consigo? Na primeira noite ele não tivera a oportunidade de esconder uma mochila de emergência à la Mimi. Não havia um lado da casa que desse mais esperanças de fuga que outro. Os mortos espalhavam-se igualmente pelas flores e gramíneas insípidas, só mais uma espécie de erva daninha que o vento traz.

— Queria que eles fossem mais rápidos e viessem arrancar a cabeça de todos esses daí — disse Tad.

O *eles* em questão eram as novas autoridades que saíam das trevas com armas e slogans e legumes frescos. Depois que Tad deu sua opinião, os anfitriões de Mark Spitz começaram a soltar seus planos e esquemas pós-praga. Era um passatempo raro, pelo menos naquelas redondezas, nada fácil de se confessar, e Mark Spitz ficou surpreso ao ouvir gente perfeitamente (relativamente) sã partilhar o que pensava. Mais que um agouro quanto à libertação, aquilo era botar um travesseiro por cima da realidade enquanto ela dormia e apertar quando ela começasse a espernear. Sobretudo quando se tem invasores no quintal, aguardando um convite. Pelas cabeças concordando e pelas afirmações de incentivo, era uma distração comum entre eles, assim como jogar copas. Ele disse a si: a esperança é porta de entrada para outras drogas, nem comece.

Tad estava trabalhando em um vídeo game novo. Já tinha tudo mapeado. Uma fase aconteceria em uma casa de fazenda fortificada no meio da zona rural, depois passaria a cidadezinhas, metrópoles, cada etapa mais complicada e mortal do que a anterior.

— Vai vender um milhão — disse ele. — Esses jogos velhões de Segunda Guerra ainda vendem. Vietnã, atirador realista no Oriente Médio. É catártico. Não interessa se você estava no front ou em casa. E aqui estamos todos nós, no front e em casa. Se você fizesse o que estamos fazendo, ia ser terapia. Como você vai matar os pesadelos quando isso aqui terminar? É um escape sadio para a violência. E os bebês que ainda nem nasceram... eles vão saber o que a mamãe fez na guerra. Nesse caso nem vou ter que inventar.

— Não me inclua nisso — falou Jerry. — Já é difícil conhecer uma mulher legal. E agora, pra completar, todo mundo morreu.

— Vou mandar bolarem um avatar de Velhão Ranzinza. Se conseguem fazer aliens, fazem você, Jerry.

Jerry disse que voltaria a vender imóveis. Excesso de estoque é sempre osso duro em qualquer mercado, mas assim que se resolvem os devidos proprietários e herdeiros, os negócios são retomados.

— Sem querer ser mórbido — disse ele —, mas isso é fato. Em tempos de desespero nacional, como recessão, você tem que correr atrás de clientes, porque as pessoas não sabem do que são capazes quando se envolvem com tudo. Dessa vez ninguém vai ter que persuadir comprador.

Northampton vai chamar atenção por todos os motivos pelos quais já chamava, ele comentou, mas vai ter número ainda maior de gente querendo sair da cidade grande para recomeçar do zero. São memórias demais na antiga vizinhança.

— Uma casa como esta, por exemplo... não se vê outra em qualquer direção. Isso ajuda na cura — finalizou, forçando a barra, como se estivesse marcando mentalmente o novo slogan no cartão de visita.

Margie o mandou ficar quieto com um "shh". Mirou o dedão por cima do ombro para mostrar a congregação lá fora.

— Desculpe, querida.

— Vai seguir no picles, Margie? — perguntou Tad.

— Se eles tiverem sobrevivido — disse ela, referindo-se aos antigos chefes. — Talvez eu mesma retome os negócios.

— Só vai arranjar mais pepino — provocou Tad.

Ela deu um soco no braço dele. Eram uma família. Mark Spitz tinha ido passar o fim de semana na casa da namorada, grudado no sofá com os sogros enquanto ela tirava um cochilo no andar de cima. Eles haviam passado no teste dele, e ele, no deles. Ele se perguntou quais eram as chances daquele bando maltrapilho se encontrar nas ruínas. Unidos pela magia do local da mesma maneira que as proprietárias sumidas, inspirados a recomeçar. A loja de brinquedos. Ele tivera algo parecido, por um curto período, na loja de brinquedos. O acidente que dura mais do que sua circunstância e floresce. Por todo o país, sobreviventes formavam tribos malfadadas que os mortos inevitavelmente deixavam em frangalhos. Os atrasados e desesperados pediam asilo aos que estavam lá dentro e eram rechaçados pelos canos de uma semiautomática: esta é nossa casa. Ele havia dormido nas árvores mortas e agora estava ali, com aquela família. Podia ter passado a noite dentro do estúdio e ser acordado por um terreno tomado de esqueles. Teria conseguido sair? Assim como antes, a casa era uma barricada aconchegante. Quando a escola, o trabalho, a fera de "n" cabeças de estranhos e de vilões que formava o mundo ameaçavam nos destruir, restava a casa, restava a família, e as trancas iam segurar, as canções de ninar iam afugentar qualquer bicho-papão. Ele estava preso naquela casa e não conseguia pensar em outro lugar onde preferiria estar.

Margie perguntou a Mark Spitz quais eram seus planos. Ela havia passado a noite arranhando a ferida no rosto, e uma gota transparente de fluido apareceu na beira da crosta. Cada um queria retomar do ponto onde havia parado. Voltar ao ponto onde estavam seguros, ele pensou. As primeiras anotações na teoria unificada dos esgarrados.

— Me mudar para a cidade — respondeu ele.

Eles se ofereceram para deixá-lo ficar depois do cerco, se quisesse. Ele aceitou.

Tudo terminou três dias depois, e foi rápido. Mark Spitz teria mantido o juízo por mais um bom tempo, mas suas companhias eram de liga menos resistente. Mark Spitz imaginou que Jerry seria o primeiro a surtar. Mark Spitz era de Long Island e afirmava a desconfiança de garoto suburbano quanto ao bucólico, e ali estava um homem que caçava, estripava e curava caça de grande porte. Mark Spitz elencou Jerry como o caubói direitoso que mostraria àqueles vermes quem era que mandava, estouraria uma das janelas da frente até virar lascas e começaria a despachar os cretinos para seu Deus. Disparando contra a horda agitada até um dos monstros tomar posse do cano de sua arma, jogá-la longe, e o resto começar a arrancar as tábuas. Sempre era rápido. Parte da barricada não dava certo, e aí era como se o refúgio desse um suspiro e tudo vinha abaixo ao mesmo tempo. O feitiço de proteção vacilava porque tinha perdido o suco sobrenatural, aí o forte voltava a ser de palha. Bastava uma falha no sistema, um *bug* bem entranhado no código, para dar início à cascata de falhas.

Tad, quando surtava, era do tipo que destravava a porta da frente e saía correndo e gritando na direção deles. Suicídio por esquele. Havia um limite para o que a mente humana nascida naquele mundo doce e seguro e perdido conseguia suportar. Ele não suspeitava de Margie, a que ele decidira salvar, se possível. Levá-la consigo até a janela do segundo andar, depois para o alto da varanda, pular e rolar e seguir em frente. Em retrospecto, o fato de que ela estava vestindo trajes de motocross nas últimas quarenta e oito horas podia ter dado a dica.

Sim, Margie ganhou dele na corrida ao telhado do alpendre. Na sala de estar, Mark Spitz lia um *thriller* de espionagem no tapete laranja perto da lareira e os outros dois homens estavam vidrados em partidas tranquilas de buraco. Eles não a ouviram soltar as tábuas da janela do quarto, mas não tiveram como ignorar a explosão do vidro do lado de fora.

— Esta é nossa ilha! Tirem essas mãos sujas de mim! — berrou Margie.

Tad e Mark Spitz foram correndo aos pontos de vigia da janela, mas Jerry entendeu e correu para cima, berrando o nome dela. No meio do quintal, três esqueles torciam-se nas chamas do coquetel Molotov, a capoeira seca e o cardo estalando em faíscas e labaredas. O guardinha, ao qual Mark Spitz havia assistido uma hora inteira na tarde anterior em um acesso de tédio impregnável, vacilava nas chamas e caiu de cara no chão enquanto os outros mortos vinham tortuosos rumo à casa, metade dos rostos mórbidos voltados para a movimentação do segundo andar, e o resto no andar inferior e suas fortificações que, de uma hora para outra, haviam se tornado intrigantes. Eles andaram para a casa, a multidão se contraindo com propósito. Finalmente as coisas sabiam por que haviam se reunido ali, como se em algum momento tivesse havido outro motivo.

Margie gritou de novo, e a bomba seguinte detonou entre as criaturas. A garrafa era uma daquelas que continham as poções de água com gás francesa e suco de frutas, com o rótulo elegante que descrevia a lenda do fabricante, o compromisso com a qualidade e as fontes ancestrais. Foi golpe certeiro na bailarina. A coisa colidiu com outro esquele, uma das variedades de hippie da região, e ele pegou fogo. As noites andavam tão escuras, sem lua e mortas, e agora os incêndios animavam tudo como uma performance exuberante, as brasas dando piruetas no ar. A luta livre no andar de cima prosseguia. Vidro se quebrou e ele viu líquido em chamas se derramar sobre a beira do alpendre e nos degraus da frente. Agora não ia demorar.

Seu mecanismo clicou e gaguejou. Mais uma vez na casa de um estranho, a próxima residência na vizinhança infinita que o capturara na primeira noite de corrida. A arquitetura e as construções diferentes não o enganavam; com ou sem chaminé, porão inglês ou adega drenada, ele passou a uma subdivisão infernal solitária sem escape, ruas sem saída espremidas e fins da linha que davam para terra partida. Ele se convidava a passar a noite e as casas estavam ou vazias ou tomadas pelos mortos. Era simples assim. Ele não tinha como salvar aqueles estranhos, tanto quanto eles não tinham como salvá-lo. Seus hospedeiros eram tão alienígenas para ele quanto a gentalha imunda reunida do lado de fora, agora arranhando as janelas e portas, voraz por acesso. As criaturas chegariam lá. A casa suspirou ao redor dele, entregando-se ao morrer.

Mark Spitz foi buscar sua arma e sua mochila. Tad fez uma pausa no patamar da escada. Traduziu a expressão no rosto de Mark Spitz e subiu correndo para ajudar os colegas de casa. O chão grunhiu e sacudiu. O inferno finalmente pôs fim ao fingimento e se abriu para clamá-los. Não havia tempo para ponderar. Ele computou: o barulho vai atrair a maioria dos esqueles para a frente, mas um bom número vai partir para o ponto de entrada mais próximo. O quintal continuaria abundante. O andar de cima estava interditado. Uma das janelas da sala de estar se estilhaçou. O alpendre fervilhava. Ele lutou contra a ânsia de reforçar o perímetro por ali. Tentar salvar o local seria inútil. Eles chegariam pelas outras janelas mesmo se ele colocasse aquela mesa ali. Não conseguiria sozinho. Eles estavam caminhando sobre a água. O andar de cima era a briga. Um plano: Recuar para um quarto no segundo andar e fazer barricadas quando o primeiro andar se enchesse de esqueles. Eles chegariam à escada em minutos, e ele ficaria trancado em um quarto minúsculo. Mesmo que a maioria deles entrasse, um número considerável continuaria no quintal para ser um problema caso ele pulasse. Pense: a varanda está pegando fogo. Por um instante ele se imaginou debaixo do helicóptero da imprensa enquanto o pessoal em condições climáticas mais afortunadas assistia de casa. Ele estava no telhado, as águas de inundação marrons escorrendo pela casa. Por que esses caipiras constroem uma casa ali quando sabem que é zona de enchente, por que continuam a construir? Ele responde: porque esse desastre é o nosso lar. Eu nasci aqui.

A fileira de bules de chá de cerâmica acima da lareira pulou ao chão com o tremor. Não há terremotos em Massachusetts. Nem na maldita Connecticut, mas Mark Spitz não subestimaria a capacidade de aquele território descobrir uma maneira de enganar o processo geológico por puro desprezo. Não, os veículos monstruosos se aproximavam. As vibrações subiam pelos pés. Ele chegou à cozinha, e o fogo de barragem começou. As balas penetravam de todas as direções, rasgando os lambris e traquitanas, o prêmio duramente conquistado de uma centena de leilões na internet, jogando farpas e estilhaços no ar como as tripas-confete de rojões. Um abajur de bolinhas de gude virou quebra-cabeça, as lâmpadas queimadas do candelabro estouraram, e as portas de madeira do centro multimídia finalmente revelaram a TV de tela plana vulgar escondida lá dentro, o tesouro perdido. Ele caiu no chão. Atrás das paredes, uma mulher vociferava ordens. Ali, ela era a autoridade. Os tiros cessaram. Retomaram. Mark Spitz rolou sobre as costas. Destroços e vidro turvaram o ar, os garfos compridos com três dentes e as conchas avantajadas pularam dos ganchos. Arruinaram a cozinha, ele pensou. Lamentou pelo cômodo, sua estólida máquina de cappuccino alemã, o processador retrô com frias linhas de mercúrio, a máquina de gelo inóspita na geladeira de aço inox. Meio acabadinha, precisava de reparos.

Um dos mortos se bateu nas portas vaivém e a abriu. Um ex-garoto com colete jeans enfeitado de bótons detalhando slogans de causas condenadas e candidatos não fotogênicos fazendo campanha por plataformas esotéricas. As portas bateram de volta e acertaram seu rosto. Mark Spitz atirou, errou, e a bala raspou o alto do crânio da coisa quando três balas de alto calibre estouraram no seu peito. A artilharia pausou de novo. Botas martelaram a escada e chutaram a porta da frente; não que ainda tivesse sobrado muito dela, ele calculou. Tiros isolados estalaram no quintal, eliminando os remanescentes. Quantos havia lá? Eram bandoleiros? Ele já tinha lidado com bandoleiros. As conjunturas que impeliam bandoleiros a feitos doentios não eram nada comparadas às visões que rastejavam em sua cabeça. Bandoleiros eram um restaurante sem o prato do dia, eram trens atrasados, eram wi-fi claudicante. Ele sabia lidar com bandoleiros.

— Estou vivo aqui! Estou vivo aqui! — exclamou.

A porta da cozinha se abriu de novo. Ele olhou para cima.

Ele nunca conseguiu perguntar a Margie o que a fez surtar. Se ela empurrou Jerry do telhado para os braços vorazes ou se ele escorregou. Ela sumiu na mata quando o comboio parou para mijar. A capitã Childs não queria ficar esperando.

— Esses são do tipo que te bota em encrenca — disse ela antes de dar a ordem para irem embora.

A caravana seguiu ao norte por mais duas horas. Mark Spitz e Tad jogados nos assentos estofados do veículo blindado, bisbilhotando os jovens sussurrando em seus headsets. Ele se imaginou deitado em uma maca nos fundos da ambulância, plugado em máquinas e frascos. Nem ligaram a sirene, pois ele iria sobreviver. Eles são especialistas. Não vão deixá-lo morrer.

Ele subiu a escada até o frescor da luz do dia. Um cabo o ajudou a sair da escotilha e do transporte para voltar ao acampamento Screaming Eagle.

A salvo.

A visita à instalação militar no sábado não foi tão auspiciosa. Mark Spitz captou a sensação frenética no instante em que desceu do jipe. Bozeman havia estacionado na Hudson, dado o interesse da sra. Macy em ver os Coakleys, e porque no Wonton "estacionar é um porre". O de sempre. A nevasca estava ativa e os metralheiros de cabo a rabo na Canal tremiam sobre as armas em fervor neurótico, dilacerando os corpos das coisas depois da barreira com uma profusão de projéteis de alta velocidade. O ribombar que os soldados faziam passou o dia reverberando entre os prédios, tanto que lhe havia fugido à atenção até ele se aproximar. Os esqueles caídos estavam ocultos atrás dos muros e, pela quantidade de artilharia gasta, Mark Spitz imaginou que os inimigos haviam se tornado uma nova variedade de monstros, uma segunda transformação que levaria os sobreviventes ao próximo e devastador círculo do inferno. Asas de escamas de grande envergadura, presas do tamanho de floretes, uma crista de espigões saltando das espinhas. Você achava que conhecia a praga? Pois era só o começo. Ato II do Fim do Mundo logo após o intervalo, agora é pra encerrar, pessoal.

— Peço desculpas pelo barulho, sra. Macy — disse Bozeman enquanto caminhavam até a esquina. — Hoje apareceram muitos pro Almoço, como dizemos aqui. No Café também. A movimentação anda *beaucoup* nesses últimos dias, imagino que a senhora tenha sido informada.

Ela não o escutou, distraída pelo fluxo fugaz de floquinhos brancos.

— Parece neve.

Eles dobraram na Canal, onde os incineradores aguardavam no meio-fio como *food trucks* competindo na hora do almoço, embora nesse caso as máquinas aguardassem para se alimentar. Os dois caminhões eram do tamanho de contêineres, empoleirados em motocasas que os tinham arrastado pelo Setor depois de depositados por um guindaste aéreo. Sabe-se lá do meio de quais coxas de qual instalação militar eles haviam saído e que outros tipos de aparelho estavam em gestação no laboratório de P&D vizinho. Até onde Mark Spitz havia entendido, a inovação tecnológica desde o advento da praga tinha sido limitada a duas invenções grandes e uma pequena. O tecido maravilha de neoaramida nas fardas e a paramentação de choque eram significativos; o Laça de Gary ficava no outro extremo em termos de utilidade. O que se dizia era que, antes da praga, os princípios por trás da malha metálica haviam se imiscuído nas patentes de armadura corporal de um fabricante de armamento porradão e eles tinham recebido ordens de encerrar a produção do tecido-milagre. As exigências da reconstrução apagaram todos os argumentos jurídicos, contudo: a fábrica de uma das empresas ficava em um setor limpo, e a outra, não. Eles resolveriam tudo assim que o apocalipse entrasse em remissão.

O outro prêmio era o Coakley. Embora batizado em homenagem ao criador, era um bem do governo desde a ignição até o sensor térmico. Tinham feito uma gambiarra no incinerador para ele ganhar mobilidade, e o coletor traseiro era obviamente um acréscimo pensado *a posteriori* — o metal áspero fazia um contraste tosco com o corpo prateado e reluzente —, mas o propósito original se mantinha. Servia para queimar coisas. Ali, queimava os corpos de mortos com eficiência fabulosa, engolindo o que os soldados carregavam nele e convertendo em fumaça, cinzas e uma pá de material duro muito teimoso para ser consumido por inteiro. Corações, sobretudo. O músculo grosso. O propósito da máquina era claro; por que ela tinha sido inventada e seu uso previsto antes da praga eram um mistério. Independentemente do que fosse, o Coakley havia se provado um recruta deveras digno. A começar pela economia de querosene.

Mark Spitz nunca havia visto o pessoal do Descarte sem roupa de proteção, mas àquela altura já reconhecia Annie e Lily pelas vozes e pelo porte. Estavam no meio de uma queima, o gêiser de fumaça branca e cinzas emitindo com violência da pilha em cima do incinerador. A pilha fazia um periscópio de três andares, e de lá os vórtices do cânion espalhavam as partículas. Não havia como dizer que outros no Setor Um compartilhavam da percepção de Mark Spitz quanto às cinzas, sua constância e sua difusão. As cinzas de fato rodopiavam em torno dos incineradores, caíam como caspa nos ombros e, sim, talvez uma pequena porcentagem ficasse constrita pela chuva. Era certo que as correntes descendentes e os turbilhões criados pelos conjuntos habitacionais, as correntes de sucção e os zéfiros provocados por prédios menores mandavam rajadas de flocos em jatos turbulentos pela zona sul. Quando a máquina disparava, gerava uma microatmosfera. Mas as cinzas não encobriam a metrópole, não maculavam o ar de repugnância em medida alguma. Uma fogueira de esqueles ou querosene provavelmente devia soltar mais coisa tóxica no ar. Mas, para Mark Spitz, as cinzas estava em tudo. Em cada gota de chuva em sua pele e no asfalto, maculando cada edificação e tirando o azul do céu: a poeira dos mortos. Estava em seus pulmões, estava se assimilando a seu corpo, e ele a detestava.

Ele guardou isso para si, essa faceta particular de seu TEPA, embora vez por outra deixasse transparecer. Era uma alucinação de baixo nível, como eram essas coisas, não havia deterioração de verdade. Não havia por que compartilhar com os outros, mesmo que Mark Spitz não pudesse deixar de se perturbar pelo fato de que a maior parte de seus sintomas tivesse começado a acumular manifestações depois que ele foi resgatado em Northampton. Sua nova estirpe de sonho com esqueles, sua náusea diante de ter que fazer identificação, as miragens fantásticas nas cinzas. Ele estava mais saudável e tinha menos taras nos dias perdidos. Agora, à beira do muro, era tomado pela vertigem. Onde estava? Ele mesmo respondia: estou em Nova York, estou em Nova York, na rua onde eu comprava fone de ouvido barato. Ele viu além da máquina que rugia e arrotava, viu as placas de trânsito que direcionavam motoristas à eclusa que levava a New Jersey. As quadras estavam tão movimentadas, tão febris, comprimindo os veículos no túnel que os levaria para baixo d'água do outro lado. Levando os corpinhos ao canal do mesmo modo que a chaminé direcionava os floquinhos por suas entranhas até sair pelo ar. Os mortos continuavam nos trajetos casa-trabalho, arraigados ao costume.

Bozeman apresentou as técnicas do Descarte à visitante de Buffalo. Annie e Lily giraram o saco com o corpo flácido para jogar no coletor traseiro da máquina.

— Não podemos apertar mãos — disse Annie, curvando-se. O plástico áspero rangia com qualquer movimento.

— Encantada, com certeza — disse Lily.

Ela encostou em uma das tinas de lixo biológico usadas para transportar os cadáveres acima e abaixo pela Canal Street. Os guindastes de pinça recolhiam os corpos, erguiam-nos por cima do muro e soltavam nas lixeiras, mas era tanto sangue e chorume contaminado a verter de cada mutilação que por fim tiveram que reservar uma pista de trânsito ao pé da barreira só para transporte de corpos. Era sangue e linfa demais pingando, soldados demais engolindo megadoses de anticipro quando respingava neles, acabando com o estoque dos médicos. As caçambas estavam carregadas de corpos de esqueles da zona norte e, intermitentemente, os esqueles nos sacos que eles pegavam com os varredores e que rolavam até ali para seu destino final.

A caçamba diante de Mark Spitz transbordava, braços e pernas pendendo pela beirada como se estivessem ligados a marujos curtindo as águas geladas do lago em uma tarde de verão. Dada a abundância pavorosa e a barragem constante das metralhadoras, ele entendeu por que eles estavam ocupados alimentando o segundo Coakley enquanto o primeiro seguia disparando. Estavam com um problema sério de meteorologia defunta ali no muro.

— Então essas cinzas são... — começou a sra. Macy.

— Sim... subproduto particulado de combustão a alta temperatura — respondeu Lily.

A sra. Macy assentiu como se concordasse com o vinho tinto que o chefe havia escolhido para a mesa.

— Vocês ficaram com o protótipo. Muitos acampamentos matariam para ter um desses bebês.

— Nós precisamos mais — disse Annie.

— Todo mundo precisa. Estamos nessa juntos.

— Diga a Buffalo que somos muito gratos pela nova unidade — falou Bozeman. — Sei que estamos tendo vários problemas de abastecimento, principalmente na última semana, com tanta…

— Vocês deram sorte — interrompeu a sra. Macy. Ela virou-se para Mark Spitz e dois técnicos de Descarte. — Houve alguns reveses.

— Que tipo de reveses?

— Reveses. Complicações. Todo negócio tem sua complicação. O cliente muda de ideia. Os sindicalizados não descarregam a cabine nem a carregam até o salão. Você tem que estar preparado para pensar e resolver na hora. Posso?

Annie lhe ofereceu o cabo de controle, o cabo conectado ao incinerador que corria pelo asfalto.

— Geralmente gostamos de enfiar tantas quanto possível aqui antes de disparar, mas a senhora é a convidada.

A sra. Macy retirou uma luva de látex da bolsa e apertou o botão vermelho avantajado do controlador. A máquina emitiu um alerta e o coletor traseiro despencou os quatro cadáveres no compactador. Eles sumiram no ventre da coisa. O balde voltou com um grunhido hidráulico para receber a nova carga.

— Quantos vocês fazem por carga? — perguntou.

— Não fazemos contagem — disse Annie.

Pode ter havido um certo tom de escárnio, mas era difícil discernir a inflexão.

— Bastante — disse Lily. — O suficiente. Em dias pesados como hoje, com muito esquele chegando, os dois trabalham quase continuamente.

— Odeio dia de fluxo pesado — comentou Annie.

— Mas acho que conseguimos os números para a senhora — disse Bozeman.

Ele passou o teclado do compactador de volta a Annie.

— Tínhamos que os aproveitar para reciclagem — disse a sra. Macy, apontando para a lixeira de lixo biológico.

Mark Spitz levou um instante para perceber que ela se referia aos sacos de corpos mesclados aos cadáveres do muro.

— Eu sei, é um horror — disse Lily.

— É o quê?

— Um horror — repetiu Lily, dessa vez mais alto em função do capacete e da nova saraivada rua abaixo. — Pro meio ambiente.

Todos eles se viraram diante do barulho de arrastado se aproximando. Mark Spitz identificou Chip como habitante do traje branco que conduzia a nova carga de cadáveres. Chip lembrava a ele os antigos operários das confecções, que enfiavam as araras de roupas pela calçada e xingavam o gado imbecil que atrapalhava sua movimentação. A Nova York antiga. Mark Spitz passou a língua nos dentes. Sentiu gosto de cinzas. Se estavam lá ou não era outra questão.

— Falei para você segurar por um tempo — ralhou Annie. — Ainda tenho essa leva toda.

— Esses são do sul do Setor — disse Chip. — Não vamos pegar nada do muro até que consertem o guindaste.

— Complicações — disse Bozeman à sra. Macy. Ele sorriu. — Vamos continuar nossa excursão?

Mark Spitz já havia perdido tempo demais. Tivera suas distrações, no restaurante, no hotel e agora nesse cruzeiro para turista. Os caras o aguardavam no centro. Aquela digressão iria supri-lo até eles voltarem da folga do dia seguinte. Ele estava prestes a tomar a frente quando Lily falou:

— Ei, moça.

— Sim?

— Tem uns boatos rolando.

— Sobre?

A sra. Macy grudou a pasta no peito e comprimiu os lábios, o queixo levemente arrebitado para segurar a onda.

— Sra. Macy… é verdade que perdemos Vista Del Mar?

Bozeman suspirou.

— Bubbling Brooks.

— Não, tudo bem — disse a sra. Macy. Estava preparada. — Uma hora ia vazar. Não há vergonha alguma em contar a verdade. Ainda estamos resolvendo, mas parece que estavam com um problema de muita densidade do lado de fora e que deram um jeito de derrubar os portões. Erro humano, mais provável.

— Quantos…

— Ainda estão vendo.

— E os trigêmeos?

— Sei que um escapou.

— Cheyenne?

— Não sei qual.

Annie colocou a mão no ombro da colega. Foi patético, a visão das duas nos trajes de proteção brancos em uma demonstração tola de consolo. Conexão sabotada. Eles pareciam mascotes de uma marca de massa de biscoito, feitos para hipnotizar as crianças entre desenhos animados. Annie conhecia alguém em Bubbling Brooks além dos trigêmeos? O mais provável era que cada um conhecesse alguém lá, quer soubessem ou não: o segurança espantosamente simpático do complexo de escritórios três empregos atrás, ou aquele melhor amigo sardento da colônia de férias em quem você não pensava havia anos. Ele ouviu a sra. Macy dizer "incidente isolado".

— Quando a senhora voltar lá — disse Chip —, avisa que precisamos de mais um guindaste. Quem sabe dois. Já viu o volume que fica, né.

Os dedos da sra. Macy giraram até uma página em branco de sua caderneta. Ela sorriu.

— Dos seus lábios aos ouvidos de Buffalo.

Eles deixaram o Descarte tratando das imolações e começaram a correr para o banco. A sra. Macy perguntou a Mark Spitz onde o forte Wonton o havia encontrado e ele começou a descrever a operação na I-95, mas foi interrompido por um dos franco-atiradores de telhado que berrava orientações para um metralheiro no muro.

— Ali, cara! O padre!

O metralheiro girou e despojou vinte tiros. O franco-atirador comemorou e fez uma dancinha.

— Em Buffalo é tão calmo — comentou ela.

Bozeman captou o breve lampejo nos olhos da sra. Macy e disse:

— Do meu ponto de vista, quanto mais melhor. Vai demorar até Buffalo mandar a mão de obra de que precisamos para rematar a ilha, mas, até lá, quanto mais turistas tivermos acorrendo dos subúrbios, menos teremos que neutralizar depois.

Ele encaixou o cotovelo dela na palma da mão para conduzi-la em torno do trio de mecânicos agachados diante do prato aberto na base do guindaste. A imensa garra da máquina pendia três andares acima, empatada na parede e pingando nos cadáveres em pilha do outro lado. Piscinas de sangue se reuniam nas juntas do muro de concreto onde os suportes sustentavam cada seção, pele enrugada formando--se nas beiras onde secavam. As piscinas tornavam-se imensas sarnas.

— Espero que você possa transmitir como as coisas vão bem — continuou Bozeman. — Que somos uma instalação vital, mesmo que a próxima cúpula ainda esteja longe.

— Não precisa se preocupar.

— Embora Chip esteja certo: talvez precisemos de mais um guindaste. Ou dois.

É diferente, pensou Mark Spitz. Wonton estava desequilibrado. Uma vibração persistente se insinuava, um subtremor inquietante a cada movimento e som. Talvez fosse um dilúvio de esqueles maior do que o normal no muro. Será que a fuzilada havia tido uma pausa desde a chegada dele? O mais provável era a perda de Bubbling Brooks. Bubbling Brooks era um dos acampamentos maiores, 15 mil pessoas da última vez que ele tinha ficado sabendo. O que eles tinham além disso, fora os trigêmeos? Munições? Remédios? Ele não lembrava. Alguns dos soldados ali haviam trabalhado lá, deixado sobreviventes lá. Tinham família lá, talvez. Claro que Buffalo vai se chatear com essa interrupção no cronograma. Tinha que haver sobreviventes, ele pensou. Tinha que haver. Mas uma perda como aquela, depois da rodada recente de boas notícias, com certeza detonaria os ânimos. Acima dele, os franco-atiradores ajustavam as miras, derrubavam os alvos, passavam ao próximo em sequência robótica. Os soldados não tinham outro recurso em Wonton fora se vingar dos mortos diante de si, os que conseguiam enxergar. Faça isto por Cheyenne.

Bubbling Brooks era má notícia. Claro que Mark Spitz se sentia péssimo, mas sabia que o refúgio havia feito o que eventualmente todo refúgio faz: dado errado. O que mais se esperava da desprezível Connecticut? Exatamente esse tipo de adversidade.

Eles pararam nos degraus brilhosos e gastos do banco e seguraram as portas para três soldados de passagem envolvidos em uma versão *a cappella* de "Pare! Está ouvindo a águia rugir? (Tema da Reconstrução)". Bozeman disse à sra. Macy que a encontraria na sala de reuniões.

— A senhora fica bem sozinha?

Ela piscou.

— Isso aqui é a Fênix Americana. Nunca se está sozinho.

Bozeman avaliou a bunda dela quando ela entrou.

— Eu topava umas asinhas à moda Buffalo — comentou. Soltou as mãos no ombro de Mark Spitz e voltou para a voz de mordomo: — Não vejo você desde o que aconteceu. Sinto muito pelo seu cara.

— Como assim?

— Não era pra falar? Eu sou um babaca mesmo.

Eles passaram meses na loja de brinquedos. Aquela outra desgraça, a menos espalhafatosa, que vinha mexendo com o clima do planeta, estava em andamento havia mais de cem anos, levando invernos mais amenos à região nordeste. As pessoas se acostumaram, os sacos de cloreto de sódio intactos na garagem, juntando teias de aranha junto às pranchas das crianças, as imagens do noticiário da venerável calota polar espirrando nos mares frígidos, encaixadas ali quando não havia indignações mais prementes e nenhum famoso morria. O primeiro inverno da praga foi um regresso a como se fazia nos bons e velhos tempos: antecipado, inclemente, infindo. Os sobreviventes suportavam os desastres acoplados em seus refúgios, sem o consolo de dias mais quentes. O clima quente significaria ter que sair de novo.

— Meio retrô — disse Mimi, avaliando os movimentos improváveis na rua principal.

— Pois é — concordou Mark Spitz. — Volte aqui. Estou com frio.

Foi a relação mais saudável que ele já tivera, e não porque eles tinham muito em comum, como a necessidade de comida, água e fogo. Nos tempos antediluvianos, Mark Spitz tinha o hábito de transformar suas namoradas em algo menos que humano. Sempre chegava ao ponto, mais cedo ou mais tarde, em que elas passavam de certo limite e viravam criaturas: após uma demonstração lacrimosa enquanto esperavam na fila para a entrada do espetáculo de vanguarda; a meio caminho de uma reprimenda muda quando ele menosprezava o entusiasmo quanto a ir ao casamento de uma amiga dela. Uma vez foi só um olhar, um tráfego de nervosismo nos olhos dela no qual ele vislumbrou uma falha irremediável ou uma traição futura. E, assim, a pessoa por quem ele havia se apaixonado ia embora. Tinha sido substituída pela abominação familiar, essa coisa que compartilhava o mesmo rosto, a mesma voz, os mesmos maneirismos que antes o aconchegavam. Com outro qualquer, a simulação seria perfeita. Se ele tentasse se justificar, como nos filmes de terror, o mundo aceitaria sua teoria, até mesmo participaria de um teste quase sensato, que não teria sucesso em convencê-los. Mas ele saberia. Saberia onde elas haviam falhado no que tinham de humanas. Ele iria embora.

Com o tempo ele aprendeu a isolar as noites derradeiras e a dizer: foi ali que elas romperam a barreira. No meio da discussão quanto ao significado do filme estrangeiro que haviam sido obrigados a ver por fazerem parte da classe instruída: foi ali. Quando eles ficaram sem gasolina a caminho do fim de semana na cabana do amigo e passaram meia hora no carro sob a lua sinistra: bem ali. Quando as últimas noites se identificavam, o intervalo entre o incidente e a ignição diminuía. Ele não sentia mais atração. Não havia como elas o convencerem de que eram humanas. Estava arrastando um cadáver de uma lavanderia na Chambers Street, passando pelo Setor, quando percebeu a voz o advertindo para largar os sobreviventes com quem tivesse se amigado, avisando para não chegar perto de outros, era um eco de sua voz de assassino de relacionamentos. São um caso perdido, já morreram, hora de ir embora.

Mimi não mudou. Chifres não irromperam de sua testa nem pelo brotou de suas ancas. Talvez acontecesse, com o tempo. Eles estavam a salvo na loja de brinquedos. Tinham ganhado asilo. A julgar pela superfície lunar fora da loja, talvez nem estivessem na Terra, e estivessem sujeitos a outro tipo de gravidade, a novas regras. Nenhum morto se mexia na neve; Mimi calculou que estavam entocados em adegas, em ginásios abandonados de escolas decrépitas, cavernas e esgotos e onde mais os monstros hibernassem. Nenhum outro sobrevivente aparecia; estavam entocados também, lentamente roçando as mãos sobre os livros que queimavam para se aquecer, os romances dedicados a códigos do mundo antigo, a histórias, a poesias que vinham tão fácil. Talvez ele e Mimi fossem os últimos que restavam. Uma sociedade inteira em uma loja de brinquedos na rua principal.

Eles mobiliaram o apartamentozinho em uma série de incursões, como se fosse o primeiro deles, tudo de segunda mão a preços imbatíveis — leia-se: grátis. Fizeram batidas em todas as lojas próximas, afixando-se em objetos em uníssono, discordando e deferindo quanto ao posicionamento com magnanimidade: livros; pilhas; mesas feitas com caixas de leite; macarrão instantâneo com baixo teor de sódio; fogareiro leve; vários baldes e recipientes de plástico cheios de neve derretida e água purificada; velas de aromaterapia com cheiro de hissopo e sândalo; abajures com braço ajustável que podiam reduzir os cones de iluminação ao tamanho de uma letra de seis pontos, se necessário fosse; o colchão inflável com vários ajustes de conforto múltiplo e massagem térmica; caixas de plástico de lenços de bebê antibactericidas que os deixavam com um cheiro artificial de limão e davam à pele, quando tocada pelos lábios ou pela língua do outro, um saborzinho metálico. Eles liam e jogavam. A loja era fraca em termos de jogos de tabuleiro, os marcos da infância e os absurdos modernos com premissas de pirar a cabeça e procedimentos malucos. A cada semana ou duas eles dividiam uma latinha de chantilly e engoliam aquilo até sentirem o cérebro estourar como bolhas de sabão.

Esconderam mochilas de fuga de emergência nas duas pontas da cidade, a dele e a dela. Não eram tão iludidos assim.

Quando a neve baixou, descobriu-se que, por algum motivo, a rua principal era meio que uma rodovia abandonada.

— Imagino que seja o jeito como desenharam as ruas por aqui — disse Mimi.

Mas rendia bastante trânsito. Aninharam-se no relicário no segundo andar, onde podiam deixar a veneziana aberta durante o dia sem medo. No fim da escada em espiral, o dono da loja, Manny ("O Bom e Velho", como vieram a chamá-lo), apresentava suas estimadas mercadorias: colecionáveis com defeito, edições limitadas, as raridades de que só se falava aos cochichos. Qualquer pessoa nascida depois da Primeira Guerra Mundial encontrava intersecção com aquela nostalgia secreta ou não tão secreta naquele baú de bonecas de pano da era da Depressão, armas de raios da era atômica e modelos de jatos em escala, complexos joguinhos militares de letalidade incomum e bonecos de personagens fugazes enxertados nas continuações com o propósito expresso de produção de bonequinhos. Na embalagem original ou no fac-símile bem-produzido e por trás de armários de vidro trancados.

— Isso aqui vale muito — comentou ele, a empolgação infantil cintilando.

— Onde? Pra quem? Pra quê? Isso é o mundo antigo.

Ela estava certa, mas ele esperava que ela entrasse no jogo, mesmo que só por um instante. O menino que vagava pelo sótão de sua personalidade ainda alimentava a ânsia ingênua por uma vida de aventuras. Quando criança ele inventara conjunturas para a maturidade: correr mais rápido do que uma bola de fogo, se balançar de um lado para o outro no fosso de um prédio; desmembrar o exército de gárgulas com a espada encantada que só ele podia empunhar. Agora havia crescido e a praga lhe havia concedido seu desejo, e o transformado em algo grotesco. Não havia tanto glamour em passar dois dias recurvado, cagando as tripas porque tinha apostado em uma lata de suco de kiwi vencido. Todas as outras crianças tinham virado carteiros, carpinteiros, professores amados, e tinham morrido. Mark Spitz estava vivendo o sonho! Agradeça à plateia, Mark Spitz.

A chave do armário provavelmente estava no andar de baixo, mas ele deixou os tesouros. Gerações haviam se fixado nos brinquedos perdidos, somados a suas cargas de dívida já lamentáveis, para obter aqueles símbolos porque eram sustentados por fantasias, por histórias de órfãos medrosos que descobrem seu direito de nascença roubado e resgatam o reino ou sistema planetário, o subgênero dos aliens incompreendidos e dos homens mecânicos que ansiavam por amor. Ele sempre vira a si neles, os robôs que vagavam pela galáxia em busca do chip emocional, as coisas tentaculares que eram, por trás das membranas sarapintadas e franzidas, mais humanas do que os aldeões sanguinários que as caçavam por serem diferentes.

Eram os concidadãos, é claro, que eram os monstros de verdade. Cabia à praga revelar nossos familiares, amigos e vizinhos como as criaturas que sempre foram. E como a praga o havia denunciado? Mark Spitz suportara conforme sua raça era morta, um a um. Parte dele prosperava no fim do mundo. De que outro modo explicar? Ele tinha pendor pelo apocalipse. A praga tocava todos, com ou sem contato com o sangue. Agora os assassinos secretos, os estupradores adormecidos e os fascistas latentes tinham liberdade para expressar sua natureza implacável. Os tímidos congênitos, os que tinham sido sovinas com os sonhos que criaram para si, os que saíam do ventre com medo e assim ficavam: também eles encontraram uma fase final para suas fraquezas e se realizaram no último fôlego. Eu sempre fui assim. Agora sou mais eu.

Os dois faziam o tempo passar e deixavam as noites o mais doce que lhes era possível. Quando descobriram que as camisinhas tinham acabado, ela disse para ele tirar antes e ainda assim gozaram.

— Chega de bebês — disse ela.

Antes da praga, ele sempre achava estranho quando diziam isso, enquanto discursavam sobre a superpopulação, as milhões de crianças à procura de um lar, os mais diversos recursos planetários em desaparecimento. Agora Mark Spitz entendia claramente o que queria dizer quem falava "Que tipo de pessoa traria uma criança a este mundo?" e vinha com estatísticas sobre lençóis freáticos poluídos do outro lado do mundo, a ecosfera asfixiada. A resposta era: só um monstro traria uma criança a este mundo.

As últimas neves tinham acabado fazia um mês. Eles estavam deitados no telhado olhando as estrelas. Ele havia crescido depois da época em que ensinavam as constelações, mas conhecia algumas. Eles não levantavam a voz. A realidade era: se estava quente o suficiente para olharem as estrelas, estava quente o suficiente para começarem a se mexer.

— Uma coisa eu reconheço no mundo de hoje: não se tem mais como ganhar aqueles quilinhos extras — disse ele.

— Inanição dá nisso.

— Acho que foi de tanto correr. Não fico em forma desse jeito desde a faculdade.

Ela falou de Buffalo. Mimi ainda acreditava em Buffalo.

— Quando você ouve falar de um lugar, ele já sumiu — disse Mark Spitz. — Acho que só o ato de ouvir falar de um lugar é um desejo de que ele suma.

— Esse é diferente. Algum lugar tem que ser. — A cabeça dele estava na barriga dela. As pontas de seus dedos desenhavam letras no couro cabeludo dela. Palavras? Um nome? Os nomes dos filhos? — Caso contrário, nós devíamos pôr um fim em tudo agora mesmo.

— Buffalo?

— Se não tem nada lá fora, pra quê?

— Aqui tem.

— Temos que seguir adiante, querido. Se você fica em um lugar só, é só mais um esgarrado.

Na velha anedota, o pai intransigente sai para comprar cigarros e não volta. A família fica desolada. Hoje em dia sua companhia no esquecimento sai para uma busca rotineira e nunca volta. Em um dia quente, Mimi saiu para buscar pimenta para a sopa de lentilha e não voltou. Sumiu, assim, de repente. Ele procurou nos pontos deles na vizinhança e nas lojas da rua principal que haviam deixado para saquear só quando precisassem. As diversas mochilas de fuga continuavam nos esconderijos. Ele não descobriu nenhum indicativo de onde tinha acontecido e, afinal, não faria diferença, não é? Esperou uma semana e seguiu em frente. *Se não tem nada lá fora, pra quê?* Ele não tinha resposta. Amarrou o cadarço das botas.

As pessoas sumiam. Você nunca sabia que era a última vez que ia vê-las. Por muito tempo ele se lembrou da maioria dos nomes. Antes de Northampton, às vezes se permitia visões de voltar um dia a todas as cidades onde havia ficado durante a catástrofe, em um carro elétrico conduzido pelo neto rabugento. Conhecer os filhos ou cônjuges dos aparentados que ele encontrava pelas terras, sentar só uns minutinhos e beber uma xícara de chá em um sofá revestido de plástico no andar de baixo do sobrado. Como se alguém que eles amassem tivesse conseguido sobreviver.

Desde que os soldados o haviam resgatado, ele começara a esquecer, a perder os nomes. Eram poeira no bolso. Suas excentricidades, o conselho imbecil relativo à segurança alimentar, os locais dos centros de resgate com os quais eles ficavam obcecados, tudo isso durava mais do que os nomes. Uma noite ele teve ânsias de registrar o que lembrava em um dos caderninhos infantis de tatu. A vontade passou. Ele não saiu do saco de dormir. Que vão embora, ele pensou. Menos ela.

Ao contrário de Mimi, o Tenente atraiu um pelotão inteiro de enlutados. A Ômega e a Bravo fizeram o velório em um restaurante brasileiro na Pearl depois de um levantamento rápido do rolê. Procuraram outras equipes de varredura, sem sucesso. Os comunicadores eram inúteis, soltando um uivo metálico que incitava pavor até em ossos veteranos. Os camaradas ficariam sabendo no dia seguinte, e o ponto de encontro contumaz do domingo à noite se tornaria o segundo velório, um etílico.

— Ele ia querer assim — disse Carl.

— Disso eu tenho certeza — falou Mark Spitz.

O turno de trabalho acabou assim que Mark Spitz voltou com a notícia. Angela reconfirmou a opção de local depois de fazer uma avaliação do estoque de álcool. Ela havia ganhado predileção por cachaça depois de seis meses com um carinha brasileiro cuja referência constante à própria nacionalidade era o pináculo de sua persona, e, além disso, a bebida não estava sujeita às regras de pilhagem devido à procedência estrangeira. A não ser que os mandachuvas houvessem mudado as regras nas últimas duas semanas que eles haviam passado em campo — era como se houvesse acontecido de tudo no mundo enquanto eles vagavam pelas contusões da necrópole. Acampamentos desmoronando, trigêmeos em risco. Os soldados do Tenente organizariam um velório digno. Reggae começou a sair da caixinha de som de um ajudante de garçom morto, por cortesia das playlists de Carl, o que desceu bem com as caipirinhas — cujo gosto nem era tão ruim, resfriadas com sacos de gelo químico e infundidas com a devida dose de suco de limão e açúcar. No começo das festividades, Angela estava surrupiando atrás do balcão quando Kaitlyn começou a falar.

— Não — interrompeu Angela.

— Eu ia dizer: pegue duas garrafas — disse Kaitlyn.

As pinturas nas paredes eram de silhuetas escuras de plantas da selva com folhas em forma de lâmina, mais bobas que exóticas ao se metamorfosearem na luz espumosa dos abajures e das velas. Fizeram um brinde ao Tenente. Trocaram lembranças do primeiro dia no Setor, os primeiros encontros com o excêntrico superior, cada um com sua vez na lona. No segundo em que Mark Spitz virou o segundo copo, No Mas tirou o copo de sua mão e preparou mais um. No Mas vinha sorrindo para Mark Spitz e rindo exageradamente de suas piadas desde que Mark Spitz encontrara ele e Gary no banheiro. Dadas as expressões furtivas, Mark Spitz entendeu que havia interrompido um ritual *nouveau* de punheta, possivelmente derivado da ordinária Connecticut.

— Não precisa se preocupar — disse Gary a No Mas. — Ele é gente fina.

Gary explicou o trabalhinho secundário que vinham desenvolvendo. A primeira coisa que os catadores pilharam das farmácias foram os famosos analgésicos, os bons, depois os sedativos testados e comprovados, os tranquilizantes que cruzavam gerações de mães de mau humor. A recuperação e distribuição empreendedora dos entorpecentes só começou de verdade quando o diagnóstico universal de TEPA expôs o fosso infeliz no rol de patrocinadores farmacêuticos em Buffalo — àqueles dispostos a sair na caça do *pot-pourri* indispensável de benzodiazepinas e inibidores seletivos de reabsorção de serotonina, era uma oportunidade comercial de primeira. Dor você mata. Tristeza, não, mas as drogas a fazem calar a boca por um tempinho. Era imprudência tomar um comprimido nas desoladas, pois você podia não acordar quando devia, por exemplo, com o barulho da multidão morta raspando a porta do celeiro. Mas em Happy Acres e outros da mesmo laia não se ficava oprimido pela maldição da eterna vigília. Perca um dia aqui, outro ali, dopado disso ou daquilo. Era merecido.

— Alguém tem que fazer alguma coisa — disse No Mas. — O povo tá sofrendo.

— Quanto vocês cobram? — perguntou Mark Spitz.

— Tabela variável, depende da necessidade. Aceitamos suco de caixinha.

As farmácias e os armarinhos de remédios residenciais estavam esvaziados de narcóticos e antibióticos, mas os anti-depressivos nos cilindros plásticos brotavam como cogumelos laranja de trás de portas espelhadas, prontos para a colheita. Gary e algumas figuras de confiança em outras tropas de varredura entregavam o butim a No Mas e, no domingo, No Mas tinha um *rendez-vous* com seu contato em Wonton, que levava os comprimidos de helicóptero para os acampamentos. Uma Buffalo das sombras executando correção de rota para a reconstrução.

Mark Spitz lhes disse que ficaria de boca fechada. Sim, era um serviço necessário. Talvez o Tenente pudesse ter aproveitado os estabilizadores de humor de última geração. Talvez não.

— Tem certeza de que ele não foi mordido? — perguntou Carl pela terceira vez.

— Não — disse Mark Spitz.

— Deixou bilhete?

— Não.

— Cacete.

Eles se suicidavam nas casas que amavam, cercados pelos objetos amados, ou na terra desolada que desprezavam, sozinhos na areia fria. Alguns chegavam à decisão quando estavam a salvo nos acampamentos, o simulacro de normalidade possibilitando o primeiro relato verídico do horror, seu escopo e suas adversidades sem fim. O imperdoável em todas as suas facetas. Os suicidas aceitavam o que o mundo havia se tornado e agiam com lógica. Buffalo não se enamorou das estatísticas e ordenou ao dr. Herkimer que acrescentasse uma unidade mais longa de Prevenção/Compreendendo a Ideação aos seminários de TEPA. Matar-se no interregno era compreensível. Matar-se na era da Fênix Americana era uma reprimenda a seus princípios. "Nós Fazemos O Amanhã!" — se conseguirmos chegar lá, pensou Mark Spitz —, então o amanhã precisa de uma estreia com marketing, esperança, psicofarmacologia, policiamento rigoroso do pensar errado, qualquer coisa para atiçar o delírio de que vamos chegar lá.

Uma vez ou outra Mark Spitz tinha discussões volúveis com o próprio pensamento proibido, mais recentemente, na tarde anterior na Duane Street. Ele desejou uma jornada tranquila aos abatidos.

— Vai que ele ficou entediado.

Um dos franco-atiradores observara o Tenente sair ao heliponto no alto do banco. Era uma noite tranquila, dispersa com os mortos o dia todo, uma das últimas noites tranquilas antes de os diabos começarem a se acumular em sua densidade recente. O atirador acenara para o Tenente. O Tenente acenara de volta e enfiara uma granada na boca.

— E uma granada cabe na boca? — perguntou Carl.

— Dá ânsia de vômito — respondeu No Mas.

— Uma dessas granadazinhas de termita, com certeza — acrescentou Gary.

— Que triste — disse Kaitlyn.

Fabio havia se instalado na mesa do homem. Fabio sabia que era um impostor desde o momento em que começou e quase derrubou seu café quando Mark Spitz apareceu. Ele parecia horrível, como se viesse morando em um cesto. Falava rápido, em alta rotação, pedindo desculpas por não ter informado os varredores antes. Com toda a Costa Leste em polvorosa e correndo nas últimas duas semanas para cobrir os últimos abalos, Buffalo achou melhor os varredores continuarem com suas agendas.

— Abalos? — perguntou Mark Spitz.

— Reveses, complicações — disse Fabio. — Abalos.

Fabio estava no comando até enviarem um substituto. Buffalo já havia perdido as duas últimas remessas de comida.

O tocador digital do escritório, entronado em uma toalhinha ao lado do nexo micro-ondas/cafeteira, perto do bebedouro, vinha tocando uma lista de pop das antigas, e Mark Spitz ficou assustado com o rompante do locutor: "Ei! Vocês aí. Espero que estejam curtindo um solaço!". É claro que ainda não havia emissoras em funcionamento. O locutor previa céus límpidos para o resto da tarde, de modo que Mark Spitz entendeu que era a gravação de um programa de rádio de uma tarde qualquer antes do desastre, uma transmissão fantasma das promoções de creme dental branqueador de antigamente, propagandas de filmes que passavam em cinemas mortos e convocações de última hora para ingressar em ações coletivas.

Um recruta novo que Mark Spitz ainda não tinha visto, um dos adolescentes dos acampamentos, adentrou o escritório e se jogou na mesa vetusta de Fabio. A logística podia estar bagunçada, mas Buffalo tinha sobressalentes de que dispor.

— A gente não acredita que o Fabio vem sendo nosso cara lá no topo e a gente nem sabia — disse Gary.

— É uma infâmia — falou Kaitlyn.

Eles logo ficaram sem recordações. Sinceramente, nem o conheciam tão bem.

— Chefe bem legal — comentou Carl.

Caíram em silêncios profundos, frígidos, e beberam. Charles mudou o mix do tocador digital e disse:

— Essa é só remix.

Fazer velórios havia virado algo raro. Estavam sempre correndo; deixavam os corpos para trás, vazando os fluidos ao sol. Era a primeira vez desde que o mundo tinha acabado que a maioria deles tinha o luxo de fazer as coisas ao modo antigo. Tinham pouco a dizer.

As bebidas cumpriram o propósito. No Mas fez uma saudação às silhuetas na parede, devagar, se acostumando com os movimentos, e Mark Spitz supôs que o homem estava executando sua imitação do Tenente para a plateia interna. No Mas sorriu de canto. Kaitlyn enrolou uma mecha de cabelo no indicador. Pegou Mark Spitz olhando para ela e disse:

— O metrô.

Com sete semanas de convocação, o Tenente fez Fabio chamá-los do campo. Era algo inédito, pois eles só voltavam a Wonton aos domingos, e agora estavam nos ritmos do fluxo de trabalho semanal, tomados pelo desespero da manhã de segunda-feira, pelo torpor da quarta, pela estranha cepa de euforia contida na sexta à tarde. Os comunicadores ainda funcionavam na época, dando corda à civilização em reparos. De sua parte, Mark Spitz gostara da interrupção na grade da semana. A Ômega se insinuava pelo intestino de uma torre de aluguel de apartamentozinhos, e a sucessão de andares de carpete bege, paredes com permeabilidade acústica e portas manchadas de dedos afetaram sua disposição. Seus amigos na cidade moravam em prédios como aquele, e os corredores fediam a ambições mortas decompondo-se por trás da porta. Eles tinham esperança. Agora a construção barata e esvaziada significava a erradicação completa das aspirações, de todas as noções luminosas.

Na guiozaria, o Tenente lhes disse que Buffalo queria que eles fizessem a varredura dos túneis do metrô.

— Achei que os fuzileiros já tivessem feito — disse Metz.

— A maior parte — explicou o Tenente.

Quando os fuzileiros chegaram, eles bloquearam os portões escuros e as catracas de acesso às plataformas. O raciocínio era que limpariam os túneis depois. Mas, assim que desconfiaram de que o alto da ilha não estava tampado e de que os trilhos rumo ao norte seguiam abertos, o alto escalão ficou apreensivo. Mesmo que os padrões de migração de esqueles não funcionassem assim, eles começaram a ter pesadelos com quilômetros e quilômetros de túneis explodindo de mortos, prevendo as linhas da zona norte como umbrais realocando aqueles passageiros doentes, muito doentes, para logo abaixo dos bulevares domados do Setor. Os rostos repulsivos nas barras e as patinhas repugnantes raspando a grade de metal em uma interpretação dantesca da pior hora do rush de todos os tempos, os portões se arrancando das plataformas de concreto... Na missão final antes da reconvocação para a última e mais elegante instabilidade, subindo ou descendo a costa, os fuzileiros barraram os túneis subterrâneos na ponta norte do Setor, como se a Grande Muralha da Canal atravessasse o asfalto e fosse até o fundo da crosta terrestre. Então os fuzileiros varreram as sombras do centro atrás dos esqueles encurralados.

Foi na primeira semana do Tenente no Setor. Buffalo era só papelada; ele queria um cargo de verdade. Comandou um pelotão pela linha da Lexington Avenue.

— Suspeito é a palavra que eu usaria. Tínhamos domado o sobressolo. Derrubado todos. O subterrâneo era território esquele, como se ainda fizesse parte do interregno, mesmo que estivesse logo abaixo dos nossos pés. Apesar de os metrôs estarem bloqueados, havia a sensação de que a outra ponta do túnel, seu ponto terminal, estava na terra morta. Claustrofóbico pra cacete, apesar dos bondes que tínhamos nos trilhos levando os figuras. O alto escalão havia realocado nossos apetrechos de visão noturna para alguma operação no norte, então tivemos que trazer nossa própria luz. Lá você não está mais na cidade. É medieval. A água corre pela parede como uma catacumba, os ratos saem correndo, depois você sai se arrastando pelos fossos entre as rachaduras. O trilho condutor morreu, mas ainda dá medo, como se fosse ligar a qualquer segundo e te fritar.

"Mas o principal mesmo era nunca saber o que tinha depois da próxima curva ou quantos iam começar a escorrer pelas trevas. Os caras lá se mijando de medo, mesmo depois de tudo que tinham visto na terra desolada. Para ficar ainda mais infernal, o general teve a brilhante ideia de nos obrigar a andar com lança-chamas, que era ótimo para fazer tochas humanas, ou sub-humanas. Só que não tinha ventilação. Quando o metrô corre, tem superventiladores que mantêm o ar circulando. A meio caminho, lá fica cheio de ar morto, os olhos ardendo da fumaça, não dá pra respirar, esqueles desabando em cima da gente no meio das chamas..."

O Tenente fez uma pausa. Não estava vendendo muito bem a redesignação temporária aos varredores. Serviu-se um copo de água do jarro plástico no pódio.

— Mas demos jeito. Trabalho árduo, Fênix Americana, ha-ha. Agora querem que vocês encerrem pra ficar cem por cento. Façam o que já fazem, é pra atirar e derrubar tudo que é esquele que tiver entrado lá por via de manutenção nessas últimas semanas, ou aquele último carinha que sobrou no almoxarifado. Se tiver. A parte mais difícil já foi resolvida — concluiu.

O rosto do Tenente desenhava uma expressão de bravata que Mark Spitz ainda não havia visto no homem, e que por isso ele entendeu como falsa.

A Ômega e a Gama ficaram com a Broadway Line, da Canal à South Ferry. De acordo com Mark Spitz, a mais nobre das linhas do metrô, o meridiano sagrado da Ilha de Manhattan. Quando as duas tropas de varredura chegaram ao lado norte da Canal, o ladrilho amarelo da entrada da estação lhe trouxe calma pela familiaridade. Durante suas primeiras incursões adolescentes no subterrâneo de Nova York, os degraus que levavam à plataforma do metrô ofereciam refúgio da loucura das ruas acima, poupando-o do acusação dos arranha-céus contra seu eu maltrapilho e suburbano, bem como do atropelo constante dos estranhos que o cortavam, que faziam careta com passos hesitantes, que tentavam furar seus olhos com guarda-chuvas e que queriam incapacitá-lo para poder devorá-lo. Recuperou o fôlego nas plataformas e furtivamente conferiu o app da secretaria de transportes no celular para ninguém saber que ele não tinha a mínima noção de pra onde ir. Ele podia ser do interior, mas turista, não. Um dia moraria ali e seria que nem eles. Mark Spitz saltou na estação, em algum ponto da cidade onde nunca estivera, para finalizar a missão dada por um site — em busca de tênis importados ou moletons de edição limitada —, ávido para estudar aquela nova fenda da cidade.

Na época, se o pior acontecesse, o celular transmitiria as coordenadas de seu corpo assassinado ao satélite e, de lá, às autoridades e eventualmente a seus pais em Long Island. Que ideia pitoresca: morrer em busca de uma camiseta descolada.

Os varredores destravaram os portões e alcançaram a plataforma. Não conversaram. Apertaram as tiras dos óculos de visão noturna e esperaram os olhos se recalibrarem à nova modalidade verde-turvo que os transformava em criaturinhas rastejantes de um fosso no fundo do mar. Era o que o Tenente havia descrito: um calabouço decrépito, com atmosfera miasmática e topografia secreta.

— Parece que acabamos de perder o trem — disse Trevor, e eles riram e caminharam até a escada enganchada na ponta sul da plataforma.

A Gama era uma tropa de sintonia suave, maconheiros de terceira geração, todos, que mal podiam esperar pela nova era da tolerância com o bagulho que com certeza adviria da reconstrução, os garantidos legislativos e os brotos utópicos.

— Depois que a gente organizar tudo, a alegria vai ser institucionalizada — disse Prepúcio —, porque a tragada medicinal é o bálsamo do esquecimento.

Richard Cowl, também conhecido como Dick Cowl, também conhecido como Prepúcio,* era o líder da Gama e ex-sommelier de um restaurante de luxo inovador em Cambridge especializado em miúdos.

— O que é meio divertido, visto a ânsia que os esqueles têm por entranhas. São meus fregueses!

Mesmo em tempos de escassez, ele era vegetariano. Nunca provava as iguarias exóticas no cardápio do patrão, mas ainda assim sabia combinar um prato como ninguém. Segundo o próprio, pelo menos: os triunfos pré-praga eram exagerados, dada a falta de testemunhas para contradizer.

Joshua e Trevor eram os outros dois Gamas. A única descrição que Joshua deu de sua vida anterior foi "Eu era alcoólatra e ainda sou". Em um domingo no Wonton, Josh contou como a mãe se transformou na Última Noite, e Mark Spitz quase compartilhou sua história similar, mas se recusou. Josh não tinha a atitude de quem conseguiria chegar ao outro lado; tinha algo de bajulador, apesar do fato de que havia sobrevivido

---

* "Dick Cowl", o apelido de Richard, também significa "capa de pênis". [*N.T.*]

até então, e lhe contar a história seria como derramar café em um pires quebrado. Quanto a Trevor, ele fora segurança de shopping nos tempos brilhantes da abundância comercial pré-queda. Quando se conheceram, Gary provocou Trevor dizendo que ele devia estar feliz por "finalmente andar com uma arma de verdade" depois de seu período de falso polícia, e Trevor respondeu no mesmo tom dizendo que não precisava de arma nas rondas de shopping. Tinha tudo de que precisava nas mãos: Trevor era um artista marcial de nível mestre em um ramo das artes marciais do qual Mark Spitz nunca ouvira falar, mas, após uma demonstração improvisada, convencera-se de seu pedigree letal. A Gama ficava chapada toda noite, no instante em que se entrincheiravam para dormir.

— Nas delegacias, se tiver umazinha à mão — disse Prepúcio.

Uma das rodadas mais solenes de pedra, papel e tesoura da história humana foi decidida a favor da Ômega: a Gama era boa.

— Tudo bem — falou Prepúcio.

Para chamar os esqueles, Josh começou a tocar um metal pauleira das antigas usando um apito. O título da música era desconhecido de Mark Spitz. No vídeo, a banda tocava em um bar mitzvá vestindo roupa de motoqueiro. Em retrospecto, aquele couro daria uma paramentação antiesquele de primeira, fora o pescoço à mostra. Logo já estavam todos cantarolando a música, e depois gritando com força total.

A estação da Franklin Street surgiu à vista quando ouviram um berro vindo da Canal. As seguranças estalaram. Mortos não falam. Seria uma aberração bastarda que estivera se suprindo por ali, escondida? Mark Spitz nunca se deparara com um colono de verdade, mas os fuzileiros haviam arrebanhando alguns nas primeiras rondas pelo Setor. Cidadãos que haviam se trancado em apês insubstanciais de um quarto só e estúdios improváveis e de algum modo tinham conseguido seguir ali até que os soldados vieram retomar a cidade. Como deve ter sido ver os helicópteros depois de tanto tempo, depois de terem esvaziado a despensa de esperança e terem apenas teimosia abatumada a mastigar? Fuzileiros descendo pelos cabos, moendo os corpos dos mortos com seu calibre meia-bomba, esses diabos que os sitiaram por tanto tempo. A maioria ali era louca, e tiveram que ser arrancados aos gritos antes de serem levados aos médicos do Wonton, onde antipsicóticos de primeira os aguardavam. Um ou dois atacaram seus salvadores, atirando nos soldados na cabeça, incapazes de acreditar na salvação — e, por sua vez, alguns colonos sem dúvida foram confundidos com esqueles, paralisados em seu TEPA. Não eram muitos, mas existiam. Alguns colonos ainda estavam encarcerados ao norte da barreira; alguns conseguiam fazer sinal para helicópteros e eram arrancados dos telhados. Outros sumiam de vista quando ouviam um helicóptero, contentados com o teatro de aniquilação que se armava nas cabeças traumatizadas.

A Ômega e a Gama prepararam as armas. Gary acendeu um cigarro. Mark Spitz se lembrou da antiga placa nas cabines de venda de passagem: EU SOU O CHEFE DA ESTAÇÃO. EU AUXILIO OUTROS CLIENTES. VOCÊ PODE ME IDENTIFICAR PELO TRAJE COR DE VINHO. O homem identificou-se, e, quando chegou bem perto, Mark Spitz viu que ele não usava traje cor de vinho. Não era um representante oficial da Secretaria de Transportes nem um ermitão subterrâneo de barba que os chamava, mas sim o Tenente, usando paramentação de choque, a primeira vez que o viam naqueles trajes. Seu chefe lacônico tinha ficado lá em cima, em Wonton; ali embaixo ele era um soldado de verdade, veterano da calamidade. Envergonhados, os varredores tomaram suas versões idiossincráticas de pose de batalha.

— Achei que seria uma boa vir junto e fazer um exercício — disse o Tenente.

Ele não se paramentava havia meses.

— Mas é igual a andar de bicicleta. Uma bicicleta do inferno, feita no inferno.

Durante o uísque no domingo seguinte, ele confiou a Mark Spitz e Kaitlyn que tivera um mau pressentimento com a Broadway desde que Buffalo lhe dera sinal verde.

Mark Spitz continuava tropeçando nos dormentes. Não gostava de caminhar na valeta, onde o esgoto entrava pelas botas, então pulava de dormente em dormente como uma criança pulando amarelinha. Era paranoico quanto aos nichos recortados na parede, onde um operário podia se agachar caso se visse diante de um trem. Cada buraco abrigava um esquele, cada corredor de manutenção estava cheio de inimigos prestes a vazar nos trilhos, a população nativa explodindo do hábitat sombrio para expulsar os invasores.

— A gente nunca tinha vindo no metrô — disse Gary.

— Geralmente se anda nos vagões — comentou Mark Spitz.

— Você acha que vão ativar de novo?

— A gente tem que se locomover de algum jeito. Setor Um, Setor Dois. Assim que tiver luz.

O metrô será reduzido no próximo mundo, desprovido de seus poderes, como um deus caído. Forçado a recapitular estágios infantis, quando se estendia pela cidade selvagem bairro por bairro, linha por linha.

— Queens?

— Acho que não vamos fazer varredura no Queens tão cedo — disse o Tenente. — É o Queens, né. Mas, sim, vai ter energia.

— Voltar a ver TV vai ser legal — comentou Kaitlyn.

— Com certeza — falou o Tenente. — Tem um imbecil lá em Bubbling Brooks que está escrevendo uma sitcom sobre a praga. — Ele se virou na direção de um barulho de alguém correndo, depois retomou a marcha. — Gravada com plateia. Meia plateia.

Mark Spitz imaginou o corcunda na câmara de concreto um quilômetro abaixo da cidade, suando na regata amarelada, o cara que ia apertar o botão. Cem mil geladeiras começariam a zumbir de uma só vez, os "12:00" piscando na tela de um milhão de fornos de micro-ondas e vídeos digitais, todas as máquinas tristes que haviam se desligado no meio de seu trabalho humilde, aguardando as ordens. As luzes no corredor de cortiços e prédios comerciais se acenderiam, assim como, no metrô, os indicadores de sinal vermelhos e verdes. As máquinas despertariam em um novo mundo onde suas antigas rotinas seriam vazias. Como se fossem seres humanos inoperantes devido à praga e depois reinicializados para propósito alternativo.

Ele se aclimatou ao mundo de baixo, os ecos das vozes e das botas que adejavam de parede em parede como morcegos, a água que jorrava e escorria de cada rachadura. Uma tranquilidade arrepiante se assentou em seu peito. Naquele dia havia um monte de cinzas rodopiando no ar, opressivas em um ataque firme e demente contra o perímetro pessoal dele, acomodando-se em suas barreiras. As estações escuras tinham voltado a ser manicômios; a plataforma, uma rocha robusta para se apoiar, como fora quando ele era um explorador adolescente na cidade e a vasta corrente humana o atacava, tentando arrancá-lo. Antes do desmazelar do mundo, ele sempre podia retomar o fôlego ali, por baixo da tonelagem incontável da cidade, a massa de aspirações grosseironas e esperanças evanescentes, e se preparar para o próximo contato. E assim era de novo.

Tudo correu bem até a Chambers, quando a questão eterna os confrontou: local ou expresso.

— O que acha, Tenente, South Ferry ou Brooklyn? — perguntou Joshua.

Ele estourou seu chiclete patrocinado como um adolescente entediado sendo carregado à força para o encontro de família. Eles tinham visto ratos, poças de sangue seco, poeira e lascas de azulejo do metrô crivadas de balas, mas nem um só esquele. A operação dos fuzileiros fizera tanto barulho que qualquer desajeitado cegado pela praga nos túneis tinha sido atraído para fora e dizimado. Quando o Descarte viera buscar os corpos, eles exterminaram um ou dois desgarrados que saíam andando como os garotos impopulares aos quais ninguém avisara que o esconde-esconde havia acabado duas horas antes. Estava ficando aparente à Gama e à Ômega que o subterrâneo era tão direto quanto a varredura sobreterrânea. Aliás, mais fácil, pois quaisquer esgarrados — o estranho, perplexo passageiro de pé esperando o trem que nunca chegaria ou o vendedor de passagens pairando sobre uma pilha de passes para dois dias — já tinham sido varridos. As trevas passaram a espremer menos.

— Fazemos South Ferry primeiro, chegamos no fim da linha, depois voltamos — disse o Tenente.

— Então temos que voltar amanhã para terminar — falou Prepúcio.

— Então voltamos amanhã.

— Quem sabe pegamos o expresso e a Ômega pega o local? — sugeriu Prepúcio. — Separamos, nos encontramos aqui, e fechamos por hoje.

O Tenente fitou os dois túneis rumo ao sul, os olhos pretos mortos. Gary ergueu as sobrancelhas como um palhaço.

— Estamos no Setor dia e noite — disse Trevor. — Aqui, até onde eu sei, é só mais um porão. A gente andou por um monte de porões ferrados nessas semanas que passaram.

— Porões ferrados pra caramba — repetiu Joshua.

Todos assentiram com a avaliação sagaz, e Mark Spitz riu. Ninguém imagina os porões que viram...

O Tenente parou na espiral de uma de suas hesitações características e cedeu. A Gama escolheu os trilhos expressos, que faziam declive ao sul da estação, e a Ômega ficou com os locais. Prepúcio retomou o metal pauleira de Gary e as duas tropas seguiram rumo a suas sinas. Durante uma confabulação posterior no domingo à noite na guiozaria, o Tenente lamentou não ter ido com a Gama.

— A sensação ruim que eu tive foi como um trilho expresso, não trilho local, mas me esqueci disso quando nos dividimos. Fiz merda.

Ele tinha levado um presente: cubos de gelo. Batiam e estalavam nos copos. Kaitlyn esmigalhou um nos dentes. É a cara do expresso, pensou Mark Spitz: leva mais rápido ao destino final. Ele resolveu que a sensação ruim do Tenente lhe dizia que o expresso era uma descambada geral premeditada, e por isso ele se juntou à Ômega. Para salvar os que podiam ser salvos.

— Bzzzz bzzzz — disse Gary, tocando no trilho condutor com o tênis.

Mark Spitz estava à frente. Kaitlyn diligentemente repetiu os passos de Gary, como se estivessem em um campo minado. Aquilo o estava deixando nervoso.

— Para dar sorte — disse quando ele reclamou.

Ele pediu para ela ir mais para trás. Ela não foi. O Tenente vinha na rabeira, matando tempo conscientemente, tentando entender que detalhe o iludia.

— E agora? — perguntou Gary.

A antiga estação do World Trade Center, pensou Mark Spitz. Fazia muito tempo, mas ele se lembrava.

Os informes dos fuzis de assalto da Gama se agitaram pelo túnel como se estivessem em rodas de aço polido. Mark Spitz olhou para norte e sul para determinar a origem dos tiros, e estava de volta à plataforma como nos velhos tempos, tentando descobrir se era seu trem chegando na faixa do outro lado. Eles correram de volta à Chambers. Sua visão noturna pulverizou as vigas e escoras em grãos, pixels frágeis, que se erguiam e submergiam da sombra. O mundo se dissolvia e se reformatava nas trevas a cada passo, e a enxurrada prosseguia. Armas disparando, gritos, depois uma saraivada menor. Uma arma silenciou. O Tenente berrou regras de combate absurdas, mas, entre os tiros e o jargão militar, Mark Spitz teve dificuldade de distingui-las. Ele se apoiou na sua tradução padrão de caos, que lhe servira bem até então.

Quando os trilhos da zona sul se encontraram e a Ômega pulou entre as colunas para a linha expressa, os tiros haviam parado. O Tenente praguejou. Um homem berrou, e os gritos do homem crepitaram até virarem um gorgolejo. Eles identificaram os sons de pessoas sendo devoradas. As lanternas da Gama estavam acesas, refletindo do outro lado da curva no túnel como se o primeiro trem da metrópole renascida estivesse chegando na estação. O Tenente foi à frente. As luzes se agitaram. Os gritos crepitaram. O Tenente fez sinal para eles reduzirem conforme os esqueles agachados apareceram nas luzes, pedaços de corpos entrando e saindo da iluminação, tão encardidos pelo submundo que, enquanto comiam, lembravam gárgulas reluzindo de sangue.

— Cabeças!

O Tenente não precisava ter avisado a Gama, havia poucas chances de eles serem atingidos por fogo amigo, prostrados nos trilhos, imobilizados pelos monstros. As balas que detonaram nos crânios dos esqueles interromperam o banquete. Um encarou Mark Spitz nos olhos, o rosto decorado de sangue, e então voltou a comer Trevor. Outros mortos à beira do amontoado faminto estavam mais interessados nas chances de um cardápio mais volumoso e se arrastaram apatetados rumo à Ômega, tropeçando nos trilhos.

Os quatro sobreviventes pretendiam seguir a marcha pelo mundo morto, como haviam feito desde a Última Noite. Exterminaram os esqueles, colocando suas máscaras discrepantes sobre os rostos dos condenados, para terem certeza de quem e do que matavam.

Cada um viu uma coisa diferente ao derrubar as criaturas. Mark Spitz sabia a avaliação que Gary fazia dos mortos. Eles eram os devidos cidadãos que haviam frustrado e condenado ele e seus irmãos a vida toda, excluindo-os das festividades — os professores do apoio escolar e os diretores-assistentes, os vizinhos do outro lado da rua que ligavam para a polícia para reclamar do barulho e do lixo no quintal. E agora? Onde estavam as regras, os juízos, os sorrisos de condescendência? Gary arrancava as cabeças dos quadradões com gosto, perfurava-os com redundância para enfatizar seu desprezo.

Para Kaitlyn, a escória vinha de uma população distinta. Ela apontava para a gentalha que mordiscava as beiras de seu sonho: os fumantes de vontade fraca, os pais malandros e os que mamavam na previdência, as mães solteiras que procriavam sem parar, os que menosprezavam o excesso de velocidade e aqueles que só tinham a si para culpar pela dívida absurda no cartão de crédito. Esses diabos cabeça de vento entre a Chambers e a Park Place não votavam nem iam aos encontros de pais e mestres, comiam fast-food mais de duas vezes por semana e exigiam lojas que vendessem plus size para esconder os corpos abjetos dos saudáveis. A subclasse reunida que simultaneamente minava e justificava suas opções de vida. Tinham que ser exterminados e desabavam na água suja ao lado dos que Gary matava, sem diferenciação.

Se os seres que eles destruíam eram suas próprias criações, e não os restos degradados das pessoas descritas na carteira de motorista das coisas, que assim fosse. Afinal, nunca vemos os outros, só os monstros que fazemos deles. Para Mark Spitz, os mortos eram seus vizinhos, as pessoas que via todos os dias, como faria em um vagão do metrô, o fantástico arranjo metropolitano. O metrô era o grande nivelador — no subterrâneo, os titãs de Wall Street sacudiam-se no vagão e agarravam-se aos mesmos postes que os assistentes de TI para formar o totem de punhos, os vice-presidentes executivos encarregados do marketing do produto inovador colavam coxa com os desafortunados e com os sonhadores, que desciam em suas estações quando instruídos pela voz de computador e eram substituídos por aparelhos de instrumentos financeiros teóricos de poder incalculável, que vagavam nos assentos e por sua vez eram substituídos por homúnculos desempregados agarrados aos tabloides do dia anterior. Um atropelava o outro, todos competiam por espaço tanto abaixo quanto acima, em um minueto de ruína e triunfo. No metrô, lá embaixo, no escuro, nenhum cidadão era mais significativo ou mais decrépito do que o outro. Todos estavam indistintos no médio da existência, os As e os Cs desabando ou erguendo-se para se acomodar na implacável mediocridade. Não havia fuga. Era nesse plano que vivia Mark Spitz. Todos eram como ele. Talentos medianos que sobreviviam, cracas no casco da humanidade, sobreviventes que ainda não haviam sido extintos. Talvez fosse apenas questão de tempo. Talvez ele vivesse até decidir que não viveria mais. Mark Spitz apontava para o ponto onde a espinha encontrava o crânio. Eles caíam sem fazer som. Ele tinha prática.

Eles dispararam até todos que precisavam ser mortos terem sido mortos e ficaram entorpecidos olhando para as trevas atrás de mais, as próximas aparições escondidas nas alas, pois claramente não haviam terminado. Afinal de contas, eram seres humanos, cheios de coisas que precisavam ser derrubadas.

Mark Spitz não sabia que monstros o Tenente havia visto, mas seu sistema devia ter funcionado, pois o homem os despachava com proficiência ligeira.

Pelo que puderam reconstituir, os mortos estavam presos dentro de uma cabine de controle da secretaria de transportes que os fuzileiros não haviam notado na primeira varredura dos túneis. A Gama os soltou. Mark Spitz imaginou-os espirrando da sala, como se estourassem das membranas de um cisto. Não, nada líquido, algo elétrico — as orlas de máquinas silenciosas, os rejeitados, chaves ansiosas e telas em branco coordenando o sistema do metrô, carregados de energia da frustração e daquelas forças reprimidas que finalmente explodiram com fúria recrudescente. Libertados ao primeiro indicativo de que as pessoas poderiam voltar, o povo de cima, os peões que davam propósito aos túneis. Trevor, Joshua e Richard Cowl haviam conseguido subir dez metros no túnel antes de serem derrotados, ou um foi derrubado e os irmãos não conseguiram salvá-lo. À luz dos capacetes, o sangue nos trilhos era bem escuro e se misturava à água suja encurralada nos sulcos. Ninguém disse "De Quem É O Sangue?", porque ninguém brincava de De Quem É O Sangue? com gente que conhecia. Mark Spitz falou para si: eu digo De Quem É O Sangue? em cinco segundos: é do futuro.

Foi o fim dos varredores no metrô. O Tenente informou a Buffalo que os túneis podiam esperar até a chegada do próximo destacamento de fuzileiros, quando iniciassem o Setor Dois. Ele que não ia mandar seu pessoal lá para baixo de novo.

— Um dos meus líderes de tropa se formou em comunicação, pelo amor de Deus.

A Bravo e a Ômega viraram seus copos na churrascaria brasileira. Ninguém conversou. O tocador de música digital gorjeava versos edificantes sobre amor veranil. Mark Spitz percebeu que ainda não havia lhes contado de Bubbling Brooks.

— Ah, meu Deus — disse Angela.

— Pobre daquela gente.

— Os trigêmeos! O que aconteceu com os trigêmeos?

— Dizem que um conseguiu fugir — disse Mark Spitz.

— Qual deles? Finn?

— Não sei.

— Espero que tenha sido o Finn — disse No Mas. — Ele é o meu favorito. O putinho tem brio.

— Pobre Cheyenne — comentou Kaitlyn.

Gary fechou os olhos e concordou com a cabeça, em comunhão com o trigêmeo mais desventurado do planeta.

Eles armaram os detectores de movimento e se acomodaram, aninhando sacos de dormir morrinhentos debaixo dos narizes. Kaitlyn se apoiou nos cotovelos para passar fio dental.

— Bem cedinho, de volta ao serviço — disse.

A dúvida em relação a de quem era a grade em disputa fora resolvida a favor da Ômega. O último presente do Tenente.

Mark Spitz fechou os olhos para as sombras da selva na parede. A última vez que vira o Tenente fora na guiozaria, quando a confabulação de domingo à noite estava nos finalmentes. Kaitlyn estava com sono, apoiada na parede em plena sessão de roncos. A Grande Wonton estava com disposição jovial. O primeiro-ministro da Itália havia liberado pinups de Gina Spens, pelo bem do ânimo geral, nos quais uma mulher guerreira de biquíni posava na praia com uma metralhadora, recatadamente coberta com um painel de radar e coisas do tipo. Houve relatos de outros três campos de extermínio, embora um deles tenha acabado não sendo um campo de extermínio genuíno, mas a lixeira de um trucidador de esqueles nível mestre, identidade desconhecida. (Buffalo estava louca para encontrá-lo e fazer um perfil.) Boas notícias, embora a feição do Tenente defendesse o contrário.

— Você resiste? — disse Mark Spitz.

— Não sou imune. Durmo mal, mas cochilo bem demais. Só que praga é praga. Não vejo motivo para crer que acabou.

— Não imaginei que você fosse um piradaço da justiça divina.

— Não Deus. A natureza, se é para dar nome. Corrigir o desequilíbrio. Ela nos tira da rotina robótica, do tipo que disseram que meu pai tinha antes de desligarem os aparelhos: estado vegetativo persistente. Punição pela cultura com parada cardíaca.

— Talvez agora tenha se corrigido — falou Mark Spitz. Ele bebera uísque suficiente para um tom de otimismo vazar nas suas palavras. — Deu conta da superpopulação e foi embora.

Ficou imediatamente enojado de si mesmo por se expressar daquele modo e conferiu se Kaitlyn, sua consciência externa, havia ouvido. Ela roncava.

— Talvez Buffalo tenha razão e tenhamos acabado com a praga e o que estamos fazendo aqui seja um empreendimento vital. Talvez sejamos só carniceiros brigando pelos restinhos de carne podre e colocando de volta na vitrine.

— Então por que você está aqui, se é o fim?

— Peço desculpas mais uma vez por não ter trazido gelo.

— Tudo bem.

— Eu queria que virasse um esquema semanal, mas esqueci. — Ele tomou um longo gole. — Sabe por que eles ficam andando? Eles andam porque são muito burros pra saber que já morreram.

— Eu estou aqui porque tem uma coisa que vale a pena recuperar.

— Isso é pensamento de esgarrado.

O Tenente sorriu. Foi uma perturbação tênue em seu rosto, como se uma enguia negra, quilômetros abaixo, no leito oceânico, houvesse se revirado durante o sono e provocado uma leve reverberação na superfície.

— Sou grato. Buffalo nos passou uma tarefa inútil pra gente não ficar de ideia fixa. Vão cavar uma vala pro acampamento, vão debulhar a porra do milho. — Ele ergueu o copo para os amigos do outro lado da mesa. — Vão limpar uns prédios. Vocês têm que admitir: faz o tempo passar.

DOMINGO

"Move as a team, never move alone:
Welcome to the Terrordome."

— *Public Enemy*

Quando o muro caiu, foi rápido, como se estivesse esperando o momento, como se tivesse sido criado para o exato instante do fracasso. Barricadas desabam depressa, assim que se expõe como sempre foram minadas e podres. Por trás da fachada da estabilidade, eram tão etéreas quanto a sociedade que as criou. Todas as subrotinas febris dos programas de sobrevivência que Mark Spitz tinha se ativaram, pela primeira vez em muito tempo, e ele localizou a falha um instante antes de ela se expressar: ali.

Na manhã em que o Setor morreu, a Ômega perdeu a hora, tomada pela ressaca. Normalmente a tropa teria fechado o ponto às três da tarde e ido para o Wonton, mas Kaitlyn os lembrou de que haviam largado do batente mais cedo no dia anterior. Ela "não queria decepcioná-los", sendo *eles* a hidra fêni de múltiplas cabeças, estivesse esta se remexendo em uma mina de bauxita esperando o clima morto desanuviar ou bem agarrada ao seio feliz de um assentamento e naquele exato instante escavando o *brunch* dominical das latinhas de alumínio no refeitório. Mark Spitz registrou a resposta de Kaitlyn à notícia dos trigêmeos Tromanhauser e interpretou a dedicação dela naquela manhã como sacrifício ao bem-estar deles, dedicação que cruzaria quilômetros: que aqueles coraçõezinhos sigam batendo. Em sua cena de ação, Kaitlyn emergia do galpão em chamas em câmera lenta, correndo e vencendo uma ninhada de esqueles, um trigêmeo debaixo de cada braço, e o terceiro em um *sling* no peito.

As duas unidades de varredura desejaram uma à outra rápida recuperação da desidratação e da melancolia regada a álcool. Cura-ressaca assim que voltassem a Wonton, sem questionamentos. Depois, de volta ao trabalho. Na Fulton com a Gold. Sim, a Ômega saboreou seu estacionamento tão batalhado fila por fila, o vácuo em seu destacamento, cada bendito metro cúbico e os direitos aéreos adjacentes para completar. A fileira de cortiços de quatro andares estava desprovida de demos, fora dois suicidas que ensacaram no número 42 da Gold. A dupla se matou em dois apês de um quarto de layout idêntico, com dois andares de diferença. A moradora idosa do 2R enforcou-se de um lustre com vitrais na sala de estar. Assim que o lustre se soltou do teto, os pedacinhos de gesso se misturaram ao lodo decomposto e deram a seu cadáver uma textura singular, encaroçada, o que lembrou Mark Spitz das coisas que espreitavam nas antigas comidas de rua. Ela havia sofrido uma mutação depois de encalhada na caixinha de papelão nos fundos da geladeira. Ele reconheceu o sofá no qual ela subira; ele havia comprado o mesmo, por impulso, na internet, em promoção, na primavera em que se mudou para a sala de recreação dos pais. À prova de manchas, um desses novos tecidos-milagre que dava para lavar na máquina.

Havia subido nele para trocar as lâmpadas econômicas exíguas no trilho de luminárias, cuja luz pálida ele acusara de sugar sua vitalidade e disposição.

O suicida vizinho de dois andares acima estourou os miolos no sofá. O cara do 4R tinha cara de coruja, cabelinho fino cor de palha e membros encolhidos, que saíam das roupas grandes demais. Ele havia passado fome antes de se matar, petiscando o estoque para o apocalipse que guardara em seu bunker a preço de fábrica: a banheira estava cheia de latas lambidas até o fim e caixas bem achatadas, amarradas e ensacadas, a postos para o dia em que passasse a reciclagem. Gary observou que o fedor dele não fechava com o do nova-iorquino putrefato médio, e, de fato, a inspeção da caixa de chapéu ao lado do corpo revelou a tumba da forma felpuda e vazia de um gatinho malhado, identificável pelas inúmeras fotos que adornavam o apartamento. O bilhete de suicídio citava o conviva com destaque, com conjecturas sobre um além misto, para animais e humanos, onde não haveria discriminação nem quanto às espécies nem quanto à posse de um cérebro com o devido tamanho para conceber o além. Nenhum dos moradores foi mordido; foram vítima dos próprios pensamentos proibidos.

A Ômega ensacou os dois vizinhos e os deixou na rua para o Descarte. Ensacaram o malhado junto ao dono.

A vidente foi a última varrida do dia. Eram quase seis da tarde. Kaitlyn sugeriu que retomassem a partir dali amanhã, mas Gary disse:

— Quero que ela leia minha mão.

Mark Spitz não conseguia imaginar como aquela fachada que lembrava um velho imorredouro havia suportado as renovações implacáveis da metrópole. A única resposta era que a cidade em si era tão enfeitiçada pelo passado quanto as criaturinhas que se sacudiam em suas costas. A cidade se recusava a deixar que saíssem dali: de que outro modo explicar os estabelecimentos resistentes em quadra após quadra, em bolsões sentimentais grade afora? As lojas haviam aberto toda manhã para servir uma clientela extinta antes mesmo do alvoroço da praga, exibindo objetos sem utilidade sobre o feltro por trás da vidraça suja, pendurados em ganchos de aço onde a poeira se agarrava e formava colônias. Produtos descontinuados, desejos exterminados. A cidade os protegia, pensou Mark Spitz. A loja de conserto de máquinas de escrever, a sapataria com sua caligrafia neon antiquada e a incompetência palpável que desviava os curiosos, a mercearia de família com a fritadeira incubadora de bactérias: estavam grudados à quadra com suas placas esmaecidas e seus contratos de aluguel de noventa e nove anos, murmurando entre si em um vernáculo moribundo da nostalgia. As lojas de norte a sul, de ambos os lados, vendiam as novidades, as geringonças cromadas de que o povo precisava, enquanto as quadras da metrópole aninhavam aqueles pontos antigos, guardando-os como segredos ou tumores.

A loja da vidente era exatamente um desses negócios atávicos, um esgarrado, conforme o jargão atual, com lantejoulas em desintegração faiscando fracas por trás das exortações bregas pintadas na vitrine. Guirlandas de luzes de Natal e colares de insetos mortos eram dispostos como contas na parte inferior do mostruário vitrinesco. Cada uma das outras lojas na quadra servia a alguma carência yuppie, curvava-se ao solar demográfico local, que absorvia nas capilares os implementos de cozinha importados e os bibelôs de crianças sofisticadas. Mas ali estava a vidente. Será que os fatos poderiam ter transcorrido de outra forma? Se a Bravo houvesse ficado com a Fulton com a Gold, o Misto Residencial/Comercial, a mistura de personalidades da outra tropa poderia ter conduzido os fatos por outro rumo. Não fosse a última parada da Ômega antes da folga, talvez Gary não estivesse de humor tão jovial e bancando o tolo. Mais tarde, Mark Spitz desenredou a sequência de inevitabilidades. Lembrava uma gargantilha de moscas mortas.

Gary cortou o cadeado, e Mark Spitz o ajudou a subir o portão recalcitrante da loja. A maçaneta e a tranca de metal escuro eram relíquias, amaciadas pelas carícias de gerações de mãos até ganhar um lustre sobrenatural. Mark Spitz não entendia como aquela lojinha brega poderia atrair grande volume de interessados, mas sabe-se lá que lojas vitais funcionavam ali antes da clarividente desembalar suas segredices, a linha clandestina de utilidade e desejo que parava naquele endereço. Corretores de imóveis, açougueiros, joalheiros de antiguidades e operadoras de celular já haviam ficado atrás daquele balcão, atendendo clientes de chapéu, e depois aqueles com aros de metal na pele. Saias rodadas, meia-calça, e depois tinta azul com qual a simbologia de crenças em ascensão e iconografias estrangeiras foram entalhadas na derme. A única página no álbum de fotos do endereço que ele podia ver era a que estava diante de si.

A proprietária estava sentada à mesa no centro da sala. Desprezando os adornos tradicionais de sua profissão, a esgarrada vestia o uniforme 100% preto de punk zona sul. Tinha mais ou menos a idade de Mark Spitz, com menos de trinta quando a praga a colocou no âmbar, com listras verdes entrelaçadas no cabelo tingido de ébano e rímel manchado aprofundando as marcas da praga ao redor dos olhos. As placas na parede mostravam um cardápio de serviços em uma fonte popular de computador: mapas astrais, numerologia, manipulação da aura e a enigmática "recalibragem". Pequenos jarros e tigelas de ervas, pós de arco-íris e amuletos cor de osso apoiados em prateleirinhas de metal, adereços adquiridos de uma loja na internet. Tons terrosos vermelhos e marrons dominavam a tapeçaria, as almofadas e os tapetes, o que conferia ao lugar uma aura de covil. A Ômega estava diante de um *sanctum* tal como se retratava na cultura popular, sendo que a atitude da própria clarividente conferia um ajuste diferencial, necessário. A vidente da metrópole moderna, que maneja os encantos do Mundo Antigo e a cristalomancia dos ancestrais. Seus pais provavelmente acharam que ela havia renegado os antepassados quando chegou em casa com aquele aro de metal no nariz, mas foi um toque que possibilitou que o negócio de família entrasse no ritmo da cidade multiforme. Todo mundo precisa de alguns truques para se manter competitivo, pensou Mark Spitz.

A vidente tinha um naco do pescoço faltando, abaixo da orelha direita. A carne exposta lembrava pavimento arrancado com tons de escarlate, um buraco encrostado de cartilagem escancarada, tubos e canos: a pele da cidade arrancada. Ela assombrava a antiga estação de trabalho, as mãos achatadas no tecido rubi adornando a pequena mesa redonda. Havia duas cadeiras, suas mensagens pensadas para uma alma por vez.

— Eu fico com os fundos — disse Kaitlyn, e retirou-se para os confins da loja, abrindo a cortina de continhas vermelhas com o fuzil.

Gary deu uma risadinha travessa.

— Puta que pariu — disse Mark Spitz.

Sua nova política se anunciou: quanto antes se derrubar esgarrados, melhor. Eles não eram os anjos sentimentalizados do Tenente, soltando lições obscuras pelo simples fato de existirem, e o impulso de Mark Spitz de deixar Ned, o Carinha da Xerox, em seu posto no escritório vazio não tinha sido pena. Essas coisas não eram parentes dos seus similares que haviam perecido, mas vermes que precisavam ser exterminados. Por que ele tinha vacilado?

Gary soltou a mochila e se acomodou na cadeira do cliente, tirando as luvas de malha metálica com um floreio teatral. Acomodou a mão pálida e levemente acinzentada da proprietária sobre sua mão aberta.

— Deixa ela ler bem rapidinho, Mark Spitz — disse Gary. — Tem umas coisas que a gente tem que saber.

— Isso é desrespeito — disse Mark Spitz.

Ele ergueu o fuzil; Gary empurrou a arma para o lado. Gary não estava disposto a abusos do mesmo calibre de seus antigos comparsas bandoleiros, mas mesmo assim Mark Spitz não queria ser testemunha. E não havia sentido em ridicularizar um esquele se você não tivesse testemunhas. Mark Spitz não conseguia identificar a origem de seu desgosto e não estava disposto a associá-lo com a preocupação com Ned na tarde anterior. Estava cansado demais para aguentar a nova carga de sintomas.

Com a mão aninhada na dela, as unhas sujas de Gary encontraram seus pares no encardido rubro sob as da anfitriã. Adivinha e adivinhado haviam igualmente raspado areia dos respectivos cemitérios. Gary ergueu as sobrancelhas.

— Tem alguém com quem conversar no além, Mark Spitz?

A algumas quadras do muro, o apartamento do tio pairava a dezenove andares de altura, presença pulsante.

Mark Spitz não precisava de uma médium; sinalizadores e bandeirolas teriam bastado. O que tio Lloyd teria revelado? O que o tio sabia agora que não sabia antes do cataclisma? Nada. Nada que Mark Spitz não houvesse descoberto na terra desolada.

Com a objeção de Mark Spitz, Gary prendeu um *headset* invisível ao ouvido e comunicou:

— Tenente, na escuta? Precisamos de ordens. Não vai nos deixar na mão do Fabio, parça.

Gary teria se dirigido aos irmãos, se tivesse conseguido fugir e sobrepujar a negação quanto às mortes. Qualquer sessão espírita estava condenada, na avaliação de Mark Spitz, mesmo que a jovem médium funcionasse direito, se ela ainda tivesse talentos. Ele havia repassado as provas falhas do além em muitas noites frias. Havia uma barreira no fim da vida da pessoa, sim, mas nada no outro lado. Como haveria? A praga parava o coração, a essência da pessoa era descartada pela patética carne humana e fazia nado cachorrinho pelo ectoplasma ou fosse lá o que fosse, aí a praga reiniciava o músculo cardíaco. Que divindade cruel dava um vislumbre da esfera angelical, só para depois arrancá-lo de lá e condená-lo ao ponto de vista de um monstro? Sentenciar você a observar o mundo pelo orifício triste dos mortos, sofrer a paródia grosseira de sua existência. Fora do Setor Um, as almas ficavam encurraladas nas arquibancadas, espectadoras dos absurdos cometidos por suas mãos alienadas.

A morte do além não deixava de ter suas vantagens, contudo, poupando Mark Spitz da perspectiva de uma eternidade revivendo os erros e vendo os efeitos em cadeia, por mais breves e inúteis, história afora.

— A cigana aí perdeu uns parafusos — disse Gary.

Ele ergueu a laje que era a mão dela e soltou o peso morto na mesa.

Kaitlyn voltou.

— Parece que ela começou a morar lá no fundo quando a coisa estourou.

Ela sacudiu a cabeça diante do quadro vivo à sua frente, mas não conseguiu ficar chocada com a devida autenticidade. O dia tinha sido longo.

— Você é doente, Gary.

— Não tem nada pra perguntar, Kaitlyn? — Gary agarrou de novo a mão da vidente. — Não quer nem saber quando vai conhecer o Cara Certo?

— Ok, vou morder a isca...

— Não fala em morder.

Mark Spitz tentou relaxar dizendo a si mesmo que seus camaradas haviam embarcado na jovialidade do Esquele Desvendado. Os últimos dois dias tinham sido pesados, entre o RH e o Tenente executando o pensamento proibido. Em meia hora eles estariam no Wonton e uma semana mais próximos da reconstrução do mundo. Mas ele sentiu algo na pele, uma vibração das mais tênues.

— Será que os trigêmeos vão se salvar? — perguntou Kaitlyn.

— Qual é o problema, a praga comeu sua língua? Só um pouco, estamos recebendo alguma coisa... — Gary improvisou, de olhos fechados. — Três almas corajosas...

— A Cheyenne, imbecil. A Cheyenne tá bem?

— A resposta é... Sim!

— Meu Bom Senhor.

— Vamos conseguir passar por isso? — perguntou Mark Spitz.

Gary abriu um olho e sorriu de canto.

— Deixa eu conferir, só um segundo... Madame Cigana, nos ajuda a ver o futuro?

Nós fazemos o futuro, pensou Mark Spitz. Por isso estamos aqui.

— Nebuloso — disse Gary. Ele se concentrou mais, a mão trêmula. — O que você quer saber mesmo é se você vai conseguir?

— Sim.

— Só um segundo...

O corpo de Gary teve uma convulsão, uma corrente psíquica feroz adentrando a intersecção entre sua pele e a da vidente. O mecânico não conseguia ficar sério ao combater as forças do mundo espiritual, frágil conduíte que era. Pela primeira vez Mark Spitz notou o minúsculo sorriso entalhado nos lábios putrefatos da vidente, como se ela também houvesse gostado da piada, ou estivesse entretida de maneira totalmente distinta, a textura e o relevo exatos que só ela sabia apreciar. Gary desabou na mesa, esticou aquele momento até onde podia, depois levantou a cabeça bem devagar.

— Eles disseram que vai ficar tudo bem, Mark Spitz. Que você não precisa se preocupar com nada.

Para não ser estraga-prazeres, Mark Spitz fingiu alívio. Na rua, as cinzas haviam começado a cair com seus flocos de vanguarda.

— Tá, Gary, levanta, levanta — disse Kaitlyn —, vamos acabar com isso.

— Não se zangue — falou Gary.

Ele tirou os dedos da mão da vidente e, no instante em que romperam o contato, ela agarrou a mão dele e mordeu fundo na carne entre indicador e dedão. O sangue jorrou, parou, jorrou de novo devido ao esforço cardíaco. A boca dela mordia e voltava, mordia e voltava, rasgando e mastigando, até engolir o dedão de Gary.

As balas de Kaitlyn desintegraram a cabeça da vidente e ela desabou no chão, fluido preto escorrendo das veias sobre as prateleiras e a estante de aglomerado feita em casa, tomada de tesouros ocultos. Antes de o rosto dela se liquefazer, o sorriso voltou aos lábios salpicados de sangue: um crescendo de dentes amplo e satisfeito. Ou foi assim que Mark Spitz imaginou.

Ele foi tratar da ferida de Gary enquanto Kaitlyn atirava mais quatro vezes na vidente, soltando impropérios. Os berros de choque e dor de Gary se transformaram em súplicas por anticipro.

— Me dá essa merda, cadê essa merda, me dá essa merda — berrava, as mãos procurando no colete.

Mark Spitz encontrou a dose de antibiótico do amigo no mesmo bolso que tinha a reserva de estabilizadores de humor para a semana. Gary engoliu o anticipro, depois a dose de Mark Spitz e a dose de Kaitlyn. Ele uivou.

Era folclore: a megadose de drogas que apagava a praga se você engolisse rápido. O anticipro era um antibiótico de segunda no mundo anterior; não se sabia como o haviam elencado à cavalaria que repele as espiroquetas invasoras da praga. Se você fizesse um levantamento em uma mesa do refeitório no assentamento, descobriria um ou dois fênis que diziam conhecer alguém que conhecia alguém que tinha sido salvo com essa profilaxia. Sob pressão, é claro que ninguém tinha conhecimento de primeira mão. Mark Spitz não acreditava no poder da droga. O mais provável era que os emissores originais do folclore apocalíptico não tivessem recebido a devida pancada da praga, o suficiente para infectar. Mas levar uns comprimidos no bolso não fazia mal a ninguém. Tinha gente que carregava crucifixo e livro sagrado. Por que não uma cápsula da fé, fácil de engolir, com nova fórmula de ação acelerada?

Kaitlyn espetou uma ampola de morfina no braço de Gary e terminou de tratar a ferida. Limpou o sangue com uma toalha de mão fúcsia do banheiro dos fundos. Ele gemeu e encarou a vidente como se fosse abrir o corpo dela, pescar o dedão e costurar de volta.

— Maldição cigana — disse, cuspindo um rubi no tapete empoeirado.

A luva branca na ponta de seu pulso estava esburacada de manchas vermelhas que floresceram em pétalas rubras, que viraram um buquê. Mark Spitz abriu mais um rolo de gaze.

Eles ainda não tinham que entrar na parte pesada. Havia tempo. Depois de gerações e mutações, a coisa tinha ficado mais rápida. Mas eles ainda tinham tempo.

— Quero mais remédio — pediu Gary.

— Vou ver se a Bravo ainda está na quadra — disse Kaitlyn.

Dado o temperamento deles, a tropa já devia ter voltado ao Wonton havia tempos, mas Mark Spitz sabia que ela queria a chance de conseguir um sinal para informar a situação. Achar um superior para contribuir, mesmo que fosse o reles Fabio.

Eles se acomodaram na sala dos fundos. A vidente havia armado uma mísera alcova no interregno, que poderia durar umas semanas. O apartamento tinha as marcas reveladoras da vida sitiada nos montículos de gosma de cera de vela, nos zigurates de latas de feijão e sopa. O sofá e seu casulo de cobertores era o ninho onde ela armara a fuga malsucedida.

Mark Spitz ajudou Gary a ir até lá, o ferido difamando a anfitriã morta a cada passo.

Kaitlyn já vai voltar, garantiu Mark Spitz. Ela é de confiança.

Gary puxou o cobertor até o queixo, como uma idosa inquieta com uma corrente de ar inelutável.

— Por que te chamam de Mark Spitz? — perguntou ele.

Ele contou sobre os demolidores, o Corredor Nordeste e as piadas quando eles voltaram do viaduto ao forte Golden Gate. Ele tinha rido com os outros, mas depois tivera que procurar quem era Mark Spitz em uma missão furtiva com uma antiga enciclopédia de papel. Primeiro teve que achar uma, o que tomou certo tempo. Por fim, foi salvo pela noite de cinema no bangalô de um dos caras de infraestrutura; os moradores prévios tinham um dicionário gordão, das antigas, até com imagens. Seu homo-apelido-nômino tinha sido nadador olímpico no século passado, um puro-sangue dos bons que ficara com o recorde mundial de mais medalhas de ouro em um competição só: nado livre, borboleta. Tinha sido nos Jogos de Munique — Munique, onde os cientistas haviam feito uma sopa de epidemia com os infectados, lá nos primeiros dias da praga, quando trabalhavam em uma vacina. A palavra "sopa" havia ficado na cabeça dele depois que um dos habitantes da terra desolada lhe contara a história. As pessoas vinham virando menos do que pessoas por todo lado, e ele pensou: monstros, sopa.

Sete medalhas de ouro? Oito? Era uma das ironias secundárias do apelido: ele era tudo, menos olímpico. As medalhas que foram dadas a este Mark Spitz eram estampadas com lixo descartado. Mark Spitz explicou a referência de sua alcunha a Gary, acrescentando:

— Isso mais aquele troço de que negro não sabe nadar.

— Não sabe? Você não sabe?

— Eu sei. Muitos negros sabem. Saberiam. É um estereótipo.

— Essa eu não conhecia. Mas uma hora você tem que aprender a nadar.

— Eu me viro bem na água.

Ele achava improvável que Gary não fosse detentor de uma lista mestra de estereótipos raciais, sexuais e religiosos, cruzados com arremates correspondentes e ainda com a dissecação metatextual desses arremates, mas não pressionou o amigo. Dava para atribuir à morfina. Agora havia um só Nós, injuriando-se com um só Eles. Será que as antigas intolerâncias renasceriam depois que limpassem aquele Setor, e o próximo, e assim por diante, e eles ficariam mais uma vez acotovelados, firmes e sufocando-se um em cima do outro? Ou aquele espinhaço particular de animosidades, medos e ciúme era algo impossível de recriar? Se eles conseguiam trazer de volta a burocracia, pensou Mark Spitz, com certeza tinham como reanimar preconceito, multas de estacionamento e reprises.

Havia muita coisa no mundo que merecia seguir morta, mas continuava de pé.

Gary havia parado de usar o "a gente" fraternal. Será que os gorgulhos já estavam mordiscando, abrindo canais nos seus miolinhos? Ele escutou Kaitlyn entrar no local. Reconheceu o passo dela, mas teve que conferir de novo. Com o ataque a Gary, estava com um pé na terra desolada de novo, e nada podia ser tido como fato consumado. Sentiu-se energizado, um calombo reptiliano pulsando na base de seu crânio.

Kaitlyn jogou-se no atoleiro que era o pufe laranja, afundando mais do que esperava, e disse a eles que não viu sinal da Bravo. Só se ouvia uma comoção de retorno no comunicador. Gary fechou os olhos.

— Fique acordado. Fique acordado — disse Mark Spitz. — Tem mais uma coisa que eu quero te contar da estrada. Você vai achar legal.

Ele lhes contou que havia encontrado a essência clandestina das manobras da Tempestade Muda. Ele estava no helicóptero, a caminho do Setor. Os outros demolidores haviam optado por ficar no corredor. Richie não gostava da "cidade grande", como chamava, embora, como muitos que proferiam essas palavras, nunca tivesse estado lá. Mark Spitz não ressaltou que o que ele provavelmente mais detestava na metrópole havia sumido: o povo. A Tempestade Muda lhe disse que ainda tinha trabalho a fazer, naquela inclinação esquisita dele, ao que Mark Spitz não deu atenção na hora. Ele finalmente viu de cima o que ela havia entalhado na interestadual. Enquanto os outros demolidores, de fato todos os outros sobreviventes, só conseguiam perceber a terra desolada à beira, a Tempestade Muda estava no céu, inventando seu alfabeto e fazendo afirmações com uma fileira de cinco *hatchbacks* verdes estacionados perpendicularmente ao canteiro central, em uma sequência de sedãs de luxo pretos e brancos dispostos nariz a nariz três quilômetros estrada à frente, em um estouro de dez minivans em esmalte reflexivo inclinadas em ângulo agudo um quilômetro ao norte. A gramática se escondia nos números e nas cores, o sentido codificado nos espaços entre as sílabas veiculares, um quilômetro, meio quilômetro. Cinco jipes alinhados no sentido sul-sudoeste em um trecho norte-sul da estrada: era uma saraivada de energia, sem se ater às rotas entalhadas por colonos duzentos anos antes ou reificadas por planejadores urbanos que queriam conduzir a população rumo aos shoppings da incorporadora. Dez veículos esporte dispostos a duzentos metros de distância no sentido Leste-Oeste eram as barbatanas de uma enguia remexendo-se nas profundezas lodosas, ou o emplumado de uma flecha apontada para... o quê? O amanhã? Quem leria aquilo? Então o helicóptero pairou sobre uma cidade mediana na estragada Connecticut, passando às margens do manuscrito de Tempestade Muda, e ele já estava a meio caminho do Setor Um.

— E isso quer dizer o quê?

— Ainda não sabemos como se lê. Por ora só nos resta ser testemunhas.

Ela deu um jeito de se escrever no futuro. Buffalo bufava suas maquinações e narrativas sobre o reabastecimento, e os fênis malditos enfiavam joelhos e cotovelos ensanguentados na areia conforme se esgueiravam rumo à miragem. E ainda havia pessoas como a Tempestade Muda, que entalhava os próprios peões e torres na argila frágil e os posicionava pelo tabuleiro, envolvidos nas próprias reconstruções estratégicas. Mark Spitz viu o mosaico, sua imensa tonelagem, superar todos os planos de Buffalo, as operações encaminhadas e as que ainda precisavam de articulação. A que leitores ela se dirigia? Deuses e alienígenas, qualquer um que olhasse na hora certa, da perspectiva certa. A Quem Conseguir Ler Isso: Mantenha Distância. Por Favor, Ajude. Lembre-se de Mim.

— Talvez queira dizer: Agora está seguro, fomos embora. Ou: Ainda estou aqui.

Quando se recusou a sair do corredor, ela lhe dissera que ainda não havia terminado.

— Isso aí me parece TEPA — disse Gary. — Na Rainbow Village tinha um cara que escrevia versículos da Bíblia com merda. — Ele ficou tamborilando o colete à procura de cigarros patrocinados, sonolento. — Quem é que vai lá me buscar mais penicilina?

— Eu vou — respondeu Mark Spitz.

— Só não vai fazer merda, ficar nessa de ver a cinza cair — disse Gary. — Você não vai falar das cinzas, né?

— Não.

— Eu tô vendo você olhando pra janela — continuou ele. — Acho que é melhor guardar isso pra você.

Como uma mãe que diz ao filho para parar de cavoucar as narinas, por uma hora que seja. As pessoas vão comentar.

— Você não está no leito de morte. No futon de morte.

— Como é que eu vou acender um cigarro desse jeito?

Mark Spitz esperou Kaitlyn encontrá-lo do lado de fora. Subindo a rua, o Descarte já havia jogado os corpos dos suicidas nos fundos do carrinho. O céu nublado anunciava a noite prematura, e ele se perguntou se ia chover, mesmo que os trovões que ouvisse não fossem meteorológicos, mas marciais. Kaitlyn apareceu da loja, limpando os dedos com lenço antibactericida.

— Ele falou que quer ficar aqui — disse ela. — Não quer ver ninguém.

— Vou conferir com o Fabio, achar o médico para dar alguma coisa que o deixe mais confortável. — O eufemismo veio fácil. — E se ele se transformar rápido?

— Estou pronta. Não vou deixá-lo sozinho. Só vim aqui fora pro caso de ele querer um instante pra se apagar sozinho.

— Ok.

— Corra.

Ele correu para o norte. Depois de duas quadras, percebeu que tinha esquecido a mochila; resolveu que não ia voltar. O trovão da artilharia se intensificou, fendido dos trovões que podiam ter, por um instante, iluminado sua passagem pelo negrume progressivo, e despertou suas cinzas em breves vagalumes. O trovão perdeu seu irmão, ele pensou. Quando fora a última vez que haviam tido um bom jantar, como uma família? Do jeito certo, sem reclamar do alto escalão de Wonton, sem reclamar de bolhas, um jantar sem o queixume de um ou o devaneio calado de outro sobre os tempos antediluvianos. A Ômega não dava o devido valor à refeição em família. Ocorreu a ele quando dobrou na Broadway: o aniversário de Kaitlyn. Eles estavam correndo para cima e para baixo na escada de um megálito corporativo e ela soltara nada menos que três anedotas detalhando suas principais festas de aniversário de quando era pequena: a visita educativa a uma fazenda ecológica onde alpacas mordiscavam pelotas cinzas de sua mãozinha, as línguas ásperas lhe fazendo cócegas; a excursão ao laboratório do cientista louco onde seus amigos do terceiro ano fizeram fios de algodão doce; a festa-surpresa que parecia ser da cidade inteira, tão elaborada que fora a piada com a "consulta no dentista". Gary acabou ficando sem opção fora perguntar quando era o grande dia.

— Hoje — dissera ela, no momento em que o saco de corpo nas suas mãos abriu o zíper espontaneamente, soltando litros de fluidos e entranhas.

A Ômega cortava biscoitos ao meio para os pães, acendia uma bola de C-4 para fazer fogueira e grelhava uns presuntobúrguers, que consumia alegremente na sala particular de um restaurante italiano fino perto da Laight.

— Chique — dissera Gary, arrotando.

Uma pitada de cominho e coentro fazia toda a diferença, era unânime. A Ômega bebia um pouco do cabernet de Long Island que vinha circulando no Wonton, depois que um dos generais despachou uma equipe de resgate ao vinhedo de Bridgehampton. Os viticultores foram resguardados no Acampamento El Dorado, viraram patrocinadores, patriotas.

Foi depois de abrirem o celofane nos cupcakes de coco e sussurrarem a música obrigatória que Kaitlyn lhes contou a história da Última Noite que guardara por tanto tempo. Não era um recital do torpor; ela não lhes contou pela compulsão de se entregar à catarse barata da Grande Partilha. Contou para fazer elegias ao desastre.

— Deixem-me contar da noite em que comecei a correr e fazer um brinde ao fim da corrida — disse ela.

Ele correu. O prédio do tio Lloyd se ergueu quando ele dobrou a esquina, um dos holofotes da guarnição afixado no metal azul de sua cintura. Fazia um sinal: o que estava tentando lhe dizer? Ele apertava o nariz no vidro grosso das portinholas de avião para ter um vislumbre do prédio quando voltava de viagem, procurava a silhueta nas fileiras de arranha-céus quando estava parado em uma das vias expressas que alimentava a metrópole, e quando finalmente o resgatava em meio à multidão, a epiderme azul pairando em meio aos sem-graça sempre conseguia animá-lo. A cada vez que acontecia, ele pensava: um dia vou morar em um lugar assim, ser um homem da cidade. Hoje a lua azul cintilante que o holofote empurrava pelo céu noturno era alienígena e enervante. Não era o mesmo prédio. Tinha sido substituído. Ele correu pelas cinzas, que agora caíam muito, em sua mente ou em todo lugar, em flocos lentos, grossos, que desciam até a calçada com certeza implacável. Estava tão perto dos incineradores que era até possível que aquelas cinzas fossem de verdade. O Tenente estava no meio daquilo, espedacinhado pelos Coakleys.

Na noite do aniversário dela, no restaurante italiano, Kaitlyn explicou que tinha reservado o trem mesmo que fosse mais caro que o avião porque tinha muita coisa do país que ela nunca tinha visto. As virtudes revigorantes da rota cênica. Por mais que o mundo por trás das janelas fosse inspirador, dentro do vagão não era tanto. Dores lancinantes e irregulares cruzavam suas panturrilhas após três horas no banco duro, e os murmúrios de wi-fi iam e vinham de forma tão caprichosa que ela desistiu da temporada da série sobre advogados à qual queria assistir no *streaming*. A última indignação ocorreu quando uma pessoa ou umas pessoas três fileiras à frente soltaram uma homenagem caçarolenta ao queijo que preencheu o vagão com um fedor que relutou em se dissipar, quase corpóreo, um outro passageiro. Mas seus amigos a aguardavam na plataforma quando ela chegou para o fim de semana do reencontro, acenando de trás das barreiras de metal, onde os pastores-alemães com olhos de aço da segurança se debatiam nas correntes. Kaitlyn esqueceu a mistureba de tormentos do trem até os colegas a devolverem à estação, três dias depois.

Seu trem de retorno parou perto de Crawfordsville. O nome da cidade ainda saltitava pelo seu cérebro mesmo depois de tanto tempo, cantarolado, o ponto em uma música country em que a cantora encontra seu amor inesperado ou o perde. O Sunset Dayliner não se mexia, as luzes tremeluziam, a circulação de ar ligava e desligava, fazendo barulho — um instante de turbulência, como se houvesse passado por um bolsão de ar.

Do outro lado da perturbação, um dos condutores corria entre os assentos rumo à frente do trem, ignorando perguntas, evitando contato visual e resmungando em código para o rádio estalante. Um par de Passageiros Preocupados se amontoou perto do banheiro de pessoas com deficiência, apreensivo, e ela ouviu a ameaça milenar do consumidor impotente: *Vou tirar isso a limpo.* Eles tinham o direito divino como clientes pagantes, os telefones do atendimento corporativo estavam à espera nos celulares, convocados da internet, aparatos de defesa do consumidor que listavam os e-mails de contato para captar suas apelações e aplicar soluções.

A mulher no assento da janela, uma coisinha passarinhesca que não havia tirado a fuça da tela do tablet desde o embarque, olhou para Kaitlyn pela primeira vez quando a voz estática soou no interfone: ficaremos detidos por alguns instantes. A mulher puxou os fones de ouvido das entradas nas laterais cranianas.

— Onde estamos? — perguntou ela.

Mais tarde, um membro da Guarda Nacional disparou nas costas dela com a metralhadora, seis vezes, quando a moça tentou correr para a floresta.

Depois do anúncio, a primeira pessoa a ficar de pé foi um homem de cinquenta e poucos trajando um terno de sarja azul, a barba amassada por continhas vermelhas e verdes. Ele tentou se transferir para o vagão seguinte; a porta não cedia. Estavam trancados. Passou-se uma hora. As barrinhas no telefone de Kaitlyn caíram uma a uma, e o wi-fi se desligou de vez. Antes que os outros passageiros perdessem o sinal das redes prediletas (em um sinistro instante, uma cascata de decepções), os blogs noticiosos trouxeram as atualizações que o condutor escondia: o trem estava em quarentena.

Um passageiro estava "agindo estranho" no vagão-refeitório, atraindo a atenção dos funcionários da linha. Depois do tumulto, o terrorista fez barricada em um banheiro e ameaçou soltar um agente biológico.

— Eles têm que deixar a gente sair — se lamuriou alguém.

Uma mulher gritou, e todo mundo olhou pelas janelas e viu os caminhões e jipes militares, soldados derramando-se no acostamento de brita do direito de passagem em seus trajes brancos de risco bacteriológico. Kaitlyn não conseguia ver os rostos.

O complô terrorista continuou como farsa nas primeiras horas, plausível e auto-organizável. Mais tarde, quando Kaitlyn estava em fuga, ela descobriu o que o resto do país ouvira da mídia antes de a mídia ser reduzida a uma lista entorpecida de estações de resgate e uma lista fugaz de procedimentos de contágio contraditórios. Isso antes de a mídia suspirar nas profundezas, senescente, tola. O Paciente Zero do trem havia virado selvagem no assento — abandonado os códigos da humanidade nas diretivas solenes da praga — e mordido três pessoas antes de ser imobilizado; o pedido de ajuda do condutor rendeu uma resposta militar local. As autoridades estavam em alerta quanto a certas palavras-chave nos canais de emergência, como ainda se estava nos primeiros estágios da morte do mundo, e os militares ainda se mobilizavam para pedidos de socorro. Para alguns pedidos, no caso.

Ninguém desceria do trem. Naquela Véspera da Última Noite, alguns passageiros do vagão de Kaitlyn tentaram fugir — escorregar pela janela de emergência e correr pelo que tinham identificado como um ponto fraco no isolamento. Foi assim que Kaitlyn teve o primeiro encontro com o clichê do interregno, no qual o macho ou a fêmea-alfa recruta pessoas para um plano insano e organiza a investida condenada: sair de qualquer jeito da casa vitoriana que foi cercada; irromper da porta articulada do ônibus escolar encurralado por um furacão de cassetetes, cunhas e atiçadores de lareira *ad hoc*. Sair do vagão de trem em quarentena que tinha sido tirado de sua rota inabalável e depositado quarenta e oito horas no futuro, no meio do colapso. Na última noite antes da Última Noite, as metralhadoras despacharam os intrépidos; depois daquilo, seriam só dentadas.

Na noite seguinte, depois que os soldados picaram a mula de uma hora para outra — os veículos blindados saíram em missões sem autorização atrás de entes queridos ou operações vãs planejadas para impedir que tudo viesse abaixo —, Kaitlyn começou a correr. Ela e outros passageiros se livraram do transporte público morto para dominar as novas lições, ou mesmo perecer em seus elementos dispersos. Por fim, sua corrida a levou ao Setor Um, a Gary e a Mark Spitz, ao aniversário na sala especial de um restaurante italiano, em cujos lambris de madeira escura passeavam as caricaturas dos fregueses falecidos, famosos e não famosos, os queixos dilatados e os narizes de maçaneta. Kaitlyn lhes contou sua história da Última Noite não para adentrar o luto ritualizado, mas para dizer: esta é a história de como as coisas eram antes. Quando não sabíamos o que estava acontecendo e estávamos sem defesa. Kaitlyn fez um brinde ao Setor Um e ao novo mundo que eles lascavam da pedra, prédio a prédio, sala a sala, esquele a esquele. A intenção da caricatura, pensou Mark Spitz enquanto ouvia a história dela, é capturar o monstruoso que deixamos passar no dia a dia. Talvez, disse ela, consigamos voltar a desver os monstros.

* * *

Mark Spitz embalava essa memória da última comemoração deles enquanto passava pela cornija do Wonton. Tinha sido uma bela noite, aquela vez em que um tentara enganar o outro dizendo que o mundo não ia acabar. Ao ouvir os tiros ao norte, ele soube o que estava rolando. A barreira iria cair. Estava desabando, como sempre estivera.

Começou assim: na White Street, ele fez sinal para Lester, um dos caras da tropa Alfa e organizador autoempossado da folga de domingo desde a primeira semana deles no Setor. Lester carregava uma caixa de vinho tinto de Long Island e um grande saco plástico de pipoca pendia de sua mão esquerda. Ele fez um sinal com a cabeça para o muro, revirando os olhos para as metralhadoras, como se irritado com o soprador de folhas do vizinho durante o churrasco anual.

— Os esqueles passaram o dia vindo para o jantar, sem descanso.

Mark Spitz já tinha ficado sabendo sobre o Tenente? Sim, tinha. Lester estava surrupiando mantimentos para o próximo velório, a caminho da guiozaria.

Mark Spitz lhe contou que o havia visto lá, recusando-se a contar sobre a mordida de Gary, pois essa era a vontade do amigo. Além disso, Gary odiava Lester.

Chegar ao Wonton à noite nunca deixava de ser uma visão estranha. O brilho artificial das luzes alvejava os prédios, brancos como ossos, conforme as sombras recolhiam as cerâmicas do mundo morto. Naquela noite ele notou as promoções mortas: QUEIMA DE ESTOQUE escrito à mão na janela do segundo andar de uma loja sem propósito que se conseguisse decifrar, uma faixa proclamando o sanduíche especial da rede de fast-food. Na esquina da Broadway com a Canal, a escala do combate o chocou. A abertura nervosa da tarde anterior havia evoluído a uma sinfonia exuberante, neurótica. As metralhadoras disparavam sem cessar. Ele se acostumara tanto aos tiros, ao agravar firme de sua arrogância, que não havia pensado no número de homens e mulheres que tal massacre implicava. Nos covis acima das estruturas-chave que davam para o muro, o dobro de franco-atiradores fixava suas telescópicas, focinhos estalando perto dos gárgulas agachados nas cornijas e as cápsulas pulando no alcatrão do telhado. Na passarela que circundava o lado humano do muro, os soldados também estavam em dobro, atirando, recarregando, mirando em um novo amontoado de alvos pela avenida que o muro tapava, depois no seguinte.

Ele não conseguia ver no que os soldados miravam, mas sentia o cheiro. Pela magnitude do fedor, os corpos nas vastas dunas do outro lado da barreira estavam putrefatos. A oeste, onde ficavam os incineradores, a chaminé soltava sua baforada de fumaça e cinzas, mas o combustível devia ter vindo das entregas das varreduras, pois Wonton havia parado de catar cadáveres do outro lado do muro. A dupla de guindastes de pinças, empapada do fluido rançoso dos mortos, estava imóvel, louva-a-deuses gigantescos pegos em uma pose inescrutável. Talvez ainda não houvessem consertado as máquinas ou tivessem desviado o destacamento do guindaste para o perímetro, para derrubar esqueles. As piscinas de sangue e carnificina do dia anterior haviam criado lagos alimentados pelas massas de cadáveres vazando.

As redondezas do muro eriçavam-se e derrubavam-se na movimentação, mas, a alguns metros dali, depois das linhas de combate, as rotinas do domingo à noite enguiçavam como sempre, algo inconcebível: engenheiros passeavam por uma neblina, indiferentes, conforme planejavam os entretenimentos da noite, pôquer ou um filme em um dos espaços de recreação; casais saindo para encontros antes de se enredarem na nova semana de trabalho; os caras e as minas de outras equipes de varredura acenaram para ele se apressar e encontrá-los na guiozaria. Depois desse tempo todo no abatedouro, os sobreviventes estavam habituados ao programa da catástrofe.

Eles não sentiam o que ele sentia. Mark Spitz saboreava a cadência em suas veias, a forma como seus sentidos haviam aprimorado um estado de alerta fabuloso. Os sistemas enferrujados da terra desolada se reacionaram, os algoritmos selecionando contribuição. Enquanto a porta do banco se fechava atrás dele, o abafamento das armas sublinhou a disposição feroz da rua. O QG estava tranquilo, até mesmo para uma noite de domingo. O Exército regular estaria fazendo uma operação? Não havia tempo para descobrir: ele tinha uma missão. O hall do segundo andar, tão frenético ao canalizar as vontades de Buffalo à realidade, agora estava vazio.

A sala do Tenente — correção: de Fabio — estava trancada. Mark Spitz sacudiu a porta. Havia duas caixas empilhadas a seus pés, a de cima aberta. Ele pegou um dos objetos que havia dentro: um capacete de choque, cujo verso havia sido marcado com o desenho versão machona de um famoso tatu do programa de televisão infantil. O pestinha mostrava o bíceps em curvatura formidável, enquanto mordia uma bagana de charuto entre os dentes brancos e quadrados. Charuto na boca de um ícone infantil, nos dias de hoje: alguém seria demitido. Mark Spitz teve que prestar o respeito ao novo mascote da reconstrução, que estava mais preparado para o que vinha do que qualquer outro em Wonton. Fora ele.

Fabio deixou Mark Spitz entrar, hesitante, cauteloso com as más notícias do varredor, independente da estirpe. Quando Mark Spitz lhe resumiu a situação, Fabio resmungou um palavrão e seu olhar passou às janelas que davam para o muro. O homem estava no meio da neblina.

— Vou ter que preencher um formulário de sinistro T-12 — disse ele. — Acho que tenho por aqui.

Ele remexeu a gaveta da mesa, perplexo, remexeu nos bolsos procurando as chaves.

Mark Spitz puxou o homem para a frente pela camisa e explicou a situação em termos mais enfáticos.

Fabio olhou na cara de Mark Spitz, reconhecendo-o apenas naquele momento. Pediu desculpas.

— Achei que você tinha dito que era um esgarrado.

— Pensamos que fosse.

— Não me parece bom.

— Não é — enfatizou Mark Spitz.

Fabio não era dado a pensamentos originais, mas, sim, a maldição da vidente de Gary era um problema. Esse motim ia contra às regras. Se um esquele desobedecia às regras, haveria mais. Era a lógica do sobrevivente: se Mark Spitz estava vivo, tinha que haver outros. Até o dia em que isso não fosse verdade. A vidente devia ter sido um engano, um cometa errante trotando no sistema solar deles, o um por cento defeituoso do um por cento defeituoso. Ou isso ou era o mundo retomando sua decomposição depois daqueles meses de integridade tênue, daquelas membranas robustas e paredes celulares desgastadas que finalmente se dissolveram em espuma escura.

— Cadê a Tammy? — perguntou Mark Spitz. — Ele vai precisar de morfina.

— Acha que ele tem tempo pra isso? — Fabio ficou encarando-o, vazio como um canteiro central. — Pode lidar com isso da forma que quiser. Pode até pegar os remédios dela, mas a Tammy está num helicóptero a caminho de Happy Acres.

Mark Spitz perguntou por quê.

— Perdemos contato há três horas. Mandei uns caras do Exército verificarem.

— O que aconteceu?

— Foi difícil decifrar a última transmissão.

— O que o Fabio quer dizer é que perdemos contato com todo mundo. — Era Bozeman, com o rosto redondo e fofo acossado pela aflição.

Ele havia largado as calças cáqui de secretário e colocado paramentação de choque, e Mark Spitz ficou surpreso em ver o lança-granadas pendurado nas costas do homem.

— Os comunicadores — disse Fabio. — Você sabe que fritou tudo.

— Não são os comunicadores — corrigiu Bozeman. — Eu vim aqui pra te mandar chamar os varredores. É pra todo mundo ir pro muro.

Fabio inclinou a cabeça para a janela.

— Daqui não parece tão feio.

— Vem ver do telhado.

Enquanto eles corriam para o heliporto, os caras do Exército que sobravam pisoteavam os corredores, armas a postos, capacetes antiesquele na cabeça. Mark Spitz não via uma mobilização daquelas fazia tempo. Lamentou ter deixado a mochila no centro.

A artilharia maltratou seus tímpanos mais uma vez assim que chegaram ao telhado. Os pontos militares estavam fixos no muro abaixo; destravando as rodas, Bozeman resmungou conforme se dirigia ao parapeito leste do prédio. Ajustou o ângulo. A luz juntou-se à de outros telhados para descortinar o terror da Broadway.

O oceano havia tomado as ruas, como se as simulações de aquecimento global do noticiário houvessem ganhado vida e as ondas geradas por computador subissem para afogar a imponente metrópole. Mas não era água que inundava a grade, e sim os mortos. Era a convocatória mais gigantesca da espécie que Mark Spitz já tivera o infortúnio de ver. As coisas estavam ombro a ombro por toda extensão da avenida, espremidas contra os prédios, um desfile abominável que se contorcia e se paralisava pela Broadway até onde não se tinha mais luz para enxergar. Os condenados borbulhavam e babavam na rua mais famosa do mundo, as coisas mortas ainda exibindo com orgulho, apesar do encardido e das feridas e da panóplia de orifícios vazando, os grupos a que pertenciam, em ternos de risca de giz, camisetas de bandas de rock, botas de caubói, *dashikis*, casaquinhos de caxemira listrados, coletes de camurça com franjas, roupas de correr plush. Aquilo em que houvessem morrido. Toda a desgraça do mundo canalizada por aquele cânion de concreto, o lamento no qual a raça humana estava sendo transformada, pessoa por pessoa. Cada etnia, cor e fé representada naquela congregação que se afunilava avenida abaixo. Tal como era antes, conforme o mito do caldo borbulhante da cidade. A cidade não dava bola para sua história, a narrativa específica de sua reinvenção; ela acolhia todos, cada imigrante em seus esforços, independentemente da linhagem, da identidade da terra natal, do número de moedas no bolso. Tampouco a praga discriminava; seu sangue podia se derramar naquele momento ou podia se segurar por mais tempo, mas no final das contas o sangue sempre fracassava.

Eles tinham sido jovens e velhos, nativos e estrangeiros. Independentemente do tom da pele, escuro ou claro, independentemente dos nomes de seus deuses ou das ausências que contemplavam, todos haviam brigado, se esforçado e amado à sua moda pequena, humana. Agora eram acima de tudo bocas e dedos, dedos para arrancar vísceras de cavidades macias e bocas para rasgar e devorar os distintos rostos humanos que capturavam, a fim de que esses rostos ficassem menos distintos, alças desindividualizadas de carne, anonimizadas como eles, os mortos. As bocas não podiam mais dar conta da fala, mas ainda assim falavam, dizendo o que a cidade sempre dissera a seus cidadãos, dos primeiros colonos séculos atrás até os sobreviventes despedaçados da guarnição. O que a praga sempre disse a seus infectados, do primeiro ser humano a ter o sangue invadido à última vítima à solta na terra desolada: vou te devorar.

A ideia de Mark Spitz do que estava além do Setor, do retrato criado pelo tiroteio incessante, foi apequenada pelo espetáculo diante de si. O muro havia escondido aquela realidade. Era óbvio que não ia segurar. Ele tinha que voltar a Kaitlyn e Gary, e eles precisavam de um plano. Os mortos vazavam em pilhas imensas do outro lado do muro, elevando-se entre a barreira e os prédios do lado norte da Canal. Seria impossível os guindastes darem conta, mesmo se estivessem operantes. Os mortos trepavam sobre os corpos dos caídos e eram rasgados pela artilharia, contribuindo com a pilha, e estes últimos eram pisoteados pela onda seguinte, que por sua vez também era derrubada. Os cadáveres se emaranhavam em uma pilha de mutilados com metade da altura do muro, e os fluidos escuros de suas feridas borrifavam e borbulharam pelas emendas no concreto onde as amplas camadas se encontravam, o peso dos cadáveres comprimindo as trevas internas das carcaças como se fossem fruta passada. A barreira agora era uma represa, reprimindo o agitar da terra desolada. Não ia segurar.

Ele viu a falha, onde quebraria. Os fuzileiros haviam manobrado os trechos de concreto em T até o meio da Canal e, assim que estabilizaram o Setor, os travaram com suportes de aço formidáveis, sessenta centímetros de comprimento e cinco de espessura. O andaime de metal da armação da passarela dava apoio extra ao lado do Setor contra as forças malévolas do norte. Mas Mark Spitz viu a fissura por olhos agora de terra devastada: os suportes eram frágeis como tábuas de compensado pregadas em um caixilho da janela, naquela imagem elementar da barricada. É que toda fortificação se estilhaça: onde o prego entrava na madeira, o rebite penetrava no concreto. A oração encontrava a verdade. Sempre há um lugar para os mortos se apoiarem.

Naquela noite, não foi uma mão esquelética dilacerada que arrancou a tábua, mas a massa profana de toda a agonia que transbordava da Broadway. Outro estouro furioso de metralhadoras, e mais mortos caíram na pilha de carne. O suporte na ponta oeste da seção T, transversal ao famoso boulevard, foi arrancado dos eixos, e seu irmão conectado à seção leste foi ejetado das amarras. Ele voou pelo cruzamento e pulverizou o rosto de um cabo que vinha gesticulando para um dos franco-atiradores no ninho. A seção de concreto que caiu arrancou a passarela, e a armação de metal segurou a queda do muro por um instante ao mesmo tempo que lançou soldados na rua; aí, sim, ela cedeu. O soldado com o rosto destruído caiu de joelhos ao mesmo tempo que a laje de concreto atingiu o chão, esmagando o agente do Descarte que vinha conduzindo uma carga de bichinhos podres aos incineradores e um jovem soldado que subia uma das escadas que dava na passarela. Os mortos se arrastaram pelo vão, trepando sobre a rampa de concreto e os corpos esmagados, perdendo equilíbrio na superfície desnivelada e girando em tropeços ridículos na Canal. Pisavam uns nos outros, impeliam-se uns aos outros em uma corrente, espalhando-os em enxurradas vorazes a leste e oeste e no centro depois de tanto tempo presos. Alguns dos mortos que tinham ficado encurralados na base da pilha puseram-se de pé e se uniram ao avanço.

Lá vinham eles, os embaixadores da nulidade. A porta da frente do banco já estava intransitável, os mortos já se infiltravam a uma quadra ao sul da barreira destroçada para reclamar o Setor para si. Os soldados na passarela ficaram encalhados. Dispararam seus fuzis no turbilhão de esqueles, mas o andaime terminava em rampas nas duas pontas e os homens e mulheres no muro ficaram acuados. Acabara o tempo de arriscar um salto; com a velocidade com que os mortos haviam tomado as ruas, não havia espaço livre para pousar. Uma parcela de esqueles foi usufruir dos soldados estupefatos ao pé do muro, mas a maioria seguiu em curso pela avenida em busca de outro tipo de sustento. A maioria das abominações não parou para se alimentar, como se serem soltos nas ruas vazias já fosse refeição suficiente, como se naquele momento lhes bastasse caminhar, persistir depois da morte.

Olhando para eles em meio às cinzas rodopiantes, Mark Spitz estremeceu. Os mortos vinham em corrente como personagens de uma faixa eletrônica na Times Square, abstrações tão impenetráveis quanto os veículos da Tempestade Muda. Ele sempre espiara das janelas do arranha-céu para as ruas, à procura. Perto do chão, quase no nível deles, leu o pergaminho inumano como argumento: eu estava aqui, estou aqui agora, eu existi, ainda existo. Esta é a nossa cidade.

Uma explosão piorou as trevas em erupções vacilantes, remetendo novos terremotos e tremores para substituir a barragem silenciada da artilharia. O bloco de motor de um caminhão, cruzando o céu em um arco incandescente, esgotado, desabou em um fast-food na esquina com o banco. Mark Spitz havia comido ali sete vezes na vida, ao longo de vários anos. Nunca fora um destino, mas era um refúgio no meio das missões metropolitanas, entre uma coisa e outra, para matar o tempo até a chuva parar; era quentinho e ele já estivera ali. Fazia parte da cidade dele.

— É o diesel subindo — disse Bozeman.

Bala perdida, ou a autoimolação de um soldado se afogando e levando consigo os monstros mordiscantes no raio da explosão. Os franco-atiradores se encolheram dos postos para conseguir uma rota de fuga, tarde demais. A entrada de qualquer prédio no campo de visão de Mark Spitz já estava cercada. Ele ouviu Fabio estrategizar enquanto três deles se atropelavam pelas escadas para trancar a porta principal do banco, mas o cérebro de Mark Spitz estava muito embaraçado nas tramas de sobrevivência para compreender. Como nos velhos tempos.

— Quer dizer que vamos parar de chamar de interregno? — perguntou ele.

Ele se dirigia à Ômega. Mas eles não estavam lá. Ele mesmo deu a réplica de Gary: "Está mais para 'intervalinho'". Uma granada explodiu na rua.

Quando Mark Spitz chegou ao patamar de mármore que dava para o térreo — depois de se equipar no escritório com um fuzil, alguns pentes e, em atitude impulsiva, um capacete com o desenho de um tatu —, a porta da frente estava segura; as maçanetas das portas de metal avantajado, enfaixadas de fio preto. Havia mais cinco pessoas no prédio: Fabio; Bozeman; dois recrutas patetas com cara de novatos, Chad e Nelson, que Mark Spitz não conhecia; e a sra. Macy, furiosa, que conferia sem parar o pente de uma pistola nove milímetros resmungando consigo mesma. Sob pressão, com uma arma na têmpora, Mark Spitz juraria que ela havia dito "Sabia que devia ter pegado aquele helicóptero".

Chad gaguejou que tinham protegido a saída sul — o acesso Lispenard. Wonton havia estourado a parede dos fundos do banco para se conectar com o resto da quadra, que era pouca coisa para a grade. Era noite de domingo. As tropas haviam sido enviadas para fazer reconhecimento do Happy Acres, e havia mais soldados que o normal guarnecendo o muro e os telhados para cuidar da onda morta, mas a maior parte da guarnição estava dispersa pelo Setor, envolvida com suas diversões e consolos de domingo à noite. Os franco-atiradores de primeira, os varredores, os indispensáveis secretários e os engenheiros com olhos de corça. Com a general Summers de folga, em seus aposentos, Bozeman estava no comando. Summers morava em Greenwich, em um apartamento de propriedade de um rebento dissoluto da realeza europeia. Obras de arte estupendas, todo mundo dizia.

— Tentamos falar com ela? — perguntou Fabio.

Bozeman fez que não.

— Ela já deve saber da situação. É cada um por si.

Ele ressaltou que os aposentos dela ficavam a um quilômetro de Wonton, com sorte ela estaria a caminho do ponto de encontro.

— Que é onde? — perguntou sra. Macy.

A primeira e última discussão sobre posto de emergência fora durante a primeira varredura, explicou Bozeman, quando o Battery Park era a área de preparo designada para a operação. O terminal da barca de Staten Island servira de centro de comando nos primeiros dias.

— De lá teremos apoio aéreo. Resgate. Barcos. Se lembrarem que é pra lá que temos que ir — completou.

— E se tiver sobrado alguém pra buscar a gente.

Mark Spitz bateu no peito para se certificar da paramentação e lembrou que suas coisas estavam na sala dos fundos da vidente. Happy Acres sem comunicação, os outros acampamentos também: não era uma coisa localizada. Talvez aquele tsunami escuro tivesse engolido toda a Costa Leste, um acampamento depois do outro, talvez aquilo estivesse acontecendo em todo lugar, no mundo inteiro. O paciente se estabilizara por um tempo, mas agora se anunciavam as últimas convulsões, os espasmos cada vez mais reduzidos que conduziam a carne do corpo à temperatura ambiente. Mark Spitz podia seguir brincando de papo de resgate, pelo menos para o bem dos dois recrutazinhas. Ele lembrava que o Tenente havia designado o terminal como ponto de resgate no primeiro informe na guiozaria. Ou estaria inventando aquele momento, como quando você se torna cúmplice dos contornos variantes de um sonho? As outras unidades de varredura, da Alfa para cima, estavam a caminho; a onda de mortos já teria varrido a guiozaria. Ele esperava que tivessem armas consigo, que não tivessem passado o dia imersos na cerveja patrocinada.

— Não temos tempo — disse Mark Spitz.

— Pra quê?

— Pra ficar aqui.

Eles voaram pelas entranhas da Grade 003, Broadway com Canal, Comercial, passando pelos buracos de cupim que o Corpo de Engenheiros do Exército tinha escavado. Na rua, os mortos vertiam para o centro. O muro havia rompido, mas o engarrafamento, misturado aos caprichos dos padrões de difusão de esqueles, significava que eles ainda tinham chance de abrir espaço por aquela densidade local.

— Caminhar o caralho — disse a sra. Macy.

— Temos caminhões — sugeriu Bozeman.

Ele tomou a frente. A ponta sul do QG era um restaurante vietnamita na Lispenard. Eles cortaram a energia na cozinha, e então Bozeman mandou um dos caras do Exército fazer a mesma coisa na sala de jantar principal. O problema era se um dos mortos na rua visse o movimento, atraindo um bando para bloquear a saída. Nelson conseguiu passar e o pelotão passou à frente do restaurante, tentando ficar longe do poste de luz. Os mortos escoavam pelo corredor Leste-Oeste da Lispenard, mas preferiam as pistas amplas da Broadway, pelo que Mark Spitz conseguia ver daquele ângulo. Havia dois caminhões estacionados do outro lado da rua, virados para oeste. Dependendo da distribuição de esqueles no Hudson, eles poderiam triturar um caminho para ultrapassar a onda.

— As chaves devem estar aqui — disse Bozeman.

A sra. Macy debruçou-se na chapelaria.

— É pra eu entrar nessa coisa?

— Eu disse que tínhamos caminhões — falou Bozeman.

Vamos precisar de impulso, pensou Mark Spitz. Eram caminhões para voltas rápidas, com cobertura de lona.

— Eu supus que fossem blindados — disse a sra. Macy. — Eu vou fazer o quê, porra, andar na caçamba?

— Melhor do que ir caminhando.

— É tudo inútil — disse Nelson. Ele estivera chorando. Voltou a chorar. — Ninguém vem nos buscar.

— Ele tem razão — falou a sra. Macy. — Vocês não conhecem Buffalo. Eles não vão mandar apoio aéreo pra limpar um truque de marketing quando tem acampamentos se detonando por todo lado.

— Relações públicas — disse Fabio.

— Vocês não fazem ideia de como a gente está longe do normal, não é? — Ela zombou da incompreensão deles, bufou. — Eu sou muito boa no que eu faço.

— Eu sou o último que resta da minha cidade. Todo mundo morreu — disse Nelson.

— Isso é relações públicas — falou a sra. Macy. — Vai levar anos para recolonizar essa ilha. Não temos nem comida pro inverno.

— Com as minhas próprias mãos — disse Nelson.

Fabio se agitou como se tivesse levado um soco no estômago.

— Você falou da cúpula.

Ela espiou de novo pelo vidro, absorvendo a situação, e fez que não com a cabeça.

— Cúpula. Você acha que ele volta? Se eu tivesse uma bosta de um submarino, eu não voltaria pra esse lixão. Olha lá fora. Os putos devem estar tentando decidir em qual ilha das Bahamas se estabelecer. — Ela conferiu a pistola. — Tá rindo do quê?

A pergunta fora para Mark Spitz. A vergonha lhe assoberbou, o eco de um eu civilizado. Ele desmanchou o sorriso. Sorrira porque fazia meses que não se sentia tão vivo. Desde que havia deixado a vidente, enquanto a cinética da artilharia ribombava em suas botas, estremecia seus ossos e buscava sincronia com o baque de seu coração, ele havia adentrado um estado de euforia trêmula. Havia se tornado um antigo radiador de cortiço envolto em tinta descascada, batendo e assobiando no canto enquanto se enchia de vapor. A sensação chegou ao ápice no instante em que o muro desabou e, no declínio, ele foi tomado por uma identificação pesarosa: não eram os mortos que passavam pela barreira, mas a terra desolada em si, o território que ele havia mantido sob controle desde a casa de fazenda. Aquilo o abraçava; ele deslizava para dentro. Macy estava certa. Não haveria resgate no terminal, não haveria helicópteros descendo do céu na alvorada depois da noite mais longa do mundo. Eles haviam perdido o contato porque a maré escura havia entrado por tudo, nenhum local fora poupado do dilúvio, todos se afogaram. Claro que ele estava sorrindo. Ali era seu lugar.

Ao sinal de Bozeman, o triste pelotão partiu em disparada, os caras do Exército dando cobertura de seu flanco na Broadway, Mark Spitz na frente com Fabio. Os tiros dos combates na Canal não davam conta enquanto eles direcionavam os esqueles na Lispenard. Mark Spitz desejou que seus projéteis atingissem as coordenadas acima da coluna dorsal dos alvos, como se fosse possível guiá-los com a mente; as balas penetraram o destino desejado. Tudo acima do queixo das coisas irrompia em geleia. Nelson e Chad podiam ser novatos no Wonton, mas eram veteranos naquele tipo de combate fechado; derrubaram cinco inimigos em fogo rápido, mudos, exceto pelo choramingo de Nelson.

Bozeman ligou o caminhão; Macy pulou no banco do passageiro e fechou a porta. Todos foram para o banco de trás, menos Fabio. Ele estava metade para dentro quando o caminhão deu um solavanco, pois Bozeman se refamiliarizara com o mecanismo. Fabio se agarrou para se equilibrar conforme o veículo se torcia no ar diante dele, e, assim que se segurou, quatro mãos sujas de sangue o arrastaram para dentro do vórtice. Mark Spitz apontou o fuzil de assalto para o esquele em uniforme de zelador enquanto ele mastigava o pescoço de Fabio e soltava um minichafariz de sangue. Conforme o caminhão saiu para a Hudson, ele teve tempo de botar três tiros no peito de Fabio e dar cabo dos gritos do homem.

A maré sinistra seguiu entrando. O caminhão balançava enquanto triturava os mortos. Dos fundos do caminhão, eles ouviam o rufo de corpos batendo no capô quando Bozeman conseguia acelerar, a proa vencendo a rebentação. Mark Spitz e Chad miraram nos esqueles com cara de zonzos na passagem, os que ficavam de boca aberta, seguindo a rota do caminhão pela correnteza. Então Mark Spitz percebeu que tinha sido lançado de novo à escassez; aquelas balas teriam que durar. Cessou fogo. Fora do raio do Wonton, as ruas não estavam livres de carros e caminhões, e ele se segurou enquanto Bozeman fazia zigue-zague pelas obstruções. Em uma curva, Chad quase caiu da caçamba, a boca escancarada de pânico. Mark Spitz segurou seu braço e o puxou para dentro.

Perto da North Moore Street, eles já haviam vencido a inundação. A sra. Macy praguejou quando o caminhão parou. Os mortos irromperam atrás deles no meio da avenida, avançando para o centro. Chad e Nelson derrubaram alguns antes de ouvirem "Cessar fogo!" de trás da lona. Abriram espaço para quatro soldados, três deles içando um camarada inconsciente ao caminhão. A figura debruçada estava coberta de sangue, mas não parecia ser de mordidas. Um novo irromper de explosões coloriu o céu de laranja e vermelho, e, conforme eles se distanciavam, as luzes se apagaram. Wonton perdera a eletricidade. Nelson debulhava-se. As ruas estavam escuras. A guarnição estava totalmente submersa.

Bozeman deu partida no caminhão. Mark Spitz tentou ler as placas de rua, os olhos se ajustando às trevas. Quando viu a placa que aguardava, ele agarrou o braço de Nelson.

— Tenho que dar uma olhada na minha tropa — disse ele.

Saltou do caminhão, perdeu o equilíbrio e saiu rolando dolorosamente pelo pavimento.

Não detectou movimento. Ali a cidade seguia vazia. Por enquanto, a luz da lua o deixava dispensar o luar que atraía atenção. Ele não tinha linha de tiro, mas indubitavelmente a lua azul do prédio de seu tio era eclipsada quando a energia era desligada. Tinha certeza de que o havia visto pela última vez. Calculou: os mortos se dispersaram do buraco no muro, mas tendiam a espirrar pelas grandes avenidas. A missão de Mark Spitz era fazer movimentação lateral pelo Setor até a casa da vidente, antes que as criaturas chegassem na Chambers. Ele não havia dado nem um passo em direção à Broadway quando ouviu o caminhão colidir. Seguiu andando. A meio caminho da Gold Street, viu que as cinzas haviam parado de cair. Com seus programas de sobrevivência rodando, não havia memória suficiente para TEPA. Para seu passado.

A calçada em frente à casa da vidente estava desprovida de iluminação. Ele esperava encontrar a Ômega no apartamento dos fundos. Entrou e sussurrou os nomes deles. Não houve resposta. Trancou a porta da loja, aliviado em sair da rua; anteviu os mortos conforme ganhavam velocidade naquelas ruas declivosas do centro, a gravidade puxando-os para o fundo do mapa. Assim que as coisas se espalhassem uniformemente pelo Setor Um — será que ainda podia chamar de Setor Um? —, seria impossível passar. Provavelmente já era tarde demais para usar o metrô como atalho. Eles já deviam estar pingando nos degraus de cada plataforma.

Mark Spitz nunca havia estrategizado uma fuga da ilha, mas, sim, o terminal era uma boa aposta. Principalmente dado o tráfego comum nas pontes. As que iam para o Brooklyn estavam obstruídas, mas no devido tempo tinha-se como negociar as barreiras. O problema eram as legiões de mortos que invariavelmente amontoavam-se ali e espalhavam-se por toda a extensão lamentável do alcance, até o outro distrito. Ele sempre achara estranha a devoção da congregação de lá, como se em seu estado caído eles ainda ansiassem por Manhattan. Antes, como agora, eles acreditavam que a magia da ilha fosse curá-los de seu sofrimento.

Ele sondou a loja com eficiência, para o caso de Gary já ter se transformado. Nada se mexeu. Kaitlyn havia se mobilizado para conferir o que acontecia em Wonton. Agora ela já devia ter captado a situação e ele torcia para que ela se lembrasse de correr até o terminal. Talvez eles houvessem se cruzado no escuro, como faziam nos velhos tempos da cidade viva. Acontecia toda hora de alguém que você ama andar pelas avenidas, a meia quadra de você, a uma quadra de você, ao navegar pelo próprio dia, sem saber o quanto você estava próximo. Vocês se desencontravam por pouco.

Ele fechou a porta do apartamento dos fundos para esconder a luz dos mortos gotejantes. Acendeu uma vela nos estepes gastos mais uma vez, apesar das frágeis promessas da arquitetura. Gary havia sangrado no cobertor com que Kaitlyn o cobrira. Quanto tempo depois que Mark Spitz fora para o Wonton? Quando ele estava a uma quadra? Depois de uma conversa de despedida com Kaitlyn, tendo decidido depois que sentira algo mudar no cérebro? Provavelmente pedira a Kaitlyn que fizesse algo como pretexto e aproveitara a oportunidade.

Mark Spitz levantou o cobertor. Não era um serviço que Gary executaria meia-boca, mas havia a necessidade de garantir que ele tinha feito bem. Pelo que se via, Kaitlyn havia metido mais duas balas nele, só para garantir. Estava prestes a soltar o cobertor quando viu o papel na mão de Gary.

Ele puxou os dedos, cobriu o amigo de novo e afundou na poltrona verde de frente para o sofá. Gary vinha carregando aquilo havia bastante tempo, pelos vincos e pelas beiradas gastas, de bolso em bolso em bolso. Desde quando, de qual manicômio, consultado no escuro de quantos refúgios fracassados? Talvez ele viesse carregando desde a Última Noite. Tinha sido rasgado delicadamente de uma revista, o pelo rente das fibras descrevendo a beirada interna. De um lado, a ilha protuberava-se das águas azuis do Mediterrâneo, um bloco de rocha que parecia a articulação dos dedos. Parecia uma granada, ele pensou. Do outro lado, descortinava-se uma cena de rua: um beco fino pululava de homens e mulheres atarefados, talvez perto do meio-dia. Uma loja de bugigangas apregoava cartões-postais em grandes prateleiras giratórias, retângulos azuis mostrando mais fotos da ilha. Um casal jovem enredava os dedos em uma pequena mesa na frente de um café, o logotipo vermelho, branco e marrom do distribuidor de expresso semissombreado na placa da entrada. A mesa, enviesada, encaixava suas pernas nas rachaduras entre os paralelepípedos. Uma caixa de fósforos e uma resma de guardanapos, os calços descartados, estavam ao lado das sandálias vermelhas da mulher.

A ideia de que Gary passara aquele tempo todo com uma foto da Córsega, na França, contrabandeada no bolso ao longo do deserto, enquanto sofria nas aulas de espanhol, quase fez Mark Spitz soltar uma gargalhada. Gary limpando a garganta, soltando sua arenga ensaiada, a saudação e a fala mansa, enquanto caminhava na prancha que saía do submarino para sua esperada ilha.

Mark Spitz apagou a vela e foi conferir a frente. Os mortos cambaleavam pela Gold, rumo ao sul, em procissão abjeta e, por enquanto, esparsa. Ainda tinha como passar por eles.

Voltou à sala dos fundos. Recuperou a lanterna da mochila. Não havia como datar a fotografia no beco. Poderia ter sido até a última tarde do mundo, uma cena a se inserir na montagem do filme de desastre. Os cidadãos absortos vagam pela bigorna desta tarde mundana, sem saber da bomba, do meteoro, do naco de rocha fatídico do espaço sideral que vai adentrar a atmosfera. Em trinta segundos eles vão deixar de existir, mas por enquanto vivem instantes de segurança. Confortáveis à luz do sol, a mão do amado aquecida, fiel e sólida na deles.

O Tenente havia pedido a Kaitlyn e a ele que imaginassem um mundo onde os esgarrados fossem a maioria morta, não uma fração aberrante. A fotografia era como o mundo seria, pensou Mark Spitz. A população inteira presa em momentos remotos, arrebatada pelo mundo que não existia mais. Hipnotizada pelo delinear de uma sombra lançada por um espectro que uma vez lhes fizera feliz.

Ele teve o pensamento proibido. E não o mandou embora.

Era a segunda vez em três dias, o mais ininterrupto desde o resgate na fazenda. Estava acontecendo de novo: o fim do mundo. Os últimos meses tinham sido uma pausa, um respiro antes do recompromisso com a aniquilação. Dessa vez não podemos nos iludir de que vamos sair vivos.

Quando fora a última vez que alguém havia tirado uma foto dele? Rhode Island. Foi um mês antes de o buscarem em Northampton, durante duas semanas em um motel. A rede nacional de hotéis econômicos havia comprado uma rede ainda mais barata e estava remobiliando e reformando as propriedades universalmente dilapidadas, instalando TVs de alta definição em braços retráteis, arrancando os carpetes com queimaduras de cigarro e manchas de fluidos corpóreos para substituir pelas fibras futuristas impérvias a manchas. A franquia com que Mark Spitz deparou estava cercada por arame durante a construção, tranquilamente antiesquele. Podia-se estimar o repicar de cercas hoje em dia, as definidoras de perímetros e alarmes.

Os sobreviventes iam e vinham. Ele tomara para si o quarto 12, que era uma caixa bolorenta de marrom e cinza. Os outros sobreviventes eram inofensivos. Cansados, como ele, em um platô acalmado do interregno. Ele estava em um casamento, em um bloco com desconto para os convidados da festa. Estranhos entre si, mas ligados o tempo todo, mesmo que não soubessem, até que reunidos naquele pequeno bolsão de tempo longe das vidas normais para testemunhar. Só que a cerimônia era sempre adiada. Eles prolongaram a estadia várias vezes, tocaram o vácuo da mesa da recepção, deram as desculpas necessárias nos telefones mudos. Havia acabado o tempo para reclamações.

Na maioria das noites, se as pessoas topassem, eles dividiam provisões na pequena sala de café da manhã em frente à recepção, as lentilhas ou a geleia, e foi lá que ele conheceu os Simon. Eram raridade na terra desolada: uma família intacta. Ou assim fingiam ser. Rob e Lonnie, os filhos Harold e Jennie. Como haviam chegado até ali, ele não conseguia imaginar. Ele já havia superado a curiosidade e, de qualquer modo, papai e mamãe estavam armados até a cabeça, cinturões de munição cruzando o peito, as mãos tensas nunca se afastando dos coldres na cintura, e aquela explicação já bastava. Harold e Jennie tinham respectivamente onze e treze anos. Lembravam o pai, principalmente no olhar, e raramente falavam.

Ficaram por duas noites. Na segunda, juntaram-se ao pequeno banquete na recepção. Durante a viscosa sopa de passarinho, Lonnie disse ao grupo que estavam a caminho de Buffalo. Eles haviam ouvido coisas boas, encontrado soldados reais que haviam estado lá e falado em montar tudo de novo. Ninguém acreditou. Os Simon não se importavam. Se ele se lembrava direito, eles contribuíram com cinco cookies de chocolate, que foram quebrados em quatro cada e distribuídos.

Antes de voltarem ao quarto, pediram a Mark Spitz que tirasse uma foto.

— Gostamos de manter registros — disse Rob, deixando a câmera nas mãos dele.

Deve ter sido uma trabalheira manter a câmera carregada; era dos últimos modelos, um cubo sem botão algum que vinha do Japão e que fazia de tudo. A família posou perto da máquina de café sujinha, dispondo-se no que ele imaginou que fosse a pose padrão deles, sem sorrir, mas nem irritados nem melancólicos. Depois perguntaram se podiam tirar uma foto de Mark Spitz.

— Pra quê?

— Pra nos lembrarmos da sua aparência — respondeu Lonnie.

Os Simon saíram à primeira luz. No dia seguinte, pouco depois do meio-dia, bandoleiros invadiram o hotel. Executaram alguns hóspedes, torturaram outros na longa brincadeira que vinham aprimorando, testando a lógica do corpo. Por fim, surgiu uma oportunidade de fuga, e a maioria dos hóspedes conseguiu sair intacta. Já conheciam o esquema, depois de tanto tempo de desgraça. Mas aquele foi o fim da festa de casamento, e seguiram ao próximo assentamento humano.

Não havia outra realidade além desta: passar de um assentamento a outro, até encontrar o último e morrer lá.

A parábola da jornada dele de volta à metrópole. Seguir em frente, no sentido de Mimi. Ele sempre quisera morar em Nova York, mas aquela cidade não existia mais. Ele não sabia se o mundo estava condenado ou salvo, mas, fosse lá o que viesse depois, não se pareceria com o que viera antes. Não havia intersecções com as avenidas das reconstruções cintilantes de Buffalo, os bulevares não cruzavam suas simulações e dioramas do futurismo. O mundo recusava as formas que Mark Spitz imaginava em suas visões da reinvenção da cidade grande.

Soltou o fuzil novo e pegou o antigo. Era o que o havia ajudado a atravessar o Setor. Também ia tirá-lo dali. Ele não entendia por que, para começo de conversa, haviam tentado consertar a ilha. Melhor deixar janela quebrada ser janela quebrada, deixar que se despedace, que vire caquinhos, que vire pó e que se espalhe por aí. Melhor deixar as rachaduras entre as coisas se abrirem até que deixem de ser rachaduras e virem novos espaços para outras coisas. Era nesse ponto que estavam. O mundo não acabaria: já tinha acabado, e agora eles estavam no novo. Não conseguiam identificar o novo porque nunca o tinham visto.

Mark Spitz juntou seus apetrechos. Tirou tudo que pudesse ser útil da mochila de Gary. Enfiou a Córsega no bolso de trás. Acenou para o amigo e fechou a porta do apartamento dos fundos.

No curso da rua, os mortos bamboleavam na corrente invisível. Não eram os esgarrados do Tenente, transfixados pelos momentos perfeitos, arranhando uma versão distante de si que existia apenas como fantasma. Eram os mortos irritados, o caos implacável da existência ganhando carne. Eram esses que reassentariam a cidade partida. Ninguém mais.

Ele estava pronto. Não tinha grandes esperanças de chegar ao terminal. Quem saberia quantos dos outros haviam chegado, o pelotão do caminhão, um e outro da guarnição. Oficiais, cozinheiros e secretários. Ele esperava que os varredores houvessem detonado cabeças de esquele ao chegarem ao centro ou efetuado o plano infalível que iludira o desespero de todos. Kaitlyn. E se Mark Spitz de alguma forma conseguisse abrir caminho a tiro, porrete e fintas até o terminal, e daí? Pensar em resgate era tolice.

A música velejava entre os prédios, o sino tilintando e a melodia demente produzida a cada passo do animal. Misturado aos mortos, o cavalo do Descarte arrastava seu carrinho vazio pela rua. O animal batia os cascos pelo asfalto, mascote da ruína, sem atenção nem mestre. Mesmo quando saiu de vista, Mark Spitz ouviu o tinir alegre insistente diante do rosto rochoso e impiedoso da metrópole. Era assim que ele interpretava a melodia: alegre e imortal.

A caminho do próximo assentamento, e do seguinte, onde a barreira se sustenta até que não se precise mais dela. Ele apertou a tira do capacete de tatu. Dedilhou os bolsos do colete pela última vez e franziu a testa com a densidade que se via além da janela. Estavam mesmo chegando com tudo. Não, ele não tinha esperança alguma de chegar ao terminal. O rio era mais perto. De repente poderia fugir a nado. Uma ideia curiosa, a mais ridícula, e ele quase riu alto, não fossem as criaturas. Ele precisava de cada segundo, independentemente da mediocridade incomparável e das vantagens de adaptação que se obtêm em um mundo medíocre.

Foda-se, ele pensou. Uma hora você precisa aprender a nadar. Abriu a porta e adentrou o mar de mortos.

Este livro foi impresso pela Gráfica Terrapack, em 2023, para
a HarperCollins Brasil. O papel do miolo é pólen
natural 70g/m², e o da capa é cartão 250g/m².